다산의 한평생

다산의 한평생

정규영 지음 | 송재소 역주

사암선생연보

창비

| 역자 서문 |

이 책은 『사암선생연보(俟菴先生年譜)』를 완역한 것이다. 사암俟菴은 정약용의 호號이다. 정약용은 일반적으로 널리 쓰이는 다산茶山이라는 호 이외에도 열수洌水, 사암俟菴, 탁옹籜翁, 자하도인紫霞道人, 문암일인門巖逸人, 철마산초鐵馬山樵 등 여러개의 호를 가지고 있는데 다산 자신은 그중에서 사암을 선호한 것으로 보인다. 그가 쓴 「자찬묘지명」에서도 자신의 호를 '사암'으로 밝혀놓았다. '俟菴'은 『중용』 제29장의 "百世以俟聖人而不惑"에서 따온 것인데 이 구절은 '백세 뒤의 성인을 기다려〔俟〕 물어보더라도 의혹이 없을 것이다'라는 뜻이다. 즉 500여권에 달하는 자신의 저술은 백세 뒤의 성인이 보더라도 한점 의혹이 없을 만큼 당당하다는 자부심을 나타낸 호이다.

『사암선생연보』는 다산의 현손玄孫 정규영丁奎英이 1921년에 편찬했다. 대개의 문집에는 저자의 연보, 행장行狀, 묘지명 등이 실려 있어서 저자의 가계家系나 행적을 알 수 있는데 다산의 문집에는 연보도 행장도 묘지명도 없다. 이 글들은 일반적으로 저자 사후에 그 자손이 작성하거나 자손이 남에게 부탁해서 작성하는 것이 관례로 되어 있다. 다산 사후에 연보나 행장이나 묘지명을 마련하지 않은 것은 아마도 다산 자신이 생전에 방대한 분량의 「자찬묘지명」을 작성해놓았기 때문이라 생각된다. 「자찬묘지명」이 있으니 별도의 묘지명은 필요 없을 것이고 또 「자찬묘지명」에는 그 어떤 연보나 행장 못지않게 자신의 행적과 업적이 자세히 기술되어 있어서 사실상의 연보나 행장의 역할을 대신하고 있다.

이런 연유로 다산 연보가 만들어지지 않은 것으로 추측되지만 「자찬묘지명」은 다산이 환갑 때 작성한 것이기 때문에 그후 서거할 때까지 15년간의 행적은 공백으로 남아 있다. 그래서 다산 사후 85년 만에 정규영이 정식으로 체재를 갖춘 연보를 편찬한 것이 아닌가 한다. 또 그렇게 하는 것이 후손된 도리라 생각했을 것이다.

이 『사암선생연보』에는 유년시절부터 서거할 때까지의 다산의 행적이 연대순으로 자세히 기록되어 있을 뿐만 아니라 대표적인 저술의 서문이 거의 수록되어 있고 또 다산 당시의 정치적 상황과 교유관계를 알 수 있는 자료가 많아서 이 연보만으로도 다산의 일생과 학문의 개요를 파악할 수 있는 좋은 길잡이 역할을 하고 있다. 『사암선생연보』는 일찍이 민족문화추진회에서 간행한 『국역 목민심서』의 부록으로 번역된 바 있으나 초역抄譯일 뿐만 아니라 주석註釋이 소략하여 이해하기 어려운 부분이 많았다. 이번 번역본은 최초의 완역본임을 밝혀둔다.

이 책은 원래 1986년에 간행된 졸저 『다산시 연구』의 부록으로 수록되었던 것인데 이번에 출판사의 요청에 의하여 별책으로 출간하게 되었다. 『다산시 연구』의 머리말에서도 밝혔지만 번역은 처음부터 내가 한 것이 아니고, 경상대학교 한문학과의 허권수許捲洙 교수와 최석기崔錫起 교수(최 교수는 당시 민족문화추진회 국역연수원의 상임연구원이었다)가 맡아서 한 것이다.

그 연유는 이렇다. 1984년에 나는 『다산시 연구』로 박사학위 논문을 제출했는데 고맙게도 창작과비평사에서 나의 논문을 활판活版으로 조판해주었다. 지금 젊은 사람들은 잘 모르겠지만 당시에는 학위논문을 엉성하게 공판타자로 작성하여 제출하던 시절이었다. 그런데 나는 창비사 덕분으로 미려한 활자본 논문을 제출할 수 있었다. 아마 그 시절에 제출된 학위논문 중 유일하게 활판으로 인쇄된 책자였을 것이다. 창비사에서는 완성된 논문을 보기도 전에 단행본으로 출간하기로 하고 조판을 해주었으니 그렇게 고마울 데가 없었다.

학위논문을 제출한 후 단행본으로 출간하려고 하니 책 한권이 되기에는 분량이 다소 모자랐다. 이에 『사암선생연보』를 번역하여 부록으로 붙이면 되겠다는 생각을 했지만 엄두가 나지 않았다. 그때 나는 학위논문을 작성하느라 내 딴에는 심신이 지쳐 있었다. 그 즈음에 허 교수와 최 교수가 찾아와 이런저런 이야기를 나누던 끝에 나의 형편을 알고는 자기들이 『사암선생연보』를 '번역해드리겠다'고 제안했다. 두 사람은 내가 가장 아끼고 사랑하는 제자이고 또 두 사람의 한문 실력을 익히 알고 있었기에 나는 선뜻 그 제안을 받아들였다. 그렇게 해서 번역된 『사암선생연보』가 『다산시 연구』의 부록으로 실릴 수 있었다. 물론 두 사람이 번역한 원고를 내가 일일이 재검토하고 주석을 보강했기 때문에 오역誤譯에 대한 책임은 전적으로 나에게 있음을 분명히 한다.

지금 생각하면 고맙기 짝이 없는 일이지만 그때는 그렇게 고마운 줄도 몰랐던 것 같다. 두 사람에게 술이라도 한잔 사주었는지 모르겠다. 이해利害에 얽힌 지금과 같이 냉랭한 사제관계에서는 '절대로' 있을 수 없는 일이었다. 아마 학계의 고사故事로 남을 일이 아닌가 싶다. 두 교수는 어느덧

한문학계 대가의 반열에 올랐지만 아직도 나를 선생으로 대접하는 걸 보니 금석지감今昔之感이 있다. 이 자리를 빌려 두분 교수에게 진심으로 고맙다는 말을 전한다.

번역 대본은 1962년 문헌편찬위원회에서 영인한 『정다산전서丁茶山全書』의 부록으로 간행된 것이다. 이번에 별책으로 출간하면서 몇군데 손질을 하고 주석을 보강했지만 당시의 문물, 제도 등 모르는 것이 많아 완벽한 번역이라 하기 어렵다. 좀더 완벽한 번역은 후학들의 몫으로 남겨둘 수밖에 없다. 이번에도 나의 '영원한 방조교房助敎' 김영죽 박사의 도움이 컸다. 특히 수많이 등장하는 인물들의 생몰연대를 찾아서 확인해주었고 주註 186의 결정적인 오류를 바로잡아주었다. 그리고 『다산시 연구』와 함께 딱딱하고 재미없는 글을 꼼꼼히 살펴서 편집해준 정편집실의 유용민 씨에게 감사의 뜻을 전한다.

2014년 10월 지산시실止山詩室에서

송재소

차례

일러두기

1. 이 책은 다산(茶山)의 현손 정규영(丁奎英)이 편찬한 『사암선생연보(俟菴先生年譜)』(1921)를 완역한 것이다.
2. 1962년 문헌편찬위원회에서 영인한 『정다산전서(丁茶山全書)』의 부록으로 간행된 것을 번역 대본으로 삼았다.
3. 인명, 저작물, 어려운 용어 등에는 책 하단에 주석(註釋)을 달았다.
4. 원문의 영종(英宗), 정종(正宗, 正宗大王) 등은 영조(英祖), 정조(正祖) 등으로 번역하지 않고 그대로 두었다.
5. 다산 저작을 밝히는 주석에는 신조선사(新朝鮮社)의 『여유당전서(與猶堂全書)』를 영인한 경인문화사(景仁文化社)의 『증보여유당전서(增補與猶堂全書)』를 대본으로 삼았다. 『증보여유당전서』의 면수 표시는 예컨대 '『증보여유당전서』 제5집, 제10권, 30면, 앞장'은 '『전서』 V-10, 30a'와 같은 식으로 했다.
6. 책 끝의 '편찬자 후기'라는 제목은 원래 없던 것인데 편의상 붙인 것이다.

다산의 한평생
사암선생연보

1762년(영조 38, 임오壬午) 1세

공公은 6월 16일 사시巳時에 광주廣州 초부면草阜面 마현리馬峴里(현재의 양주군楊洲郡 와부면瓦阜面 능내리陵內里－원주) 옛집에서 넷째아들로 태어났는데, 어렸을 때의 자字는 귀농歸農이었다.

이해에 나라에 차마 말 못할 변고[1]가 있어서 부친 진주공晋州公이 시골로 돌아가기로 결심을 하고 있었는데, 공이 그때 마침 태어났으므로 그렇게 이름을 지어준 것이다.

---

1 차마 말 못할 변고: 영조의 아들 사도세자(思悼世子, 장헌세자莊獻世子)가 죽은 일을 말함.

1763년 (영조 39, 계미癸未) 2세

완두창豌豆瘡을 앓았다.

1764년 (영조 40, 갑신甲申) 3세

1765년 (영조 41, 을유乙酉) 4세

천자문千字文을 배우기 시작하였다.

1766년 (영조 42, 병술丙戌) 5세

1767년 (영조 43, 정해丁亥) 6세

진주공晉州公을 모시고 연천漣川 임소任所로 따라갔다.

공의 덕기德器가 관후寬厚하고 경학經學이 정미精微했던 것은 오로지 가정에서 양육을 잘 받았기 때문이다.

1768년 (영조 44, 무자戊子) 7세

오언시五言詩를 짓기 시작하였다.

공의 시에 "작은 산이 큰 산을 가렸으니/멀고 가까움이 다르기 때문小山蔽大山 遠近地不同"이라는 구절이 있는데, 진주공이 아주 기특하게 여겨 "분수分數에 밝으니 자라면 틀림없이 역법曆法과 산수算數에 통달할 것이다"라고 하였다. 공은 천연두를 순조롭게 앓아 한점 흔적도 없었는데, 오직 오른쪽 눈썹 위에 흔적이 남아 눈썹이 세개로 나뉘었으므로 스스로 호號를 삼미자三眉子라 하였다. 『삼미자집三眉子集』이 있는데, 이는 10세 이전에 저작한 것이다. 그래서 문인이나 큰 선비들이 감탄하고 칭찬하지 않는 이가 없었으며, 반드시 대성할 것임을 알았다.

1769년 (영조 45, 기축己丑) 8세

1770년 (영조 46, 경인庚寅) 9세

어머니 숙인윤씨淑人尹氏가 돌아가셨다.(11월 9일이다—원주)

윤씨의 본관은 해남海南이며 고산孤山 윤선도尹善道의 후손이다. 고산의 증손으로 이름은 두서斗緖요 호는 공재恭齋인 윤진사尹進士라는 분이 있는데, 널리 글을 배우고 옛것을 좋아하여 집에 소장하고 있는 책이 모두 경세실용經世實用에 관한 것이었다. 이분이 공에게는 외증조부가 되며, 조그마한 초상화가 지금도 남아 있다. 공의 얼굴 모습과 수염이 이분을 많이 닮았다. 공이 일찍이 문인들에게 말하기를 "나의 정분精分은 외가에서 받은 것이 많다"라 하였다.

1771년 (영조 47, 신묘辛卯) 10세

경서經書와 사서史書를 수학하였다.

이때 진주공이 관직을 그만두고 집에 있으면서 친히 공

을 가르쳤다. 공은 타고난 자질이 매우 총명한데다가 부지런히 공부를 하여 독책督責함을 기다리지 않았다. 경전經典과 사서史書를 본떠 글을 지었는데 그 체體가 매우 비슷하였으며, 1년 동안 지은 글이 자기 키만큼이나 되었다.

1772년 (영조 48, 임진壬辰) 11세

1773년 (영조 49, 계사癸巳) 12세

1774년 (영조 50, 갑오甲午) 13세

두시杜詩를 뽑아 베껴놓고 그것을 모방하여 원운原韻에 따라 화답하는 운韻을 붙여 시를 지었는데 두시의 뜻을 깊이 체득하였으며 모두 수백수나 되었다. 부친의 친구들이 크게 칭찬하였다.

1775년 (영조 51, 을미乙未) 14세

1776년 (영조 52, 병신丙申) 15세

2월에 풍산홍씨豊山洪氏에게 장가를 들었는데 2월 22일이었다. 장인은 무과武科 출신으로 승지承旨를 지낸 분인데, 이름은 화보和輔[2]이다.

공의 관명冠名은 약용若鏞, 자字는 미용美庸 또는 용보頌甫,

호號는 사암俟菴 또는 다산茶山이다.

집을 세내어 서울에서 살았다. (이때 진주공이 복직되었다—원주)

1777년 (정조 1, 정유丁酉) 16세

성호星湖 이익李瀷의 유고를 처음으로 보았다. 이때 일세의 후학들이 이 선생의 학문을 조술祖述하지 않는 자가 없었는데, 공도 이를 준칙으로 삼았다. 항상 자식이나 조카들에게 말하기를 "꿈속 같은 내 생각이 성호를 따라 사숙私淑하는 가운데 깨달은 것이 많다"고 하였다. 가을에 진주공을 모시고 화순和順 임소로 따라갔다.

1778년 (정조 2, 무술戊戌) 17세

동림사東林寺에서 글을 읽다.(이 절은 화순현和順縣 북쪽에 있는데 본집本集에 기記[3]가 있다—원주)

가을에 물염정勿染亭을 유람하다.(이 정자는 동복현同福縣에 있는데 본집本集에 기記[4]가 있다—원주)

서석산瑞石山을 유람하다.(이 산은 광주光州 동쪽에 있는데 본집本集에 기記[5]가 있다—원주)

---

2 홍화보(洪和輔): 1726~1791(영조 2~정조 15). 자는 경협(景協), 본관은 풍산(豐山). 동부승지, 황해도 병마절도사 등의 벼슬을 역임했다.

3 『전서』 I-13, 32b, 「동림사독서기(東林寺讀書記)」 참조.

4 『전서』 I-13, 31b, 「유물염정기(遊勿染亭記)」 참조.

5 『전서』 I-13, 32a, 「유서석산기(遊瑞石山記)」 참조. 서석산은 지금의 무

1779년(정조 3, 기해己亥) 18세

진주공의 명을 받들어 서울로 올라와서 공령문功令文[6]의 여러 체體를 공부하였다.

겨울에 성균관에서 시행하는 승보시陞補試[7]에 뽑혔다.

1780년(정조 4, 경자庚子) 19세

예천醴泉 임소로 진주공을 찾아뵙고 반학정伴鶴亭에서 글을 읽다.[8]

진주晉州 촉석루矗石樓를 유람하다.

진주공이 벼슬을 그만두고 광주廣州로 돌아올 때 공이 모시고 돌아오다. 겨울에 마현馬峴에서 글을 읽다.

1781년(정조 5, 신축辛丑) 20세

이해에는 서울에 있으면서 과시科詩를 익히다.

7월에 딸을 낳았는데 5일 만에 죽었다.

등산.

6 공령문(功令文): 과문(科文).

7 승보시(陞補試): 성균관 대사성이 매달 유생들에게 보이는 시험으로 합격자에게는 생원(生員)·진사과(進士科)에 응시할 자격을 주었다.

8 『전서』 I-13, 32b, 「반학정기(伴鶴亭記)」 참조.

1782년 (정조 6, 임인壬寅) 21세

처음으로 서울에 집을 사서 살았다.(창동倉洞[9]의 체천棣泉이다—원주)

1783년 (정조 7, 계묘癸卯) 22세

여름 4월에 성균관에 들어갔다.

2월에 세자 책봉을 경축하기 위한 증광감시增廣監試[10]에서 경의經義 초시初試에 합격하고 4월에 회시會試에서 생원生員으로 합격하였는데, 3등으로 일곱번째였다. 선정전宣政殿에 들어가 임금의 은혜에 감사를 드릴 적에 임금이 특별히 얼굴을 들라 하시고, 나이가 몇이냐고 물었다. 이것이 공에게 있어서 최초의 성군聖君과 현신賢臣의 만남이었다.

회현방會賢坊으로 이사하여 재산루在山樓에 살았다.

9월 12일에 큰아들 학연學淵이 태어났다.(어릴 적의 자字는 무장武牂이다—원주)

1784년 (정조 8, 갑진甲辰) 23세

향사례鄕射禮[11]를 행하다.

---

9 창동(倉洞): 지금의 남대문 안.

10 증광감시(增廣監試): 나라에 경사가 있을 때 기념으로 생원·진사를 뽑는 과거.

11 향사례(鄕射禮): 시골의 선비들이 모여 서로 편을 갈라 활 쏘는 재주를 겨루는 일.

공이 여러 사우士友들과 서교西郊로 나아가 향사례를 행하였는데, 모인 자가 100여명이나 되었다.

여름에 『중용강의中庸講義』를 바치다.

공이 태학太學에 재학 중이었다. 임금이 『중용中庸』 조문條文에 대한 의문점을 기술한 80여 조항 중에서 첫머리에 사칠이기四七理氣의 변辨을 논하면서 퇴계退溪·율곡栗谷이 논한 바의 차이점을 물었다. 동재同齋의 여러 학생들은 모두 퇴계의 사단이발四端理發의 설을 옳다고 하였는데, 공은 율곡의 기발氣發의 설이 곧바로 통하여 막힘이 없다고 생각하고 그 설을 주장하였다. 공이 글을 올린 뒤에 비방하는 글이 빗발치듯 일어났다. 며칠 뒤에 임금이 도승지 김상집金尙集[12]에게 말하기를 "그가 진술한 강의는 일반 세속의 흐름을 벗어나 오직 마음으로 이를 헤아렸으므로 견해가 명확할 뿐만 아니라 그 공정한 마음도 귀하게 여길 만하니, 마땅히 이 권卷을 첫째로 삼는다"라 하고, 크게 칭찬하였다. 이로부터 태학의 과시課試에서 바로 임금의 비발批拔[13]을 받게 되었으니, 이것이 공이 정조에게 알려지게 된 시초이다. 이에 앞서 임금이 「사칠속편四七續編」을 찬술撰述하였는데 오로지 율곡의 설을 주로 하였다. 그러나 이때에 공은 실제로

---

12 김상집(金尙集): 1723~?(경종 3~?). 자는 사능(士能), 본관은 강릉(江陵). 대사간, 병조판서 등의 벼슬을 역임했다.

13 비발(批拔): 비점(批點)을 많이 받아 뽑힌다는 뜻.

이러한 찬술이 있다는 것을 모르고 있었다.

이벽李檗[14]을 따라 배를 타고 두미협斗尾峽을 내려가면서 처음으로 서교西敎에 관한 얘기를 듣고 책 한권을 보았다. 이보다 먼저 명나라 만력萬曆 연간에 서양인 마테오리치 등이 서양 물건을 가지고 와 명나라 조정에 바치니 황제의 은총과 하사품이 지극히 후했고, 대신 서광계徐光啓 등의 접대도 매우 융숭했다. 그가 지은 역상수리曆象數理에 관한 책과 농정수리農政水利에 관한 학문은 대개 중국에서 아직 밝혀내지 못한 것이 많았다. 이러한 서책이 점점 우리나라에도 미쳐오게 되었으니, 진주사陳奏使 정두원鄭斗源[15] 같은 이는 서양 서적을 가지고 와서 비부秘府에 바쳤으며, 소재疎齋 이이명李頤命[16]은 서양인과 왕래하면서 의심나는 점을 물어보

---

14 이벽(李檗): 1754~1786(영조 30~정조 10). 자는 덕조(德操), 호는 광암(曠菴). 다산의 큰형 정약현(丁若鉉)의 처남으로 다산과 가까웠다.

15 정두원(鄭斗源): 1581~1642(선조 14~인조 20). 자는 정숙(丁叔), 호는 호정(壺亭)·풍악산인(楓嶽山人), 본관은 광주(光州). 강원도 관찰사, 개성부 유수 등을 역임. 1631년 진주사(陳奏使)로 명나라에 가서 이듬해 귀국할 때 홍이포(紅夷砲)·천리경(千里鏡)·자명종(自鳴鐘) 등의 기계와, 이탈리아 신부 로드리게스로부터 마테오리치의 『천문서(天文書)』 『직방외기(職方外記)』 『서양국풍속기(西洋國風俗記)』 『천문도(天文圖)』 등의 서적을 얻어가지고 왔다.

16 이이명(李頤命): 1658~1722(효종 9~경종 2). 자는 양숙(養叔), 호는 소재(疏齋), 본관은 전주(全州). 벼슬은 대사헌, 우의정, 좌의정 등을 역임. 1720년 고부사(告訃使)로 청나라에 가서 독일·포르투갈 신부들과 교유했고 천주교·천문(天文)·역산(曆算)에 관한 서적을 가지고 귀국

곤 하였다. 조공 가는 사신이 해마다 연경에 입조할 때에는 으레 양당洋堂에 들어가 혹 정밀한 기계를 얻어 오기도 하고, 혹 새로운 책을 사가지고 오기도 한 것이 거의 200여년이나 되었다. 『성호사설星湖僿說』을 보면 상위수리象緯數理에 관한 책들 이외에 서양인 방적아龐迪我[17]의 『칠극七克』[18], 필방제畢方濟[19]의 『영언여작靈言蠡勺』[20], 탕약망湯若望[21]의 『주제군징主制群徵』[22] 같은 책에 대해서 성옹星翁께서 논단論斷해 놓은 것이 있으니, 당시 이러한 책들에 대해서 조정에서는 금지령이 없었고 선비들도 변론하여 배척함이 없었던 것을 징험할 수 있다.

했다.

17 방적아(龐迪我): 1517~1618. 스페인 출신의 예수회 선교사인 판토하(Pan-toja). 1600년 마테오리치를 따라 북경에 가서 전도했음.

18 『칠극(七克)』: 『칠극대전(七克大全)』의 약칭. 죄의 근원이 되는 일곱가지 뿌리와 이를 극복하는 일곱가지 덕행을 다룬 일종의 덕행서(德行書). 전7권. 『천주실의(天主實義)』와 함께 일찍 우리나라에 전래되었다.

19 필방제(畢方濟): 1582~1649. 이탈리아 출신의 예수회 선교사인 삼비아시(Sambiasi).

20 『영언여작(靈言蠡勺)』: 삼비아시가 구술한 것을 서광계(徐光啓)가 받아 쓴 책으로, 천주교의 입장에서 영혼에 관하여 논한 철학서. 전2권으로 1624년 상해에서 출판.

21 탕약망(湯若望): 1591~1666. 독일 출신의 예수회 선교사인 아담 샬(Adam Schall). 1622년 중국에 들어가 흠천감정(欽天監正), 태상시경(太常寺卿) 등의 벼슬도 역임함.

22 『주제군징(主制群徵)』: 1629년 북경에서 간행된 책으로 상·하 2권으로 되어 있다. 천주교의 교리를 해설한 책.

6월 16일, 반제泮製[23]에 뽑혔다.(성균관에 있으면서 임금의 교시에 따라 전箋을 지어 올렸는데, 임금이 보고 삼하三下의 점수를 주고 종이와 붓을 상으로 주었다—원주)

9월 28일, 정시庭試[24]의 초시初試에 합격하였다.(오전五殿에 존호尊號를 올린 것을 경축하는 시험이었는데, 3등 첫번째였다—원주)

1785년(정조 9, 을사乙巳) 24세

2월 25일, 반제에 뽑혔다.(집에 있으면서 임금의 교시에 따라 율부律賦를 지어 올렸는데, 임금이 살펴보고 종이를 상으로 주었다—원주) 또 27일 반제에 뽑혔다.(춘당대春塘臺에 임금이 친히 왕림하여 공의 시전試箋에 동그라미를 그리고 붓과 종이를 상으로 주었다—원주)

이해 2월 25·27일 양일에 연이어 반제를 베풀었는데, 모두 임금의 비점을 받고 격려를 받아 뽑혀 상으로 종이와 붓을 하사받았다. 27일 임금이 친히 춘당대에 나와 식당에서 연회를 열었는데, 사기그릇·토기그릇에 담은 누린내 나고 쉰 음식을 친히 잡수시되 진수성찬과 다르게 여기지 않으셨다. 검소한 덕이 고금에 빛나고, 즐거운 정이 상하에 넘쳐흘렀으니 참으로 성대한 행사였다.

4월 16일, 반제에 뽑혔다.(성균관에 있으면서 임금의 교시에 따라

---

23 반제(泮製): 반궁제술(泮宮製述)의 준말로, 성균관에서 유생들에게 제술만으로 보이는 시험.

24 정시(庭試): 나라에 경사가 있을 때 대궐 안에서 보이는 과거.

표表를 지어 올렸는데, 임금이 살펴보고 종이와 붓을 상으로 주었다—원주)

10월 20일, 정시庭試의 초시에 합격하였다.(역적을 토벌한 것을 경축하는 과거였다—원주)

11월 초3일, 감제柑製[25]의 초시에 합격하였다.

이해 겨울에 제주도에서 공물로 바치는 귤이 올라와서 선비들에게 시험을 보였는데, 공이 발해發解[26]하여 수석을 차지했다. 대궐에 들어가 임금을 뵈니, 임금이 공의 시험 답안지를 읽게 하고 무릎을 치며 칭찬하기를 "네가 지은 것이 실은 장원보다 못하지 않으나 다만 아직 때가 이르지 않았기 때문이다" 하였다. 물러나오니, 승지 홍인호洪仁浩[27]가 "아무개 같은 자는 반드시 재상이 될 것이다"라는 임금님의 말씀을 전해주었다.

12월 초1일, 임금이 춘당대에 친히 나와 식당에서 음식을 들었는데 봄날과 같았다. 그리고 식당명食堂銘을 짓도록 했는데, 공이 수석을 차지하여 붉은 비점批點이 찬란했다. 다음날은 유생들을 성정각誠正閣으로 불러 비궁당명匪躬堂銘을 짓게 했는데, 공이 또 수석을 차지했다. 격려하고 칭찬함이 분에 넘칠 지경이었다. 특별히 『대전통편大典通編』 한질을

---

25 감제(柑製): 황감제(黃柑製)의 약칭으로, 제주도 특산물인 황감을 진상하면 이를 성균관·사학(四學)의 유생들에게 나누어주고 치르는 시험.

26 발해(發解): 과거의 초시에 합격하는 것.

27 홍인호(洪仁浩): 1753~1799(영조 29~정조 23). 자는 원서(元瑞), 본관은 풍산(豐山). 대사간 등의 벼슬을 역임했다.

내려주니, 다른 사람들이 모두 영광스럽게 생각하였다.

1786년(정조 10, 병오丙午) 25세

2월 초4일, 별시別試[28]의 초시에 합격하였다.

7월 29일, 둘째아들 학유學游가 출생하였다.(어릴 적 자字는 문장文牂이다—원주)

8월 초6일, 도기到記[29]의 초시에 합격하였다.

이해 가을에 도기가 있었는데, 공이 또 초시에 합격하였다. 춘당대에서 임금을 뵈니, 임금이 말하기를 "네가 지은 글이 숙종조 때 여러 사람들이 지은 문체와 흡사하여 근래의 속된 문체에 빠지지 아니하였으니 귀하게 여길 만하다. 다만 결실을 이루는 것이 늦어질까 염려되어 점차 속된 문체를 따라 이류異類를 본받아서는 안 된다"라 하였다.

1787년(정조 11, 정미丁未) 26세

정월 26일, 반제에 뽑혔다.(집에 있으면서 임금의 교시에 따라 표表를 지어 올렸는데, 임금이 살펴보고 붉은 비점을 찍은 것이 편篇에 가득하였다. 『팔자백선八子百選』을 상으로 받았다—원주)

---

28 별시(別試): 나라에 경사가 있거나 천간(天干)으로 '병(丙)' 자가 든 해에 보이는 문·무과 시험.

29 도기(到記): 성균관 유생이 식당에 출입한 횟수를 적은 장부. 조석(朝夕) 두끼를 1도(到)로 하여 50도(到)가 되어야 반제(泮製)에 응시할 수 있다. 도기가 반제와 같은 뜻으로 사용되기도 했다.

3월 14일, 반제에 뽑혔다.(집에 있으면서 임금의 교시에 따라 전箋을 지어 올렸는데, 임금이 살펴보고 휘장揮場하고 비교했다—원주) 다음날 비교함에 수석을 차지했다.(빈청賓廳[30]에서 시전試箋을 가져오게 하여 임금이 살펴보았다—원주)

이때 반시泮試에서 답안지를 낸 지 얼마 안 있다가 문득 휘장揮場[31] 소리를 듣고 여러 유생들이 모여보니 바로 공이 지은 것이었다. 모두 13구句였는데 글자마다 붉은 비점이 있었다. 다음날 비교함에 수석을 차지하였다. 이날 밤 성정각誠正閣에 들어가 임금을 뵈니 은촉銀燭이 휘황하였다. 명을 받고 어탑御榻 앞에 나아가니 임금은 편복으로 베개에 기대고 있었다. 공으로 하여금 시권試卷을 낭송하게 하고, 한 구절을 읽을 때마다 임금은 부채로 장단을 치며 좋다고 하였다. 이 시권은 학성군鶴城君[32]과 강윤姜潤[33]의 일을 인용한 것이었다. 임금이 "이 두 기신耆臣[34]의 일을 네가 어떻게 아는가?" 하고 물으니, 공이 "조보朝報[35]에서 보았습니다"라고

---

30 빈청(賓廳): 삼정승이 정무를 맡아보는 곳.

31 휘장(揮場): 과거시험장을 돌아다니며 합격자를 외치는 일.

32 학성군(鶴城君): 미상.

33 강윤(姜潤): 1701~1782(숙종 27~정조 6). 자는 덕이(德以), 본관은 진주(晋州). 수차 벼슬이 제수되었으나 노모(老母)를 위하여 모두 사양했다고 함.

34 기신(耆臣): 실직(實職)에 있는 70세 이상의 정2품 이상 문관들만 들어갈 수 있는 기로소(耆老所)에 들어간 신하.

35 조보(朝報): 승정원에서 처리하는 사항을 매일 아침에 기록하여 반포

하였다. 임금이 "문체가 매우 좋다"라 하고 시신侍臣에게 명하여 『국조보감國朝寶鑑』 한질과 백면지白綿紙 100장을 가져오게 하여 공으로 하여금 안고 나가게 했다. 합문閤門 밖에 나오니 명을 받은 감수졸監守卒이 대신 안고 나갔다. 이날 보는 사람들이 모두 영광스럽게 여기지 않는 사람이 없었다.

8월 21일, 반제에 뽑혔다.(성균관에 있으면서 임금의 교시에 따라 표表를 지어 올렸는데, 임금이 살펴보고 비교하였다—원주) 23일 비교함에 고등高等을 차지했다.(집에 있으면서 임금의 교시에 따라 표表를 지어 올렸는데, 임금이 살펴보고 편篇에 붉은 비점을 가득 찍었다—원주)

8월 성균관의 시험에서 비교함에 고등을 차지했다. 임금이 중희당重熙堂으로 입대入對하라고 하여 들어가니, 석류나무 아래에 앉으라고 하였다. 임금이 물었다. "너는 『팔자백선』을 얻었는가?" "얻었습니다." "『대전통편』은 얻었는가?" "얻었습니다." "『국조보감』도 얻었는가?" "얻었습니다." 임금이 말하기를 "근일에 내각內閣[36]에서 인쇄한 서책을 네가 모두 얻었으니 내가 줄 책이 없구나" 하고, 크게 웃은 다음 곁에 있던 신하를 돌아보고 "술을 가져오너라" 하였다. 계당주桂餳酒를 큰 사발에다 가져왔다. 술을 못 마신다고 극구 사양하였으나, 임금이 명하여 다 마셨다. 술에 몹시

하는 관보(官報).

36 내각(內閣): 규장각의 별칭.

취해 비틀거리니 임금이 내시감內侍監에게 부축해 나가라 명하고, 조금 있다가 빈청賓廳에 머무르라고 하였다. 잠시 후 승지 홍인호洪仁浩가 소매 속에서 책 한권을 꺼내 은밀히 건네주면서 "네가 장수의 재주도 겸비하고 있음을 알기 때문에 특별히 이 책을 내려준다. 훗날 동철東喆과 같은 도적이 있으면 너를 기용하여 출전시킬 수 있을 것이다"라는 임금의 교지를 전해주었다.(이때에 영동지방에 정진성鄭鎭星·김동철金東喆의 옥사獄事가 있었다—원주) 돌아와서 보니 『병학통兵學通』이었다.

12월에 반제에 뽑혔다.(성균관에 있으면서 임금의 교시에 따라 표表를 지어 올렸는데, 임금이 살펴보고 편篇에 붉은 비점을 가득 찍었다—원주)

특별히 낮은 등급에 두면서 말하기를 "여러번 응시하여 여러번 수석을 차지하니, 꽃은 찬란히 피어나지만 열매를 맺지 못할까 염려된다. 이 때문에 꽃을 거두고자 할 따름이다"라 하였다. 공이 과거 보는 일을 그만두고 은거하여 경전의 뜻을 궁구하려는 뜻을 가졌다. 아마도 임금이 무인武人으로 등용할 뜻이 있었기 때문인 것 같다.

문엄文巖에 향장鄕庄을 샀다.

1788년(정조 12, 무신戊申) 27세

정월 초7일, 반제에 합격하였다.(이 시험은 인일제人日製[37]였

다—원주)

희정당熙政堂에 들어가 임금을 뵈었다. 임금이 "네가 지은 책문策文이 몇수나 되느냐?" 하여, "20수입니다"라고 대답했다.

3월 초7일, 반제에 수석으로 합격하였다.(삼일제三日製[38]에서 시표試表에 권점圈點[39]을 받고 뽑혀 곧바로 회시會試에 나아갔다—원주)

희정당에서 임금을 뵈었다. 임금이 말하기를 "네가 초시를 몇번이나 보았느냐?" 하여, "회시를 보지 못한 것이 세번입니다"라고 대답했다.

1789년(정조 13, 기유己酉) 28세

정월 초7일, 반제에 합격하였다.(인일제人日製에서 시표試表에 권점을 받았다—원주)

희정당에서 임금을 뵈었다. 임금이 앞으로 나오라 하여 한참 동안 아무 말씀도 않다가 "초시를 몇번이나 보았느냐?"라 하여, "네번입니다"라고 대답했다. 또 한참 동안 아무 말씀도 않다가 "그렇게 해서 어떻게 급제하겠는가?"라

---

37 인일제(人日製): 인일(人日)인 음력 정월 초7일이 가절(佳節)이라고 하여 보이던 시험으로 성균관 유생이 주 대상이었다.

38 삼일제(三日製): 3월 3일에 보이는 시험.

39 권점(圈點): 본래 홍문관·예문관·규장각의 관원을 뽑을 때 후보자의 성명 밑에 전선관(銓選官)이 둥근 점을 찍는 것인데, 여기서는 시관(試官)이 찍은 점을 말함.

하며 물러가라고 하였다. 아마도 오랫동안 급제하지 못함을 민망히 여겨서 그렇게 말했던 것 같다.

봄의 도기到記에서 석갈釋褐[40]하였다.

정월 26일, 반시에서 표表를 지어 수석을 차지하고 곧바로 전시殿試[41]에 나아갔다. 어제御題는 '송나라 여러 신하들이, 위국공魏國公 한기韓琦가 북문北門에 나가 지키던 날 희설시喜雪詩를 지어 천하의 중임重任을 스스로 맡았음을 나타낸 것을 축하했다'는 사실에 견주어 제출하였다. 임금이 우상右相 채제공蔡濟恭[42]에게 이르기를 "춘당春塘은 북원北苑이니 '북문北門'에 비유할 수 있고, 오늘 밤 마침 큰 눈이 내렸으니 '희설喜雪'에 비유할 수 있으며, 경卿의 사람됨이 '위국공魏國公이 천하의 중임을 스스로 맡았다'고 하는 데 견줄 만하니, 경은 힘써보시오"라 하니, 우상이 '감히 감당하지 못하겠다'고 사양했다. 시험 답안지를 고평考評하여 심봉석沈鳳錫[43]을 1등으로 하고 공을 2등으로 하였다. 이름을 발

40 석갈(釋褐): 문과에 급제하는 것.

41 전시(殿試): 문과시험에는 초시(初試)·복시(覆試)·전시(殿試)가 있는데 전시는 왕이 친림(親臨)하여 보이는 최종시험이다.

42 채제공(蔡濟恭): 1720~1799(숙종 46~정조 23). 자는 백규(伯規), 호는 번암(樊巖), 본관은 평강(平康). 정조 밑에서 10년간 영의정을 지내면서 많은 치적을 남겼다.

43 심봉석(沈鳳錫): 1739~?(영조 15~?). 자는 천우(天羽), 본관은 청송(青松). 1790년 증광문과에 병과로 급제함.

표하기 전에 임금이 말하기를 "나이 많아 가상한 자를 1등으로 하고, 국가에 쓸 만한 자를 2등으로 해야 할 것이다"라 하였는데, 우상은 그 뜻을 알지 못하고 드디어 심봉석을 1등으로 삼았다. 그러나 이름을 발표할 때 이르러 아버지 이름을 쓰지 않았다는 이유로 심봉석이 탈락되는 바람에 공이 수석으로 급제하였다. 임금이 말하기를 "경이 항상 '임금은 명命도 만들고 상相도 만든다'고 했는데, 심모沈某의 상모相貌는 다른 사람들과 같지 않소. 그래서 이와 같이 한 것이오. 내가 어찌 '국가에 쓰고자 한다면 이 사람이 저 사람보다는 낫다'고 말한 것이 아니겠소?"라고 하였다. 다음날 희정당으로 불렀다. 거동하고 대답할 때마다 사전謝箋을 지었는데, 전箋 중에 '재주는 조식曺植의 글재주만 못하나, 나이는 등우鄧禹가 재상을 제수받던 때에 이르렀다'는 말이 있었다. 임금이 웃으면서 "백년 만에 처음으로 한 재상이 태어난 일인데, 이 사람도 재상이 되고 싶어 하니 무슨 뜻이 있어서인고?"라 하였다. 이날 임금의 말씀이 자상하였으니 모두 기쁘고 즐거워하는 뜻에서였다.

3월에 전시殿試에 나아갔다. 탐화랑探花郞[44]의 예로써 7품관에 부쳐져서 희릉직장禧陵直長에 제수되었다.

초계문신抄啓文臣[45]으로 임명되다.

---

44 탐화랑(探花郞): 문과 전시(殿試)의 갑과에 3위로 합격한 사람.

45 초계문신(抄啓文臣): 이조 때 당하문관(堂下文官) 중에서 문학에 뛰어

이해 봄에 임금이 희정당에 나와서 초계제신抄啓諸臣에게 명하여 『대학大學』을 강의하게 하였는데, 공이 돌아와 그 내용을 기록해놓았으니 『희정당대학강의熙政堂大學講義』 한권이 있다.

5월에 임금의 특별한 교지로 부사정副司正[46]으로 옮겨졌다.

6월에 가주서假注書[47]에 제수되었다.

이해에 문신에게 부과하는 시험에서 수석을 차지한 것이 모두 다섯번이었고, 수석에 비교된 것이 모두 여덟번이나 되어 상으로 하사받은 것이 매우 많았다.

가을에 각과문신閣課文臣으로 울산蔚山 임소로 진주공을 찾아뵈었는데, 임금의 교지에 의한 내각의 독촉문이 있었으므로 열흘을 넘기지 못하고 돌아왔다.

내각의 공문으로 인하여 돌아올 때 안동을 경유하게 되었는데, 산장山長[48] 이진동李鎭東[49]이라는 사람이 상소한 일 때문에 고을 원에게 미움을 받아, 원이 다른 일로 그를 무고하여 죽이려고 하니, 이진동은 계곡雞谷의 권씨權氏 집에 숨어 있었다. 그를 잡으려는 자들이 조령과 죽령에 잠복하

난 자를 뽑아 매달 강독(講讀)·제술(製述)을 시험할 때 쓴 시험관.

46 부사정(副司正): 이조 때 오위(五衛)에 속해 있던 종7품의 무관.

47 가주서(假注書): 승정원의 주서(注書)가 유고가 있을 때 임명하는 임시직. 구술하는 전교(傳敎)를 문장으로 만드는 것이 주 임무였다.

48 산장(山長): 산속에 은거하며 학문을 가르치는 재야 학자.

49 이진동(李鎭東): 미상.

고 있어서 몰래 그 고개 밖으로 빠져나갈 수가 없다고 친구 몇 사람이 공에게 일러주었다. 공이 말하기를 "사태가 위급하니, 비록 내각에 죄를 짓더라도 구해주지 않을 수 없다"라 하고, 저물녘에 말을 타고 120리를 달려 새벽녘에 영주에 이르렀다. 또 방향을 바꾸어 50리를 달려 호평虎坪의 김좌랑金佐郎(김한동金翰東[50]이다—원주) 집에 이르렀다. 이 산장山長이 청암정靑巖亭에 숨어 있다는 것을 알고, 드디어 그를 데리고 밤새도록 말을 달려 죽령을 넘어 단양에 이르렀다. 오염吳琰이 운암雲巖의 별장에 있다는 말을 듣고 이 노인을 그곳에 머무르게 하여 화를 면하게 해주니 그 원이 앙갚음을 하지 못했다.

겨울에 주교舟橋[51]를 설치하는 공사가 있었는데, 공이 그 규제規制를 만들어 공을 이루었다.

12월에 셋째아들 구장懼牂이 태어났다.(구장懼牂은 어릴 적의 자字이다. 신해년 3월에 요절하였는데 광지壙誌[52]가 있다—원주)

---

50 김한동(金翰東): 1740~1811(영조 16~순조 11). 자는 한지(翰之), 호는 와은(臥隱), 본관은 의성(義城). 1789년 식년문과(式年文科)에 을과로 급제, 1797년 전라도 관찰사를 지냈으며, 1801년 천주교도로 몰려 명천(明川)에 유배되었다가 1805년 방환되었다.

51 주교(舟橋): 임금의 거동 때 한강에 설치하는 부교(浮橋).

52 『전서』 I-17, 3b, 「유자구장광명(幼子懼牂壙銘)」 참조.

1790년(정조 14, 경술庚戌) 29세

2월 26일, 한림회권翰林會圈[53]에서 뽑혔다.(채제공蔡濟恭이 우상右相으로 권점을 주관하여 심능적沈能迪[54]·김이교金履喬[55]·정문시鄭文始[56]·홍낙유洪樂游[57]·윤지눌尹持訥[58] 및 공을 뽑았는데 여섯 사람 모두 삼점三點씩이었다—원주) 29일 한림소시翰林召試[59]에서 뽑혀 그날 예문관 검열檢閱로 단부單付[60]되었다.

3월 초8일, 임금의 엄한 분부를 받고 해미현海美縣으로 정배定配되었다. 13일에 배소에 이르렀는데, 19일에 용서를 받고 풀려났다.

---

53 한림회권(翰林會圈): 회권(會圈)은 대제학(大提學)·직각(直閣)·대교(待教)·한림(翰林)의 벼슬을 시킬 만한 적임자를 뽑을 때 전임자들이 한데 모여서 선출될 사람들의 성명 위에 권점(圈點)을 찍는 일을 가리킨다.

54 심능적(沈能迪): 1761~?(영조 37~?). 자는 혜길(惠吉). 1789년 알성문과(謁聖文科)에 을과로 급제했다.

55 김이교(金履喬): 1764~1832(영조 40~순조 32). 자는 공세(公世), 호는 죽리(竹里), 본관은 안동(安東). 대사헌, 영의정 등의 벼슬을 역임했다.

56 정문시(鄭文始): 1761~?(영조 37~?). 자는 계직(季直). 1789년 정시문과(庭試文科)에 을과로 급제했다.

57 홍낙유(洪樂游): 1761~?(영조 37~?). 자는 숙운(叔芸). 1789년 정시문과(庭試文科)에 병과로 급제했으며 이조참의 등의 벼슬을 역임했다.

58 윤지눌(尹持訥): 1762~1815(영조 38~순조 15). 자는 무구(无咎), 호는 소고(小皐), 본관은 해남(海南). 사헌부 지평 등의 벼슬을 역임했다. 『전서』 I-16, 26b, 「사헌부지평윤무구묘지명(司憲府持平尹无咎墓誌銘)」 참조.

59 한림소시(翰林召試): 회권(會圈)에 의하여 선발된 후보자들이 왕명으로 시(詩)·부(賦)·논(論)·책(策) 등의 최종 시험을 보는 것.

60 단부(單付): 단일 후보로 관직에 임명되는 것.

공이 한원翰苑에 들어갈 때, 채제공이 우상右相으로 권점을 주관하였는데, 김이교·서유문徐有聞[61]·홍낙유·윤지눌이 함께 뽑혔다. 그런데 한 대간臺諫이 "사정私情을 따라 법식을 어겼다"고 말하여 한림권점에서 뽑힌 사람들이 의리를 내세우며 한림소시에 나아가지 않았다. 이때 임금이 희정당에 나와 엄한 교지를 거듭 내리고, 궁궐로 들어간 뒤에 액예掖隸[62]를 시켜 오지동이를 가져다 그들에게 주어 소변을 보게 하고 대궐 문밖으로 나가지 못하게 하였다. 바깥 날씨는 춥고 밤은 깊어가 부득이 각자 시험 답안을 올렸는데, 공과 김이교가 뽑혔다. 임금의 하교가 하도 엄하여 부득이 숙배肅拜[63]를 하였다. 다음날 새벽 상소문을 올리고, 곧바로 퇴궐하여 여러번 패초牌招[64]를 어기다가 끝내 해미로 귀양을 가게 된 것이다. 10일 만에 방환되어 다시 한림翰林으로 들어왔다. 며칠 뒤 내각 응교 시권內閣應敎試卷에 직함을 쓰지 아니하니, 임금이 노하여 "본직本職은 당직唐職[65]이 아니거늘 어찌 감히 이렇게 할 수 있단 말이냐!"라 하여 부득이 그

61 서유문(徐有聞): 1762~1822(영조 38~순조 22). 자는 학수(鶴叟), 본관은 달성(達城). 이조참의, 평안도 관찰사 등의 벼슬을 역임했다.

62 액예(掖隸): 궁중에서 잡무를 담당하는 이원(吏員)이나 하례(下隷).

63 숙배(肅拜): 사은(謝恩)하는 뜻으로 임금에게 공경히 네번 절하는 예(禮).

64 패초(牌招): 승지를 시켜 왕명으로 신하를 부르는 것.

65 당직(唐職): 중국에서 받은 관직. 이것은 시권(試卷)에 쓰지 않는다.

관직을 썼다. 이미 6품에 올랐으나 이조吏曹에서는 그 품계에 맞는 관직에 비의備擬[66]하지 아니하였는데, 6월에 특명으로 곧바로 대간臺諫에 비의되었다. 그러므로 낭서郎署[67]의 직을 두루 거치지 않았다. 이때 임금이 연신筵臣[68]에게 말하기를 "우상右相이 일을 잘못 처리해서 나로 하여금 한 한림을 잃게 하였소. 그러나 어찌 반드시 한림만이 이 사람의 나아갈 길이겠소"라고 하였다.(이는 윤지눌이 한림권점에서 뽑힘으로써 대언臺言을 야기한 것을 이른 것이다—원주)

공이 해미로 귀양 갔다가 10일 만에 용서를 받고, 돌아오는 길에 옴을 씻고자 온천에 들렀다. 탕인湯人을 불러 경진년庚辰年 장헌세자莊獻世子가 온천에 왔었을 때의 일을 물으니, 한 노인이 다음과 같이 자세하게 말해주었다. "그때에 동궁東宮이 행궁行宮에서 묵게 되었는데, 동궁을 호위했던 금군禁軍의 말들이 민간인의 수박밭을 짓밟아 수박통이 깨어지고 덩굴이 뽑혀 남은 것이 없었습니다. 동궁이 그 상황을 듣고는 피해를 입은 수박값이 얼마나 되는지 묻고, 즉시 후하게 배상해주도록 하였습니다. 그리고 그 수박을 금군에게 나누어주니, 백성들은 가난을 면하게 되고 금군들은 갈증을 해소할 수 있게 되어 환성이 우레와 같았으며 부

66 비의(備擬): 3인의 후보자를 갖추어 추천하는 것.
67 낭서(郎署): 중요하지 않은 공무(公務)에 종사하는 관리.
68 연신(筵臣): 임금에게 경전(經典)을 강(講)하는 벼슬아치.

로父老들도 감탄을 마지않았습니다." 동궁이 온천의 서쪽 담장 아래에서 과녁에 다섯개의 화살을 쏘고는 "기분이 상쾌하구나"라 하고, 그 땅을 손질하여 단壇을 만들게 하고 홰나무 한 그루를 심었는데, 그때까지 살아 있었다. 우뚝하게 치솟다가 옹이가 맺혀 높이가 겨우 몇장丈밖에 되지 않았는데, 오이덩굴과 칡덩굴이 가지와 줄기에 얽히고설켜 있고, 기와조각·인분덩이 등 오물들이 쌓여 있었다. 공이 분연히 말하기를 "너희들이 잘못한 일이다. 동궁께서 손수 심으신 나무요, 친히 명하여 만든 단인데 어찌 이와 같이 더럽힐 수 있단 말이냐?"라 하니, 탕인湯人이 말하기를 "그때 동궁께서 돌아가신 뒤에 저희들이 군수에게 건의하여 단壇을 쌓도록 청하였으나, 관에서 꾸짖고 기각시켜 저희들이 어떻게 할 수가 없었습니다"라 하였다. 공이 말하기를 "돌을 주워다가 둘레에 쌓아놓고, 풀을 뽑아 자라게 해주는 일을 누가 못하게 한단 말이냐. 내가 돌아간 뒤에 네가 그 일을 하도록 하여라"라 하였다. 탕인 등이 관에 호소하면서 정한림丁翰林이 이곳을 지나다가 홰나무와 단壇이 황폐해져 있는 죄를 엄히 힐책하였다는 말도 하였다. 관에서 이에 쌀 2석石을 주어 단을 쌓고 풀을 뽑게 하였다. 그뒤에 도신道臣[69]과 토신土臣[70]이 홰나무와 단에 관한 일을 아뢰니, 임금이 비를 세우

69 도신(道臣): 관찰사의 별칭.
70 토신(土臣): 그 고을의 수령.

고 사적을 기록하여 그 충성을 기리게 하였다.

5월 초3일, 예문관 검열檢閱로 도로 들어갔다가, 이달 초5일 용양위龍驤衛[71]의 부사과副司果[72]로 승직되었다.

7월 초4일, 사간원司諫院 정언正言으로 추천되었다. 11일 정언에 제수되었고, 19일 각과閣課의 일을 하도록 체임되었다.

9월 초6일, 정언에 제수되어 잡과감대雜科監臺에 나아갔고, 초10일 사헌부司憲府 지평持平에 제수되어 무과감대武科監臺에 나아갔다.

공이 지평으로서 훈련원의 무시武試를 감찰하게 되었는데, 먼 지방에서 온 무사들이 재기才技가 뛰어나 이미 고등에 들었지만 『삼략三略』[73]을 강講하게 하고 꾀를 써서 교묘한 질문을 하여 끝내 낙방시키고는 오직 서울의 장신가將臣家 자제들만이 강講에 응하여 과거를 독점하는 그릇된 예가 이미 이루어지고 있음을 보고, 누차 시정할 것을 얘기했지만 받아들여지지 않았다. 이에 부리府吏를 불러 급히 소지疏紙[74]를 가져오게 하였다. 주시관主試官이 깜짝 놀라 "소지는

71 용양위(龍驤衛): 이조의 오위(五衛) 중 좌위(左衛)로 문종 원년에 설치한 군대 편제의 명칭.

72 부사과(副司果): 오위(五衛) 소속의 종6품 군직.

73 『삼략(三略)』: 중국 한(漢)나라 때 장량(張良)이 황석공(黃石公)에게서 받았다는 병서(兵書).

74 소지(疏紙): 상소용으로 쓰는 종이.

무엇에 쓰려고 하오"라 물으니, 공이 말하기를 "내가 막 병이 났는데, 혹 국사에 보탬이 있는 일을 한다면 병을 참고 일을 하는 것이 옳을 것입니다. 그러나 지금 시관試官이 사정私情을 좇고 있는데도 감찰하여 그치게 하지 못하고, 과거에 응시한 사람들이 원한을 품고 있는데도 그 한을 풀어줄 수 없으니, 감찰한다는 것이 무엇을 두고 한 말입니까? 이미 왕사王事에 보탬이 없음을 알았으니, 나의 개인적인 병이나 요양하는 것이 차라리 낫지 않겠습니까?"라 하였다. 이에 주시관이 너그러이 용서해줄 것을 간절히 청하였다. 그리하여 이때에 합격한 사람 중에는 먼 지방에서 온 사람이 매우 많았다.

12월 각과친시閣課親試에 합격하여 상을 받은 것이 모두 세번이나 되었다.

임금이 초계문신抄啓文臣들로 하여금 대궐 안 각 성省에 숙직하면서 『논어論語』를 읽게 하고, 매일 두서너편씩 강講하게 하여 7일 만에 끝마치도록 하였다. 공이 한밤중에 상의원尙衣院[75]에서 『논어』를 읽고 있었는데, 갑자기 각리閣吏가 와서 소매 속에서 종이 한장을 꺼내 보이면서 "이것이 내일 강講할 장章입니다"라 하였다. 공이 깜짝 놀라 "어찌 이것을 강하는 사람이 미리 얻어 볼 수 있단 말이오?"라 하

75 상의원(尙衣院): 이조 때, 임금의 의복과 궁중에 소요되는 일용품, 금, 보화 등을 공급하는 일을 맡았던 관청.

니, 그 각리가 "걱정하지 마십시오. 임금님이 하교하신 일입니다"라고 하였다. 공이 "비록 그렇다 하더라도 전편을 다 읽는 것이 마땅하다"라 하고 끝내 살펴보지 아니하니, 그 각리가 웃고 돌아갔다. 다음날 경연석상經筵席上에 올라 『논어』를 강하는데, 임금이 각신閣臣[76]에게 이르기를 "정丁 아무개는 특별히 다른 장章을 강하게 하도록 하라"고 하였다. 강을 끝냈을 때 조금도 틀린 곳이 없었다. 임금이 웃으면서 "과연 전편을 읽었구나"라 하였다. 며칠 뒤 한밤중에 눈보라 치고 날씨가 매우 추웠는데, 글 읽는 여러 신하들에게 내전內殿에서 음식을 내려준 일이 있었다. 공이 칠흑같이 깜깜한 밤에 상의원에서 내각으로 나아가다가 담장에 부딪쳐 얼굴에 상처가 났다. 그 다음날 춘당대에서 임금을 뵈었는데, 임금이 공의 얼굴에 납지蠟紙가 붙어 있는 것을 보고 "납지는 왜 붙였는가. 어젯밤에 과음하여 넘어진 것이 아닌가?" 하고 물었다. 공이 답하기를 "과음해서 그런 것이 아니라 밤이 칠흑처럼 깜깜해서 그랬습니다"라 하니, 임금이 말하기를 "옛날에 취학사醉學士가 있고 전학사顚學士가 있었다는데, 과음하지 않았다면 취학사는 아닐 테니 전학사가 아니겠는가?"라 하였다. 강서講書하기를 마치니, 임금이 말하기를 "얼굴에 상처를 입었어도 오히려 글을 잘 읽었으니 마

76 각신(閣臣): 규장각의 관원.

땅히 높은 점수를 주어야 할 것이다"라 하였다.(순통純通[77] 할 수 있었다—원주) 이날 임금이 친시親試하였는데, '내각으로 음식을 내려준 것에 감사한다'는 내용에 견주어 전箋을 지어 올려 또 1등으로 뽑혔다. 임금이 "얼굴에 상처를 입었으나 오히려 가구佳句를 잘도 지었으므로 1등으로 한 것이다"라 하였다. 그 전箋에 "잘 익은 감귤은 멀리 바다 건너 봉래에서 왔고/옥소반의 진귀한 음식은 그대로 식전 방장食前方丈이로세霜柑老橘逖矣從海外蓬萊 玉盤珍羞居然爲食前方丈"라는 구절이 있었는데, 임금이 특히 이 구절을 칭찬하여 가구佳句로 삼았다.

12월 각과친시閣課親試에 합격하여 상을 받은 것이 모두 세번이었다.(말과 표범 가죽 등이었다—원주)

1791년(정조 15, 신해辛亥) 30세

5월 23일, 사간원 정언正言에 제수되었다.

10월 22일, 사헌부 지평持平에 제수되었다.

12월 친시親試에서 7등을 차지하고, 과시課試에서 10등을 차지했으며, 과강課講에서 6등을 차지하여 모두 상을 받았다. 이해 겨울에 「시경의詩經義」[78] 800여조條를 지어 올려 임

77 순통(純通): 책을 읽고 그 내용에 통달함.

78 「시경의(詩經義)」: 『여유당전서』 2집 17권에 「시경강의(詩經講義)」라는 이름으로 수록되어 있다.

금으로부터 크게 칭찬을 받았다.

임금이 그 책에 대해서 비지批旨를 내리기를 "널리 백가를 인용하여 문장으로 표현해놓은 것이 무궁하니, 참으로 평소 학문이 축적되어 해박한 사람이 아니라면 어떻게 이와 같이 훌륭하게 할 수 있겠는가?"라 하였다. 『홍재전서弘齋全書』[79] 중에는 절취節取해서 기록해놓은 것이 200여조나 되는데, 모두 칭찬을 받은 것이다.

겨울에는 호남湖南에서 권○○·윤○○의 옥사獄事[80]가 있었다.

목만중睦萬中[81]·이기경李基慶[82]·홍낙안洪樂安[83] 등이 공모하여 이번 기회에 선류善類를 모두 제거하고자 채제공에게

---

79 『홍재전서(弘齋全書)』: 정조의 시문(詩文)·윤음(綸音)·교지(敎旨) 등을 모은 책으로, 184권 100책이다.

80 옥사(獄事): 이른바 진산사건(珍山事件) 또는 신해박해(辛亥迫害)로 최초의 천주교도 박해사건이다. 호남의 선비 권상연(權尙然)과 윤지충(尹持忠)이 윤지충의 모상(母喪)에 신주(神主)를 불사르고 천주교 식의 장례를 했다 하여 처형된 사건.

81 목만중(睦萬中): 1727~1810(영조 3~순조 10). 자는 공겸(公兼), 호는 여와(餘窩). 남인으로 대사간 등을 역임했다. 한때는 다산 집안과 가까웠으나 후에 다산 일파를 모해하였다.

82 이기경(李基慶): 1756~1819(영조 32~순조 19). 자는 휴길(休吉), 호는 척암(瘠菴), 본관은 전주(全州). 남인이면서 세력가에 빌붙어 다산 일파를 모해하였다. 천주교를 공격하기 위해 『벽위편(闢衛編)』을 지었다.

83 홍낙안(洪樂安): 1752~?(영조 28~?). 자는 인백(仁伯), 본관은 풍산(豐山). 후에 희운(羲運)으로 개명. 진산사건 때 권상연·윤지충을 처형하는 데 앞장섰다.

글을 올려 "총명하고 재지才智 있는 벼슬아치와 유생들 중에 10 중 7·8은 모두 서교西敎에 빠져 있으니 황건黃巾이나 백련白蓮과 같은 난리[84]가 일어날 것입니다"라고 하였다. 이보다 먼저 공이 이벽李檗을 따라 배를 타고 두미협斗尾峽으로 내려가다 처음으로 서교西敎에 관해서 들은 적이 있다. 정미년 이후로 임금의 총애가 더욱 두터웠을 때에도 자주 이기경의 강정江亭으로 나아가 학업을 닦았다. 이기경도 서교에 관해 듣기를 좋아하였는데, 손수 책 한권을 베껴놓은 것이 있었다. 그런데 무신년부터 이기경이 다른 속셈을 품게 되었다. 당시 성호의 후학들이 성대하게 일어나 학문을 갈고닦으며 도를 강론하는 자들이 자기들끼리 규정을 만들어 나누어가졌는데, 새벽에 일어나 세수하고 이를 닦은 뒤에는 「숙야잠夙夜箴」을 외우고 해가 뜨면 「경재잠敬齋箴」을 외우고 정오에는 「사물잠四勿箴」을 외우고 해가 지면 「서명西銘」을 외우도록 하였다. 염민濂閩[85]을 좇아 수사洙泗[86]에까지 거슬러올라가고자 하였으며, 장엄하고 정성스럽고 겸

84 황건(黃巾)·백련(白蓮)의 난리: 중국 후한(後漢) 말에 일어난 황건적의 난과, 원(元)·명(明)·청대(淸代)에 비밀결사인 백련교도들이 일으킨 난.

85 염민(濂閩): 중국 송나라 때의 성리학자인 염계(濂溪)의 주돈이(周敦頤)와 민중(閩中)의 주희(朱熹)를 가리킴.

86 수사(洙泗): 공자가 제자들을 가르쳤다는 수수(洙水)와 사수(泗水)의 두 강.

손하게 강론을 하였다. 일찍이 서교西郊에 나아가 향사례鄕射禮를 행했는데, 모인 사람이 100여명이나 되었다. 모두들 말하기를 "하·은·주 삼대의 예의 법도가 찬연히 다시 밝아지는구나!"라 하였다. 이기경의 무리들이 투서를 한 것은 아마도 이러한 성호의 후학들을 일망타진하기 위한 모략이었을 것이다. 이 사실이 조정에 아뢰어져 임금이 채제공을 시켜 투서한 세 사람을 불러 그 사실의 허실을 조사하게 하였다. 이기경이 말하기를 "서교西敎의 글 가운데는 좋은 것도 있습니다. 신이 일찍이 이승훈李承薰[87]과 함께 성균관에서 그 글을 보았으니, 만약 그 글을 보았다는 죄로써 논한다면 신도 이승훈과 같이 마땅히 엄벌을 받아야 할 것입니다"라고 대답하였다. 그리고 곧바로 공에게 편지를 보내 자기가 대답한 말이 공평했음을 말하고, 함께 일이 잘되게 하자고 하였다. 공이 이치훈李致薰[88]을 불러 말하기를 "성균관에서 서교에 관한 글을 본 것이 사실이니 심리審理에 나아가서도 마땅히 사실대로 대답하여야 할 것이다. 임금을 속이는 것은 옳지 못하다"라 하니, 이치훈이 말하기를 "밀고한 자가 이미 자수를 하였으니, 옥사獄詞가 비록 사실과 다

87 이승훈(李承薰): 1756~1801(영조 32~순조 1). 다산의 매형(妹兄)으로 우리나라 최초의 영세 교인. 1801년 신유옥사(辛酉獄事) 때 처형되었다.
88 이치훈(李致薰): 이승훈의 동생으로 신유옥사 때 거제도로 유배되어 그곳에서 죽었다.

르다 하더라도 임금을 속이는 것은 아니다"라고 하였다. 공이 말하기를 "그렇지 않다. 밀고한 바가 옳지는 않으나 옥사獄詞란 임금께 고하는 것이다. 조정에서는 오직 옥사만 볼 뿐이니, 거실巨室 명족名族들이 집집마다 이러쿵저러쿵 수군대는 것이 참으로 두려운 것이다. 지금 밝은 임금이 위에 계시고 어진 정승이 임금을 보좌해 정사를 다스리고 있으니, 사실대로 아뢰어 바로 이때에 곪은 종기를 터뜨리는 것이 옳지 않겠는가? 뒷날 비록 후회한들 소용이 없을 것이다"라 하였으나, 이치훈이 듣지 않고 이승훈의 옥사에 대해서 이기경이 남을 무고했다고 대답하여 드디어 무죄로 석방되었다. 이에 이기경이 초토신草土臣[89]으로서 상소를 하여 대신을 비방했는데, 사실을 조사해보니 공정하지 않을뿐더러 성균관에서 글을 보았다는 사실이 더욱 자세히 드러났다. 임금이 노해서 이기경을 귀양 보냈다. 곁에서 보는 사람들이 통쾌하게 여겼으나, 공은 "그렇지 않다. 우리 당黨의 화가 이로부터 시작될 것이다"라 하였다. 공이 때때로 이기경의 집에 가서 어린 자식들을 보살펴주고 그의 어머니 소상小祥 때에는 천냥을 내어 도와주었다. 을묘년 봄에 나라에 대사면大赦免이 있었으나, 이기경은 풀려나지 못하였다. 공이 승지 이익운李益運[90]에게 말하기를 "이기경이 마음씨가

89 초토신(草土臣): 거상(居喪) 중에 있는 신하.

90 이익운(李益運): 1748~1817(영조 24~순조 17). 자는 계수(季受), 본관

불량하여 송사訟事에서 패배를 하였으니, 비록 한때의 통쾌한 일이기는 하지만 뒷날의 근심거리가 될 것입니다. 조정에 들어가 고하여 석방해주는 것만 같지 못합니다"라 하니, 이공도 "내 뜻도 그와 같습니다"라고 하여, 마침내 들어가 앞서 말한 대로 아뢰니 임금이 특별히 이기경을 풀어주었다. 이기경이 돌아온 지 오래되어 점차 조정의 반열에 들어오게 되었지만 오래 사귄 친구조차도 그와 함께 서서 얘기하는 사람이 없었다. 오직 공만이 평소처럼 안부를 물으며 "이른바 옛 친구란 옛 우정을 잃지 않는 법이다"라 하였다. 이기경이 주모主謀하여 일으킨 신유사옥辛酉邪獄 때, 모두들 공을 죽이고야 말겠다고들 하였으나, 홍의호洪義浩[91] 등 여러 사람과 더불어 말을 하다가 말이 공에게 미치면 그는 반드시 눈물을 줄줄 흘렸으니, 비록 형세가 어쩔 수 없었으나 그의 양심이 남아 있음을 알 수 있겠다.

1792년(정조 16, 임자壬子) 31세

3월 22일, 홍문관록弘文館錄[92]에 뽑혔으며, 28일 도당회권都

은 연안(延安). 대사간·대사헌 등의 벼슬을 역임했다.

91 홍의호(洪義浩): 1758~1826(영조 34~순조 26). 자는 양중(養仲), 호는 담녕(澹寧). 다산의 사촌 처남으로 친구였으나 후에 다산 일파를 모해했다.

92 홍문관록(弘文館錄): 홍문관의 교리(校理)·수찬(修撰)을 뽑을 때의 1차 후보자 선임 기록.

堂會圈[93]에서 뽑혀 29일 홍문관 수찬修撰에 제수되었다.(당시 어떤 사람이 "전체 추천기록이 모두 협의가 있다"고 하였다—원주)

당시 의논이 공이 관록館錄에 오르는 것을 저지하려고 하니, 임금이 연신筵臣에게 이르기를 "옥당玉堂[94]은 정씨丁氏 가문에서 대대로 물려온 것이니, 정 아무개도 관록에서 뺄 수 없지 않느냐"라 하여 마침내 이의가 없게 되었다.

이해에 임금이 은밀히 채제공에게 알아듣도록 얘기를 하면서 "남인南人 가운데 대통臺通[95]을 서둘러야 할 사람이 몇이나 되오?"라 묻고, 또 이가환李家煥[96]·이익운 및 공에게 각각 소견을 진술하도록 하였다. 채제공과 양 공兩公이 모두 "권심언權心彦[97]이 가장 급합니다"라 하였다. 이는 아마도 100여년 동안이나 남인이 벼슬에 나아갈 길이 막혀 한번 대통이 있을 때 겨우 한 사람이었으므로 각자 그렇게 대답한 것이다. 공이 28명을 소록疏錄하여, 그들의 세벌世閥·과명科名·문학文學·정사政事의 우열을 상세히 기록하여 올리면서

---

93 도당회권(都堂會圈): 홍문관의 교리·수찬을 뽑을 때의 2차 후보자 선임 과정.

94 옥당(玉堂): 홍문관의 별칭.

95 대통(臺通): 사헌부·사간원의 관원으로 천거되는 것.

96 이가환(李家煥): 1742~1801(영조 18~순조 1). 자는 정조(庭藻), 호는 금대(錦帶)·정헌(貞軒), 본관은 여주(驪州). 남인으로 이승훈(李承薰)의 숙부이다. 신유옥사 때 처형당했다.

97 권심언(權心彦): 1734~?(영조 10~?). 자는 성오(星五), 본관은 안동(安東). 1774년 증광문과에 병과로 급제했다.

"이 28명은 어느 누구도 시급하지 않은 자가 없으니, 누구를 먼저 하고 누구를 나중에 하는 것은 오직 성상께서 생각하시기에 달려 있으니, 신이 감히 관여할 바가 못됩니다" 하였다. 대정大政[98]을 할 때가 되자, 임금이 특별히 정관政官[99]에게 효유曉諭하여 공이 소록하여 올린 자 중에서 8명을 대통臺通케 했으며, 수년 사이에 나머지 사람들도 모두 대통되었으니, 공의 제우際遇[100]함이 이와 같았다.

4월 초9일, 진주晉州 임소에서 진주공의 상을 당했다.

5월에 충주忠州에 반장返葬하였다.

이때에 공이 임금의 명을 받들어 대유사大酉舍[101](내각內閣의 후당後堂—원주)에서 숙직을 하면서 갱화賡和[102]한 시축詩軸을 정리하고 있었다. 부친 진주공이 위독하다는 소식을 듣고 달려가다가 운봉현雲峰縣에 이르러 부친이 돌아가셨다는 소식을 들었다. 분상奔喪한 지 한달 만에 충주로 영구靈柩를 모시고 와 장사를 지낸 뒤 마현馬峴으로 돌아가 곡하

98 대정(大政): 도목정사(都目政事). 도목정사는 매년 6월과 12월에 관원의 성적을 고과하여 승진시키고 좌천시키는 일.

99 정관(政官): 전관(銓官). 전관은 문무관(文武官)의 전형을 맡아보던 이조(吏曹)와 병조(兵曹)의 관원.

100 제우(際遇): 어진 신하가 어진 임금을 만나는 것.

101 대유사(大酉舍): 규장각의 사무를 관장하는 이문원(摛文院)의 부속 건물.

102 갱화(賡和): 다른 사람과 시(詩)를 주고받는 것.

였다. 임금이 자주 연신筵臣들에게 공의 존몰存沒과 귀장歸葬에 대해서 물었다. 광주廣州에 여막을 짓고 거처했다.

겨울에 임금의 명을 받들어 수원성水原城의 규제規制를 지어 올렸다.

임금이 이르기를 "기유년(1789) 겨울 배다리를 놓는 역사에 아무개가 그 규제를 만들어 공을 이루었으니, 그를 불러 집에서 성城의 규제를 만들어 바치게 하라"고 하였다. 공이 윤경尹畊의 「보약堡約」과 유성룡柳成龍의 「성설城說」에서 좋은 제도만을 취하여 초루譙樓·적대敵臺·현안懸眼·오성지五星池 등의 여러 법도를 조목조목 나누어 정리하여 바쳤다. 임금이 또 『도서집성圖書集成』과 『기기도설奇器圖說』을 내려 인중引重과 기중起重의 법을 강講하라고 하여, 공이 「기중가도설起重架圖說」을 지어 바쳤다. 활차滑車와 고륜鼓輪이 작은 힘으로 크고 무거운 물건을 잘도 옮겨놓았다. 성 쌓는 일이 끝나자, 임금이 "다행히 기중기起重機를 이용하여 경비 4만 꿰미가 절약되었다"고 하였다.

「기중도설起重圖說」[103]에 말했다. "성城은 돌을 가지고 쌓아야 하니 재료는 오직 돌뿐이다. 그런데 돌을 구하는 것이 어려운 것이 아니라, 돌을 들어올리고 운반하는 데에 힘과 재정을 모두 소모하게 된다. 이는 무거워 떨어지려는 성질

103 「기중도설(起重圖說)」: 『전서』 I-10, 21a 이하 참조.

을 가진 돌을 억지로 높은 곳으로 들어올리기 때문이다. 옛날 주周나라가 성할 때 무왕武王이 구정九鼎을 낙읍雒邑에 옮겼고, 선왕宣王이 석고石鼓를 봉상鳳翔에 세웠는데, 이 두 물건은 비할 데 없이 크고 무거웠다. 저 두 임금이 어질고 지혜로웠는데 백성들로 하여금 어깨에 땀을 흘리고 다리를 부러지게 하며, 구부九府의 재물을 다 소비하면서까지 이런 일을 하였겠는가? 『예기禮記』에 '무거운 솥을 끄는 데 그 힘을 헤아리지 않는다'라고 하였으나, 아마도 그렇지 않은 것 같다. 옛날의 성인은 올빼미 꼬리를 보고 배를 만들었으며, 가을날 마른 쑥대가 쓸쓸히 굴러다니고 북두北斗 자루 끝이 건성建星의 곁에 있는 것을 보고 수레를 만들었으니, 이는 반드시 기구를 만들어 편리하게 사용하게 함으로써 후세에 은택을 미치고자 함이었을 터인데 전하는 바가 없으니 애석하도다. 응소應劭의 말에 '태산泰山에 무제武帝 때의 돌이 있는데 다섯대의 수레로도 실을 수 없어서, 그대로 놔두고 집을 지었다'라고 한 것을 보면 서경西京 이후로는 이미 어쩔 수가 없었던 듯하다. 그런데 지금 그 남겨진 뜻을 찾아볼 수 있는 것이라고는 오직 뱃사람들이 사용하는 활차뿐이다. 돛은 무겁고 돛대는 높으니 몇명의 장정들이 돛을 일으켜세우는데, 장대 끝에 달린 활차의 회전하면서 번갈아주는 힘이 없다면, 어찌 중도에 포기하지 않을 수 있겠는가? 지금 옛사람이 남겨준 뜻을 이어받고 신제도新制度를 참고하여 기중소가起重小架를 만들어 화성華城의 성 쌓는 일에 쓰게 하니, 이것이 천개의 솥에 한 덩이 고기와 같고 아홉마리 표범에 한 반점과 같이 보잘것없는 일이기는 하지만, 그러나 오히려 이 기계가 신비스럽게도 일을 하는 데 빠른 진척을 보일 것인데, 어리석은 사람은 알지 못하고 지혜로운 사람조차도 의혹을 하는도다. 성문 양쪽 곁에 쌓는 돌(속칭 현단석懸端石이라 한다—원주)과 같은 것은 그 한개의 무게가 수만근이나 되어 천 사람의 힘으로도 움직일 수 없고 백마리의 소로도 잡아당길 수 없는 것인데, 단 두 사람이 말뚝을 잡아당기기만 하면 번거롭게 영차영차 하고 애를 쓰지 않고서도 한개의 깃털을 들어올리듯 공중에 들어올릴 수 있어서, 일꾼들은 숨차지 않고 국가의 재정도 허비되지 않을 것이니, 그 이로움이 또한 크고 많지 않겠는가? 만약 축적된 지식을 감추지 않고 점차 공력을 들여 둥근 바퀴와 나선형 바퀴를 만들어 서로 밀어주고 끌어주게 한다면 어린애의 한 팔의 힘으로도 수만근이나 되는 무거운 물건을 들어올릴 수 있을 것이니, 절대로 평범한 사고방식으로는 생각조차도 할 수 없는 일이다. 그러나 수원성의 역사役事는 큰 공사가 아니고 물건도 가벼우니, 어찌 이와 같이 크고 정밀한 기계를 사용해야만 하겠는가? 다만 구조가 간단하여 쉽게 사용할 수 있는 기구를 만들어 시험해보고자 하는 것이다. 이제 하나하나 그 그림을 그려서 설명하겠다. 첫번째는 가架이고, 두번째는 횡량橫梁이고, 세번째는 활차滑車이고, 네번째는 거簴이다. 거簴에는 고륜鼓輪과 녹로轆轤를 부착해야 완전하게 사용할 수 있다."

「기중총설起重總說」[104]에 말했다. "활차를 사용하여 무거운 물건을 움직이는 것에 두가지 편리한 점이 있으니, 첫째는 인력을 더는 것이고 둘째는 무거운 물건이 무너지거나 떨어질 위험이 없다는 것이다.

인력을 더는 점에 대해서 논해보자. 사람이 무거운 것을 들어올리려면 반드시 힘과 무게가 서로 같아야 비로소 들어올릴 수 있다. 가령 100근의 무게라면 반드시 100근을 들 수 있는 힘이 있어야 그 무게를 감당할 수 있는 것이다. 지금의 방법은 단지 한대의 활차만을 사용하는 것이니, 50근을 들어올릴 수 있는 힘으로 100근의 무게를 들어올릴 수 있다. 이는 절반의 힘으로 전체의 무게를 감당할 수 있는 것이다. 만일 두대의 활차를 사용한다면 25근을 들어올릴 수 있는 힘으로 100근의 무게를 들어올릴 수 있을 것이다. 이는 4분의 1밖에 안 되는 힘으로 전체의 무게를 감당해내는 것이니, 만일 활차가 세대나 네대일 경우에 그 힘을 점점 더해주는 것이 모두 이 예와 같은 것이다. 새로운 도르래를 더 설치할 때마다 갑절의 힘이 더 나게 되니, 그 이치가 그러한

104 「기중총설(起重總說)」: 『전서』 I-10, 25a 이하 참조.

것이다. 이제 위아래 여덟개의 바퀴에서 얻어지는 갑절의 힘이 25배나 되니, 이는 굉장한 것이다.

또 무거운 물건이 무너지고 떨어지는 위험이 없다는 점에 대해서 논해보자. 대개 물건의 무게는 같지 않지만 밧줄의 굵기는 한계가 있으니, 일정한 밧줄로 일정하지 않은 물건을 다룬다면 그 형세가 반드시 오래도록 유지될 수 없다. 자칫 잘못하여 손에서 놓치게 되면 그 무거운 물건이 반드시 무너지고 떨어져 다치게 마련이다. 이제 위아래 여덟개의 바퀴를 사용하는 방법을 쓴다면, 한개의 밧줄이 여러번 감겼으나 그 힘이 서로 연결되어 있어 한 가닥의 밧줄로 두 가닥 밧줄 역할을 능히 해낼 수 있다. 따라서 바퀴 여덟개의 힘이면 수만근의 무거운 물건을 들어올리고도 오히려 힘이 남게 되니, 어찌 무너지고 떨어질 이치가 있겠는가?

활차를 사용하여 매우 무거운 물건을 움직일 때에는 반드시 녹로가轆轤架를 사용하면 그 힘을 갑절로 낼 수 있다. 가령 이곳에 바퀴가 네개씩 달린 활차가 서로 마주보고 있다고 생각해보자. 이 경우에 40근의 힘으로 1,000근이나 되는 무게를 능히 움직일 수 있다. 그러나 만약 여기에다가 또 녹로가를 더 설치하는데, 녹로의 손잡이의 굵기를 녹로 기둥 직경의 10분의 1의 비례로 만든다면, 40근의 힘으로 25,000근의 무게를 움직일 수 있게 된다.(십자 모양의 막대기를 사용할 때에는 그 막대기의 굵기를 녹로 기둥 직경에 대해 이와 같은 비율로 해야 한다—원주) 그러므로 녹로가가 활차와 함께 서로 힘이 되어야 무거운 물건을 능히 움직일 수 있는 것이다. 이상에서 논한바 갑절의 힘을 낼 수 있다는 비례比例에 대해서는 모두 별도의 전문적인 설이 있으므로 여기서는 다 기록하지 않는다.

이상의 방법은 기중기에 관한 것 중에서 가장 보잘것없는 것이다. 그러나 인력을 감소시키는 것은 또한 엄청난 것이다. 만약 크고 작은 바퀴가 서로 끌어주고 밀어주는 방법을 이용한다면 이 세상에 아무리 무거운 물건일지라도 움직일 수 있을 것이다. 더구나 나선형 모양으로 돌아가면서 서로 밀어주는 방법일 경우에는 어린애의 한 팔의 힘으로도 수만근의 무거운 물건을 들 수가 있을 것이다. 그러나 이제 이 성을 쌓는 데 사용되는 석재石材는 그다지 크거나 무거운 것들이 아니니, 닭을 잡는 데 굳이 소 잡는 칼을 쓸 필요가 없다고 생각한다."

「성설城說」[105]에 말했다. "신이 삼가 생각하건대, 화성華城에 성을 쌓는 역사가 비용은 많이 들면서 일은 번잡하고, 시기는 어려운 때인데 일은 크게 벌여놓았으므로 성상께서 노심초사하고 계시나 조정의 의론은 둘로 갈라져 있습니다. 다만 일을 처음 시작할 때 치밀한 계획을 세워야 하므

---

105 「성설(城說)」: 『전서』 I-10, 13b, 이하 참조.

로 신이 삼가 전에 들은 것을 간추려 외람되나마 어리석은 견해를 올립니다. 첫째는 푼수分數요, 둘째는 재료材料요, 셋째는 호참壕塹이요, 넷째는 축기築基요, 다섯째는 벌석伐石이요, 여섯째는 치도治道요, 일곱째는 조거造車요, 여덟째는 성제城制입니다." 성제城制에는 옹성甕城·포루砲樓·적루敵樓·적대敵臺·포루舖樓·노대弩臺·각성角城·현안懸眼·누조漏槽 등의 도설圖說이 있고, 거제車制에는 유형거游衡車의 도설圖說이 있다.

1793년(정조 17, 계축癸丑) 32세

4월에 소상小祥을 지내고 연복練服으로 갈아입었다.

여름에 화성유수華城留守로 있던 채제공이 들어와 영의정이 되었다. 상소하여 다시 임오년에 참소한 사람들[106]에 대하여 논하였다. 김종수金鍾秀[107]가 말하기를 "임오년 사건은 연명으로 차箚를 올린 것인데, 이제 와서 다시 이 사건을 끄집어내는 자는 역적이다"라 하며, 극렬하게 공박하였다. 이에 임금이 영조英祖의 '금등지사金縢之詞'[108]를 내보이며 장

106 장헌세자(莊獻世子)를 참소하여 죽게 한 벽파(僻派)들을 말함.

107 김종수(金鍾秀): 1728~1799(영조 4~정조 23). 자는 정부(定夫), 호는 몽오(夢梧), 본관은 청풍(淸風). 벽파(僻派)의 영수로 홍국영(洪國榮) 일파에 대한 공격에 앞장섰다. 이조판서, 좌의정 등의 벼슬을 역임했다.

108 금등지사(金縢之詞): 금등(金縢)은 『서경(書經)』의 편명으로 주(周)나라 무왕이 병이 나자 어린 성왕과 그 삼촌인 주공(周公)과의 관계 등

헌세자의 뛰어난 효성을 밝히니, 그 일이 무마되었다. 이때 홍인호가 한광부韓光溥[109]에 대항하여 "채제공이 상소한 말 가운데 망발이 많다"고 공박하니, 친구와 관료와 유생들이 이구동성으로 홍인호를 공격하였다. 이것이 이른바 갑인년의 사건인 것이다. 홍인호는 공이 주동이 되어 의론했다고 의심하여 마침내 사이가 멀어졌으나, 그뒤에 차차 오해가 풀리게 되었다.

1794년(정조 18, 갑인甲寅) 33세

6월에 삼년상을 마쳤다.

7월 23일, 성균관 직강直講에 제수되었다.

8월 초10일, 비변랑備邊郎에 임명하는 계啓가 내렸다.

10월 27일, 홍문관 교리校理에 제수되었다가 28일 홍문관 수찬修撰에 제수되었다. 이날 본관本館에서 숙직을 하였는데, 밤 2경에 승정원의 하예下隷가 큰 소리로 홍문관 서리胥吏를 불러 "옥당玉堂에 숙직하는 것을 늦게 했으므로 정 아무개를 노량露梁의 별장別將으로 제수하니, 곧바로 사은謝恩하도록 하라"는 하교를 전하였다. 공이 연영문延英門에 이

을 문자로 남겨 후환을 없애기 위하여 금궤 속에 감추어둔 것을 말하는데, 여기서는 영조가 사도세자 사건에 관하여 정조에게 물려준 글을 말함.

109 한광부(韓光傅): 본관은 청주(淸州). 유학(幼學)으로 1763년 대증광별시(大增廣別試)에 진사(進士) 제1인으로 합격했다.

르러 숙배하고, 영춘헌迎春軒 밖에 이르러 투자례投刺禮[110]를 행했다.(노량별장은 으레 장용영壯勇營의 별아병장別牙兵將을 겸하기 때문이다—원주) 29일 성정각誠正閣에 들어가 임금을 뵙고 경기 암행어사의 명을 받았다. 11월 15일 복명復命하였다.

연천漣川의 전 현감 김양직金養直[111]과 삭령朔寧의 전 군수 강명길康命吉[112]을 논죄하여 법에 따라 처벌하게 했다. 그 서계書啓는 대략 다음과 같다.[113] "김양직은 5년 동안 관직에 있으면서 온갖 악한 짓을 하였습니다. 마음씨가 밝지 못한 데다가 술타령만 일삼고, 정사는 탐학한데다가 기생만 가까이하고 있습니다. 환곡還穀 3,500석石의 모조耗條[114]를 멋대로 처분하여 모두 사용으로 빼돌렸으며, 재결災結[115] 51결結에 대한 실제의 혜택을 도둑질해먹어 백성들에게 혜택이 돌아가지 못하였습니다. 751석은 무슨 곡식인지 더 남겨

---

110 투자례(投刺禮): 명함을 꺼내 보이고 면회를 요청하는 것.

111 김양직(金養直): 정조 때의 지관(地官)으로 현감을 지냈다.

112 강명길(康命吉): 1737~1801(영조 13~순조 1). 의관(醫官)으로 자는 군석(君錫), 본관은 순천(順川). 군수를 거쳐 양주목사(楊洲牧使)에 이르렀다. 1801년 정조의 병환을 잘못 치료하였다 하여 사형당했다. 『제중신편(濟衆新編)』을 저술했다.

113 『전서』 I-10, 26a, 「경기암행어사론수령장부계(京畿暗行御史論守令臧否啓)」 참조.

114 모조(耗條): 환곡을 받아들일 때 소모되는 손실을 보충하기 위하여 10분의 1을 더 받아들이는 모곡(耗穀)에 해당하는 몫.

115 재결(災結): 재해를 입은 전지로 면세받은 것.

두고서 모곡耗穀을 너무 과다하게 거두었으며, 미수未收분 2,100여석을 허위로 올려두고 무난無難하다고 속여서 보고하였습니다. 직책을 팔아서 자신을 살찌우느라 역役을 무수히 면제해주었으며, 노비를 놓아주고 돈을 요구하는 등등의 일에 이르러서는 악명이 끝이 없습니다. 강명길은 늘 그막에 탐욕이 끝이 없고, 야비하고 인색함이 매우 심한 자로서 백성의 소송과 관무官務에는 머리를 저으며 관여하지 않고, 식비食費와 봉록을 후려쳐 차지하고 멋대로 거두어들였으며, 표절사表節祠[116]에 회감會減[117]해야 할 곡식을 부민富民들에게서 고가高價로 강제 징수하였습니다. 산화전山火田에 함부로 높은 세금을 매긴 법에 대해서는 모두들 흉년 든 해보다 더 견디기 어렵다고 하였습니다. 향임鄕任은 뇌물 바치는 문을 항상 열어놓고 있었으며, 귀탁歸槖[118]은 그 지방의 나룻배로 실어나를 수 없을 정도였습니다." 본래 김양직은 화성으로 원園[119]을 옮길 때 지사地師였고, 강명길은 자궁慈宮[120]의 의원醫院이었다. 모두 임금의 총애를 받고 있었

116 표절사(表節祠): 임진왜란 때 전사한 심대(沈岱)·양지(梁志)·강수남(姜壽男)의 위패를 모신 사당.

117 회감(會減): 회계상으로 감하는 것.

118 귀탁(歸槖): 수령이 임기를 마치고 돌아갈 때 가지고 가는 짐 꾸러미.

119 원(園): 1789년 장헌세자(莊獻世子)의 묘를 수원으로 옮겼는데 그 이름이 현륭원(顯隆園)이다.

120 자궁(慈宮): 임금의 어머니.

던 터라 계啓를 올릴 때, 당시의 의론이 그들을 죄주기는 어려울 것이라고 생각했었다.

「별단別單」[121]에는 대략 다음과 같은 내용이 있다. "금년 추수에서 네 고을 가운데 연천이 가장 흉년이 들었는데, 김양직이 탐학한 정사를 한 뒤인지라 허다하게 남아 있는 해독이 오늘날까지 매우 극심합니다. 대체로 별환別還[122]을 요청하는 자들은 가난한 양반이거나 걸식하는 백성들 할 것 없이 가분加分[123] 받기에 급한 자들인데, 소청訴請만 하면 곧 허락해주었기 때문에 지금에 이르러서 양반은 매질을 하며 독촉을 해도 낼 것이 없고, 백성은 도망치는 자가 속출하여 혼란이 끝이 없습니다. 지적하여 받아낼 곳이 없게 되니 허위로 명목을 세워 친족이나 마을 사람들에게 전가했습니다. 새로 부임한 관리가 이미 그러한 사실을 낱낱이 감영監營에 보고하였으나, 아직까지 제사題辭[124]가 내려오지 아니하니 신·구 수령 모두 어떻게 감당할 수가 없는 일입니다. 비록 오랫동안 시행되지 않던 훌륭한 법전을 만난다고 하더라도 그 폐단을 그치게 할 가망은 없습니다. 독촉이 날마

121 「별단(別單)」: 『전서』 I-10, 28a 이하 참조.

122 별환(別還): 주로 양반이 사사로이 환곡을 요청하는 것.

123 가분(加分): 수령이, 응당 창고에 남겨두어야 할 곡식을 분급하여 그에 대한 모곡(耗穀)을 취하는 것.

124 제사(題辭): 백성이나 하급관청에서 제출한 소장(訴狀)이나 원서(願書)에 대하여 해당 관청에서 내리는 지시나 판결.

다 급한지라 뿔뿔이 흩어질 상황이 목전에 이르렀습니다. 이른바 가류곡加留穀을 공공연히 팔아먹은 뒤, 이것을 자기 멋대로 분배하여 강제로 채워 넣게 하는데, 유리由吏[125]는 벼 몇섬, 창리倉吏[126]는 기장 몇섬을 내라고 하여 그 수량을 열배 백배로 늘려 보고에 준準하게 한 뒤에야 그만두니, 가옥과 전답을 다 팔더라도 오히려 모자랄까 걱정입니다. 아전도 백성인데, 어떻게 이런 상황을 참아낼 수 있겠습니까? 한 사람이 향임鄕任에 오르면 구족九族이 역役을 면제받기 때문에 향임을 팔기 시작한 이래로, 넉넉한 집안 부유한 백성은 유자儒者의 옷을 입고 군적에서 이름이 삭제되는 반면에 가난한 백성들은 황구첨정黃口簽丁과 백골징포白骨徵布의 폐단이 온 고을에 더욱 가득 차게 되었습니다. 이는 어느 곳이나 공통된 근심거리지만 큰 고을에서는 그런 대로 변통을 할 수 있는 반면, 작은 고을에서는 더욱더 꼼짝달싹할 수가 없습니다. 그래서 신이 출도出道한 날 즉시 본관 수령으로 하여금 완문完文[127]을 작성해 내도록 하여 뇌물을 바치고 차임差任된 자는 모조리 임명장을 거두어 불에 태워버리고, 그 본인 및 친족을 막론하고 군정軍丁에 결원이 생길 경우에 충당하도록 하여, 한편으로는 뇌물을 주고 군역軍役을 면하

125 유리(由吏): 지방 관아에 딸린 이방(吏房)의 아전.

126 창리(倉吏): 지방 관아의 창고를 관리하는 아전.

127 완문(完文): 관사(官司)에서 작성·발급하는 공증력(公證力) 있는 문서.

는 교활한 풍습을 징계하고 또 한편으로는 황구첨정이나 백골징포와 같은 폐단을 제거하려고 하였습니다. 그러나 환곡還穀에 관한 문제에 대해서는 신이 마음대로 처리할 문제가 아니었으므로 고을의 백성들이 뜰에 가득히 모여 호소를 하고 길을 가로막고 간절히 말을 하였지만, 신이 모두 돌아가 임금님께 말씀드리겠다고 대답하였습니다. 그러니 지금 당장 관찰사로 하여금 별도로 조사반을 편성하여 다시 자세히 조사하게 하여, 김양직이 순전히 팔아먹은 것은 숫자를 계산하여 징수하도록 하고, 그외에 지목하여 징수할 곳이 있는 자는 금년 내로 절반 혹은 3분의 2를 내도록 연기해주게 하십시오. 그리고 본관 수령으로 하여금 조정의 덕스러운 뜻을 선포하게 하여 연천의 백성들에게 사과하는 것이 아마도 백성을 안집安集시키는 방법이 될 것입니다."

이때에 정승 서용보徐龍輔[128]의 가인家人으로 마전麻田에 사는 자가 있었는데, 향교의 터를 정승의 집에 바쳐 묏자리를 삼고자 하여 거짓으로 '터가 좋지 않다'고 하고, 고을의 선비들을 협박하여 학궁學宮을 옮기고 명륜당明倫堂을 헐어버렸다. 공이 안렴按廉하면서 그 사실을 알고 체포해다가 징계하였다.

128 서용보(徐龍輔): 1757~1824(영조 33~순조 24). 자는 여중(汝中), 호는 심재(心齋), 본관은 달성(達城). 벽파(僻派)로 다산 일파를 모해했다. 경기도 관찰사, 영의정 등을 역임했다.

정동준鄭東浚[129]을 논핵하는 상소를 올리려 하다가, 임금의 엄한 교지로 인하여 숙배사은肅拜謝恩한 뒤 밤에 옥당에서 숙직하다가 이날 밤에 암행어사의 명을 받아 결국 상소를 올리지 못했다.

이때에 내각학사內閣學士 정동준이 병을 칭탁하여 집에 있었다. 음으로 조정의 권세를 잡고 사방의 뇌물을 긁어모았으며, 귀하고 명망 있는 조정 대신들을 매일 밤 백화당百花堂에 초청하여 연회를 베풀었다. 그리하여 내외의 관직에 있는 사람들이 그를 눈꼴사납게 보고 있었다. 그 상소는 대략 다음과 같다. "내각을 설치한 것은 곧 전하께서 선인들의 아름다움을 계승하고 문치文治를 진작하여 백년대계의 기틀을 세우시기 위함이었으니, 신하 된 자로서 누군들 우러러 흠모하지 않았겠습니까? 다만 인재를 선발하여 임명하는 데 있어 혹 적격자가 아닌 사람이 총애를 받아 분수에 지나침이 있게 되면, 교만하고 사치한 마음이 이로 말미암아 싹트고 으스대는 마음이 이로 말미암아 일어나게 됩니다. 각신閣臣 아무개 같은 사람은 병을 핑계로 집에 있으면서 밤낮으로 국사를 돌보는 노고를 바치지 아니하니 어느 누구도 그 일을 의심하고 괴이하게 여기지 않는 사람이 없

129 정동준(鄭東浚): 1753~1795(영조 29~정조 19). 자는 사심(士深), 본관은 동래(東萊). 1775년 정시문과(庭試文科)에 병과로 급제, 1795년 내각학사(內閣學士)로 역모를 꾀하다가 발각되어 자살했다.

습니다. 더구나 그의 집은 법도를 벗어나 지나치게 호화로우니 길가는 사람 치고 손가락질하지 않는 사람이 없습니다. 이는 각신閣臣으로서 좋은 소식이 아닌 듯합니다." 다음해에 정동준이 과연 쫓겨나니, 사람들이 공의 선견지명에 탄복하였다.

12월 초7일, 경모궁景慕宮[130]에 존호尊號를 추존해 올릴 때 도감都監[131]의 도청都廳[132]에 계하啓下되었다.

이보다 먼저 임금이 연신筵臣에게 이르기를 "정 아무개는 본래 한림翰林 출신으로 응당 내각에 들어갔어야 할 터인데 불행히도 일이 어긋나 신해년 이래로 시일을 끌어오다가 오늘에까지 이르렀다. 지금은 겨우 대교待敎·직각直閣으로 있으니 잘못된 일이다. 마땅히 바로 품계를 올려주어 만약 성균관 대사성大司成이나 홍문관 부제학副提學을 삼을 것 같으면, 내각의 제학提學으로도 키울 수 있을 것이다" 하였다. 마침내 임금의 뜻이 대신에게 전해졌으므로 도청都廳에 임명될 수 있었던 것이다.

다음해 을묘년(1795)은 장헌세자의 회갑이 되는 해였다. 임금이 다음해에 장헌세자에게 휘호徽號를 올리고, 또 태비太

130 경모궁(景慕宮): 정조의 아버지인 장헌세자를 장조(莊祖)로 추존하기 전에 신위를 모시던 궁.

131 도감(都監): 나라에 큰일이 있을 때 임시로 설치하는 기구.

132 도청(都廳): 도감(都監)에 딸린 벼슬로 낭관(郎官)의 우두머리.

妃·태빈太嬪에게 호를 올리고자 하여 예조에 도감都監을 설치하여 채제공을 도제조都提調로 삼고 공을 도청랑都廳郎으로 삼았다. 이때 조정의 신하들이 휘호 여덟자를 논의했는데 금등金縢에 담긴 세자의 뛰어난 효성이 드러나지 않았다.(금등의 말은 '桐兮桐兮 血衫血衫'이다—원주) 임금이 고치도록 의논하게 하고자 하였으나 내세울 명분이 없었으므로 은밀히 채제공과 이가환에게 자문하였다. 이가환이 말하기를 "올려 바친 여덟자 중에 '개운開運'이라는 글자가 있으니, 이는 석진石晉[133]의 연호年號입니다. 이것을 가지고 말씀하십시오" 하니, 임금이 크게 기뻐하여 드디어 존호를 고치도록 의논하라고 명하였다. 이에 '장륜융범 기명창휴章倫隆範 基命彰休'라고 존호를 의논하여 올리니, 장륜융범이란 바로 금등金縢의 뜻이다. 대제학 서유신徐有臣[134]이 옥책문玉冊文[135]을 지으면서 또 금등의 일을 언급하지 아니하여, 응교應敎 한광식韓光植[136]이 소疏를 올려 소략하고 잘못된 점을 논

133 석진(石晉): 중국 5대 때 석경당(石敬塘)이 후진(後晉)을 세웠으므로 후진을 석진(石晉)이라 한다.

134 서유신(徐有臣): 1735~1800(영조 11~순조 1). 자는 순오(舜五). 대제학 등의 벼슬을 역임했다.

135 옥책문(玉冊文): 제왕이나 후비(后妃)의 존호를 올릴 때 옥책(玉冊)에 새긴 송덕문(頌德文).

136 한광식(韓光植): 1729~?(영조 6~?). 자는 일지(一之). 1777년 증광문과(增廣文科)에 병과로 급제했다.

했다. 임금이 한광식의 소를 도감의 여러 신하들에게 내려 보내 옥책문 전체를 바꾸어야 하는지, 아니면 한두 구절만 바꾸어도 되는지를 의논하게 하였다. 이때에 도감 제조都監提調 민종현閔鍾顯[137]·심이지沈頤之[138]·이득신李得臣[139]·이가환 등이 모두 깊이 신음만 하고 의논을 결정하지 못하고 있었다. 공이 말하기를 "대체로 표表·전箋·조詔·고誥와 같은 유형에 있어서는 자구字句에 결함이 있을 경우에 삭제하거나 윤색해도 괜찮겠지만, 지금 옥책에 금등金縢의 일을 언급하지 않았으니 이는 생명력을 모두 잃어버린 것입니다. 지금이 '장륜章倫' 두 글자가 곧 이 한편의 종지宗旨인데, 이 점에 대해서 분명히 언급해놓은 곳이 없으니, 과문科文에 비유해 본다면 포서파제鋪序破題[140]가 완전히 시제試題의 뜻을 잃은 것과 같습니다. 그러니 전편을 다시 짓지 아니하면 아마도 올바른 뜻을 얻기 어려울 것입니다"라고 하여, 드디어 다시 지어야 한다고 청하였다. 임금이 이병모李秉模[141]에게 명하

---

137 민종현(閔鍾顯): ?~1798(?~정조 22). 시호는 문목(文穆). 수원부사, 평안도 관찰사 등의 벼슬을 역임했다.

138 심이지(沈頤之): 1767(영조 43년). 중시문과(重試文科)에 병과로 급제하여 참판, 판서 등의 벼슬을 역임했다.

139 이득신(李得臣): 1742~1802(영조 7~순조 2). 자는 성량(聖良), 본관은 전주(全州). 병조판서, 이조판서 등의 벼슬을 역임했다.

140 포서파제(鋪序破題): 시제(試題)의 뜻을 밝히는 도입부.

141 이병모(李秉模): 1742~1806(영조 18~순조 6). 자는 이칙(彝則), 호는 정수재(靜修齋), 시호는 문숙(文肅). 우의정 등의 벼슬을 역임했다.

여 다시 지어 올리게 하였다.

옥책玉冊과 금인金印[142]이 완성된 뒤 봉封하여 올리려고 하는데, 서리胥吏가 묻기를 "태빈궁太嬪宮[143]의 옥책과 금인에도 '신근봉臣謹封'이라고 써야 합니까?"라 하여, 채제공이 의례규범을 두루 찾아보게 하였으나 모두 전거를 찾아내지 못하여 한나절이 되도록 허둥대며 어찌할 바를 몰랐었다. 이에 공이 나아가서 "'신근봉臣謹封'이라고 하는 것이 옳습니다"라 하니, 채제공이 눈을 부릅뜨고 망언을 하지 말라고 하고 민종현과 심이지는 "왜 그런가?" 하고 물었다. 공이 말하기를 "지금 옥책과 보금인寶金印 그리고 기타 물품을 도감의 여러 신하들이 그 존호를 옥에다 새겨 태비·태빈에게 올린다면 조정에서 태빈에 대해 '신臣'이라고 칭하지 아니하니, 지금 또한 '신臣'이라고 쓰지 않는 것이 옳을 것입니다. 그러나 지금 우리 신하들은 임금의 명을 받들어 이 옥책 등 여러 물품을 만들어 임금께 올리는 것이고, 임금께서 정성과 효도로서 태비·태빈께 올리는 것이니, 임금께 올리는 물품에 '신臣' 자를 쓰지 않아서야 되겠습니까?" 하였다. 이에 그 자리에 있던 여러 사람들이 좋은 의견이라고 하여 '신臣' 자를 써서 올렸다.

12월 13일, 홍문관 부교리副校理에 제수되었다.

---

142 금인(金印): 진상(進上)하는 존호를 새긴 도장.

143 태빈(太嬪): 정조의 어머니인 홍씨(洪氏).

1795년(정조 19, 을묘乙卯) 34세

정월 17일, 사간원 사간司諫에 제수되었다. 품계가 통정대부通政大夫에 오르고, 동부승지同副承旨에 제수되었다.

2월 17일, 병조참의兵曹參議에 제수되었다.

임금이 태빈太嬪을 모시고 두 군주郡主[144]를 데리고 수원으로 행차할 때 특별히 병조참의로 제수하여 시위侍衛로서 따르게 하였다. 임금이 현륭원顯隆圓에 배알한 뒤, 수원으로 돌아와 봉수당奉壽堂에서 잔치를 베풀고, 어제御製를 나누어 주며 호종했던 신하들에게 그 운에 맞추어 화답하는 시를 짓게 하였다. 이는 아마도 장헌세자와 정조의 어머니가 모두 이해에 회갑을 맞이했기 때문에 이와 같은 잔치를 베풀었던 것 같다. 공이 화답한 시는 다음과 같다.

> 장락궁長樂宮 높은 곳에 새 잔치 베푸니
> 수성壽星이 이르러 신령스런 봄을 축복하네.
> 하늘과 함께 천년 만년 길이길이 사시리니
> 아침 해 돋는 듯 비로소 육순六旬이네.
> 눈에 가득 벽도화碧桃花는 모두가 서기瑞氣이고

144 군주(郡主): 왕세자의 적녀(嫡女)에게 내리는 외명부(外命婦) 정2품의 위호(位號). 여기의 두 군주는 장헌세자의 딸인 청연(淸衍)과 청선(淸璿).

붉은 꽃 꽂은 이들 모두가 봉인封人이네.
우리 임금 효성은 순효純孝로 받드리라.
아침까지 늙은이들 백 잔 술에 취하리.

長樂宮高設讌新 壽星臨處祝靈春
與天無極期千萬 如日方昇始六旬
滿眼碧桃渾瑞氣 揷頭紅蕚總封人
吾王錫類推純孝 黃耉明朝醉百巡[145]

또 장대將臺에서 군대를 사열하고, 낙남헌洛南軒에서 양로養老잔치를 베풀었는데, 공이 모두 화답하는 시를 지었다.

2월에 임금이 경모궁景慕宮에 행차하여 친히 강신례降神禮를 행하였다. 그 전날 저녁 병조에서 숙직을 할 때에 봄바람이 부채질하듯 싱그럽게 불어왔으므로 '선화扇和' 두 글자를 써서 군호軍號[146]로 올렸더니, 조금 뒤 "허다한 문자가 있는데 왜 하필 선화라고 하는가. 속히 다시 고쳐서 올리라" 하는 엄한 교지가 내려와 고치고 또 고치기를 아흔아홉번이나 한 뒤 '만세萬歲'라는 두 글자를 써서 올려 비로소 재가를 받았다. 군호가 반포된 뒤, 또 '폐하께서는 만

145 이 시는 『전서』 I-2, 16a에 「봉화성제봉수당진찬(奉和聖製奉壽堂進饌)」이라는 제목으로 수록되어 있는데 꼭 같지는 않다.
146 군호(軍號): 군중(軍中)에서 쓰이는 암호.

세의 수를 누리고 신은 이천석二千石이 되었습니다'라는 어제御題가 내려와, 새벽 문 열 때까지 칠언 배율七言排律 100운韻을 지어 올리라고 했다. 공이 왕길王吉의 「석오사射烏詞」 100운을 써서 지어 올렸다.[147] 임금이 비답批答하기를 "지난밤 군호軍號의 일로 인하여 시험 삼아 100운의 배율을 지어 바치라고 하였는데, 시간은 2경更이 지난 뒤였고 글제도 또한 뜻이 애매한 것이었다. 승선承宣[148]이 명을 전하러 갈 때 단지 '이 어제御題에서 얘기하고 있는 인물은 전한前漢 때의 사람이고, 그 일은 활 쏘는 데 관계된 일이니 널리 두루 조사해보고 새벽 문 열 때까지 시를 지어 바치라'라고만 기록하여 보냈는데, 문을 열자 시가 이미 완성이 되었도다. 시편은 원만하고 구절구절 잘 다듬어져 있으며 왕왕 놀랄 만한 어구가 많으니, 이서구李書九[149]와 한만유韓晩裕[150]의 「장안시상주가면長安市上酒家眠」이라는 100구句의 고시古詩와 같이 한계가 너그러운 점은 차치하더라도 황기천黃基天[151]이 1

---

147 『전서』 I-2, 13b, 「기성응교부득왕길사오사일백운(騎省應敎賦得王吉射烏詞一百韻)」 참조.

148 승선(承宣): 승지(承旨)의 별칭.

149 이서구(李書九): 1754~1825(영조 30~순조 25). 자는 낙서(洛瑞), 호는 척재(惕齋)·강산(薑山), 본관은 전주(全州). 형조판서 등의 벼슬을 역임했다.

150 한만유(韓晩裕): 1746~1812(영조 22~순조 12). 자는 여성(汝成), 본관은 청주(淸州). 1773년 증광전시에 병과로 급제했다.

151 황기천(黃基天): 1760~1821(영조 36~순조 21). 자는 희도(羲圖), 호

경更 만에 지은 100구句의 부賦가 아직도 사람들 입에 회자되는 것과 같고, 윤행임尹行恁[152]이 100구句의 표表와 삼도三道의 책策을 지을 때 삼복더위 한밤중 2경更 만에 한번 붓을 휘둘러 완성하니 이원摛院[153]이 크게 빛을 발하였다고 하는 것에 비길 수 있으리라. 오늘 이 사람의 글 짓는 솜씨가 신속하기는 시부詩賦를 짓는 것보다 빠른 듯하고, 짓는 과정에 있어서도 표책表策을 짓는 것보다 못하지 아니하니, 이만큼 실력과 재주를 가진 사람은 참으로 보기 드물다 할 만하다"라 하였다. 반열에 있는 여러 문신들이 평을 하여 올리니, 큰 사슴가죽 한장을 내려주었다. 이에 규장각 제학提學 심환지沈煥之[154]가 평하기를 "문장이 활달하기는 구름이 펴지고 물이 흐르는 것과 같고, 짜임새가 정교하기는 옥을 다듬고 비단을 짜놓은 것과 같으니, 이러한 사람을 두고 이른

는 능산(菱山)·후환(后晥), 본관은 창원(昌原). 이조정랑, 지평, 장령 등의 벼슬을 역임했으며 문장과 글씨에 뛰어났다.

152 윤행임(尹行恁): 1762~1801(영조 38~순조 1). 자는 성보(聖甫), 호는 방시한재(方是閑齋)·석재(石齋), 본관은 남원(南原). 이조참판, 대사간 등의 벼슬을 역임했으며, 시파(時派)로 정조의 신임이 두터웠으나 1801년 김조순(金祖淳)의 상소로 참형당했다.

153 이원(摛院): 이문원(摛文院)의 약칭. 원래는 어진(御眞), 어필(御筆) 등의 보관을 맡은 관청이었는데, 정조 5년에 규장각 관원들의 숙소가 됨으로써 규장각의 별칭이 되었다.

154 심환지(沈煥之): 1730~1802(영조 6~순조 2). 자는 휘원(輝元), 호는 만포(晩圃), 본관은 청송(靑松). 좌의정, 영의정 등의 벼슬을 역임했으며, 벽파(僻派)의 영수로 신유옥사 때 천주교도 박해에 앞장섰다.

바 문원文苑의 기재奇才라 하겠다"라 하였고, 예문관 제학提學 이병정李秉鼎[155]은 평하기를 "반 밤 사이에 100구句의 배율排律을 지었는데도 생각을 굴린 것은 맛이 있고 운을 맞춘 것도 구차하지 않으니, 쉽지 않은 일이다"라 하였고, 홍문관 제학提學 민종현閔鍾顯이 평하기를 "문장의 화려함은 넘쳐흐르고 음운은 쟁쟁하다. 온종일 애써 읊조리며 지었다고 하더라도 오히려 가작佳作이라고 할 만한데 하물며 몇 시간 만에 지은 것임에랴"라 하였다. 이때에 임금이 공에게 관각館閣의 일을 맡기려고 하여 일부러 먼저 그렇게 하여 뜻을 나타내 보인 것이다.

며칠 뒤에 감시監試·회시會試에서 일소一所의 고관考官으로 교지를 받들었다.

이때에 남인으로 합격한 자가 50명이나 되었는데, 모두 이소二所에서 뽑힌 사람들이었고 일소에서 뽑힌 사람은 겨우 세 사람뿐이었다. 일소의 고관이 사정私情을 썼다고 오인되어 그 말이 임금에게까지 들리게 되었다. 이는 아마도 공의 백운시百韻詩를 지목하여 임금이 평을 한 뒤 사신詞臣들과 각신閣臣들이 크게 기뻐하지 아니하며 "머지않아 마땅히 내각에 들어올 것이다"라 하였으므로 과장科場의 말을 선동하여 모함한 것이라 여겨진다. 또 며칠 뒤 군복軍服의 일

155 이병정(李秉鼎): 1742~1804(영조 7~순조 4). 자는 이중(彝仲), 본관은 전주(全州). 이조판서, 병조판서 등의 벼슬을 역임했다.

로써 특별히 본직인 형조참의刑曹參議로 체직遞職되었다. 과장科場에서 사정私情을 썼다는 말이 비화되었기 때문이다.

3월 초3일, 의궤청儀軌廳[156] 찬집문신纂輯文臣으로 계하啓下되었다.

규영부奎瀛府 교서승校書承으로 부임할 것을 명받고, "남이 하나를 할 때 너는 열을 해야 비로소 속죄할 수 있을 것이다"라는 엄한 교지를 받았다.

『정리통고整理通攷』[157]를 찬술撰述하도록 명받았다. 화성華城에 원소園所[158]를 설치하고 나무를 심는 일에서부터 배봉진지拜峯鎭志[159]를 쓰는 데 이르기까지 모두 공이 맡아서 닦아놓았다. 이 역사役事에 이가환李家煥·이만수李晩秀[160]·윤행임尹行恁·홍인호洪仁浩·이상황李相璜[161]·엄기嚴耆[162]·김이

---

156 의궤청(儀軌廳): 나라에 큰일이 생겼을 때 후세에 참고하도록 그 일의 시종본말(始終本末)을 기록하는 관청.

157 『정리통고(整理通攷)』: 『화성정리통고(華城整理通攷)』로 수원성(水原城)의 규모 및 제도를 적은 책.

158 원소(園所): 장헌세자의 능인 현륭원(顯隆園)의 터를 말함.

159 배봉진(拜峯鎭): 수원 근교에 있는 진(鎭).

160 이만수(李晩秀): 1752~1820(영조 28~순조 20). 자는 성중(成仲), 호는 극옹(屐翁)·극원(屐園). 대제학, 호조판서 등의 벼슬을 역임했다.

161 이상황(李相璜): 1763~1841(영조 39~헌종 7). 자는 주옥(周玉), 호는 동어(桐漁)·현포(玄圃), 본관은 전주(全州). 좌의정, 영의정 등의 벼슬을 역임했다.

162 엄기(嚴耆): 1762~?(영조 38~?). 자는 백영(伯英), 본관은 영월(寧越). 1790년 증광문과에 병과로 급제했다.

교金履喬·김이재金履載[163]·서준보徐俊輔[164]·김근순金近淳[165]·조석중曺錫中[166] 등이 모두 참여하였으므로 세상에서 '등영登瀛한 인재를 매우 잘 가려 뽑았다'고 일컬었으니, 그 당시의 풍채를 상상해볼 수 있겠다.

「식목년표植木年表」에 발跋을 쓰기를 "위의 표는 현륭원에 식목한 숫자이다. 을묘년 봄에 개서국開書國에 명하여 『정리통고』를 찬술하게 하였는데, 비궁閟宮[167]·침원寢園[168] 및 용주사龍珠寺·배봉진拜峯鎭 등 여러 곳의 연기緣起와 규제規制를 신에게 명하여 찬술하라고 하셨다. 명을 받은 뒤, 임금이 식목부植木簿를 주면서 유시諭示하기를 '7년 동안(기유년己酉年으로부터 을묘년乙卯年에 이르기까지—원주) 8읍邑(수원水原·광주廣州·용인龍仁·과천果川·진위振威·시흥始興·안산安山·남양南陽—원주)에 식목한 장부책이 수레에 실으면 소가 땀을 흘릴

163 김이재(金履載): 1767~1847(영조 43~헌종 13). 자는 공후(公厚), 호는 강우(江右), 본관은 안동(安東). 김이교(金履喬)의 아우.

164 서준보(徐俊輔): 1770~1856(영조 46~철종 7). 자는 치수(穉秀), 호는 죽파(竹坡), 본관은 달성(達城). 대제학 등의 벼슬을 역임하였다.

165 김근순(金近淳): 1772~?(영조 48~?). 자는 여인(汝仁), 호는 십청(十青)·귀연(歸淵), 본관은 안동(安東). 김창흡(金昌翕)의 현손이며 부제학 등의 벼슬을 역임했다.

166 조석중(曺錫中): 1763~?(영조 39~?). 자는 숙정(叔正), 본관은 창녕(昌寧). 1794년 정시문과에 병과로 급제.

167 비궁(閟宮): 종묘(宗廟)의 별칭.

168 침원(寢園): 임금의 산소.

정도로 많으나, 누가 공로가 많다든지 심은 나무의 숫자가 얼마인가에 대해서는 오히려 명백하지 않으니, 너는 번잡한 내용은 삭제하고 간략하게 하기를 힘쓸 것이며, 명백한 점만 따라 한권이 넘지 않게 하라'고 하셨다. 신이 물러나와 연표를 작성할 적에 가로로 12단을 만들고(7년 동안 12차례 식목한 것을 배열하기 때문이다—원주), 세로로 8단을 만들어(8읍을 배열하기 때문이다—원주) 칸마다 그 숫자를 기록하고 총계를 내어보니, 소나무·홰나무·상수리나무 등 여러 나무들의 총 숫자가 모두 12,009,772그루였다. 이것을 맨 끝에 기록하여 올렸더니, 임금이 '책 한권 정도의 분량이 아니면 자세히 할 수 없을 것이라고 생각했더니, 네가 한장의 종이에다 한마리 소가 땀을 흘리며 끌 정도로 많은 분량의 내용을 일목요연하게 정리해놓았으니 잘했다고 이를 만하다'라 하시고, 오랫동안 칭찬하셨다. 이해 여름에 간언諫言하는 자에게 원한을 사서 가을에 금정金井으로 쫓겨나게 되었다. 이제 그 초본이 책 상자 속에 남아 있으므로 애오라지 이것을 기록하여 후세에 남겨줌으로써 임금의 침원寢園에 대한 효성이 이와 같이 지극하였음을 알게 하려 한다" 하였다.

하루는 상원上苑에 온갖 꽃이 활짝 피었는데, 임금이 여러 학사들을 단풍정丹楓亭 아래로 불렀다. 내구마內廐馬를 타고 호종하는 사람이 무려 20명이나 되었다. 청양문靑陽門을 나와 궁궐 담을 한 바퀴 돌아 석거각石渠閣에 이르러 말에서 내렸다. 잠시 후 이들을 데리고 농산정籠山亭에 이르러 곡연曲宴[169]을 베풀고 여러 신하들이 마음대로 유람할 수 있도록 해주었다. 금원禁苑에 있는 수석과 꽃의 빼어난 경관과 정자·연못·누대의 기이함과 책상·도서의 신비한 것 등을 구경하지 않은 것이 없었다. 또 발걸음을 옮겨 서총대瑞葱臺에 이르러 임금이 활을 쏘는데 여러 학사들로 하여금 집안사람이나 부자같이 가까이서 보게 하였다. 저녁나절에 부용정芙蓉亭 아래로 데리고 가 꽃을 구경하고 고기를 낚았다.

「부용정시연기芙蓉亭侍宴記」[170]에 말했다. "금상전하 19년 봄에 임금께서 상화조어연賞花釣魚宴을 베풀었는데, 신이 규영부奎瀛府 찬서撰書로 필연筆硯의 노고가 있다고 하여 특별히 명하여 잔치에 참석하게 하였다. 이때에 대신·각신으로 잔치에 참석한 사람이 모두 10여명이나 되었다. 임금이 단풍정丹楓亭에서 말을 타고 여러 신하들에게도 말을 타고 따르도록 하였다. 어가御駕가 유근문逌覲門을 경유해서 북쪽으로 궁궐의 담을 따라 돌다가 집춘문集春門 안으로 들어서 꾸불꾸불 돌아 석거각石渠閣 아래에 이르러 말에서 내렸다. 상림上林에는 온갖 꽃들이 활짝 피었고 봄빛이 화창하였다. 임금이 여러 신하들을 돌아보고 '내가 이곳에 온 것은 안일하게 유희나 즐기려고 온 것이 아니다. 오직 경들과 함께 즐김

---

169 곡연(曲宴): 임금이 궁중의 내원(內苑)에서 베푸는 작은 연회.

170 『전서』 I-14, 5b 참조.

으로써 마음을 서로 주고받아 천지의 조화에 응하고자 함이다'라고 하였다. 여러 신하들이 모두 머리를 조아리며 감사하다고 하였다. 술이 몇 순배 돌자 임금의 얼굴빛이 유쾌해지고 목소리도 화창하였다. 잔치를 끝내고 임금이 여러 신하들과 함께 행차를 옮겨 원苑 안에 있는 여러 정자를 둘러보고 저녁나절에 부용정에 이르렀다. 임금은 물가에 있는 난간에 앉아 낚시를 드리우고, 여러 신하들도 연못가에 앉아 낚시를 드리웠다. 낚은 고기를 통 안에 넣어두었다가 이윽고 모두 놓아주었다. 여러 신하들에게 명하여 배를 띄우게 하고 배 위에서 시를 짓게 하였는데, 정해진 시간 내에 짓지 못하는 자는 연못 가운데 있는 조그만 섬에다 가두겠다고 하였다. 몇 사람이 과연 귀양살이를 하게 되었으나 곧 풀어주었다. 또 음식이 나와 실컷 먹고 취하였다. 임금이 어전御前의 홍사촉紅紗燭을 내려주어 이것을 밝히고 원院으로 돌아왔다. 신이 삼가 생각하건대, 임금과 신하와의 관계는 하늘은 높고 땅은 낮은 것과 같다고 하겠으나 임금의 도가 너무 굳세기만 하고 마음씨가 미덥지 못하면 모든 정사는 좀스러워지고 육기六氣는 어긋나게 되어 재앙과 이변이 일어나게 된다. 그러므로 하늘은 내려오고 땅은 올라간 것을 태泰[171]라고 하는데, 군자의 도는 생장하고 소인의 도

171 태(泰): 『주역(周易)』의 괘명(卦名).

는 소멸하여 음양이 조화되므로 사특하고 바르지 못한 기운이 발붙일 틈이 없는 것이다. 우리 임금께서는 평소에 뜻이 공손하고 검소하시어 말을 치달리며 사냥하기를 좋아하지 않으시고, 음악이나 여색이나 진기한 물건을 가까이 하지도 않으시며, 환관과 궁첩宮妾이라고 하여 사사로운 정을 주지 아니하신다. 다만 진신대부縉紳大夫들 중에 문학과 경술經術이 있는 사람만을 좋아하여 그들과 함께 잔치를 베풀어 즐기신다. 비록 사죽금석絲竹金石과 같은 온갖 악기를 베풀어놓고 번갈아 연주하게 하여 노닌 적은 없으나, 음식을 내려주고 온화한 얼굴빛으로 대해주어서 친한 이를 친히 대해줌이 마치 집안사람들이나 부자 사이와 같았으며, 엄하고 딱딱한 얼굴빛은 짓지 않았다. 그러므로 여러 신하들도 각각 자기가 하고 싶은 말을 다 털어놓지 않음이 없었다. 그리하여 민생의 질고와 여항閭巷의 말 못할 답답한 사정을 모두 환히 들을 수 있었으며, 경經을 말하고 시詩를 이야기하는 자들도 의구심 없이 질정하고 변석하는 데 정성을 다할 수 있었다. 아! 이것이 바로 군자의 도가 생장하고 소인의 도가 소멸한다는 것이 아니겠는가? 옛날 호방형胡邦衡이 명원정明遠亭에서 임금을 모시고 연회를 한 뒤 물러나와 「옥음문답玉音問答」을 지어서 임금과 신하가 서로 마음을 주고받던 성사盛事를 서술하였다. 신도 지금 연회에 참석하였으니, 어찌 이 성사를 기록하여 성덕聖德을 드날리지 않겠는가?"

삼일제三日製에서 선비들을 시험하는데, 임금의 특지特旨로 대독관對讀官에 차임되었다.

임금이 제학提學 서유린徐有隣[172]에게 말하기를 "취取하고 버리고 흠잡고 병통을 지적하기를 대독관과 함께 서로 상의해서 하는 것이 옳을 것이오" 하였다. 공이 일어나 사양하면서 "문원文苑의 고사에 대독관은 단지 답안만 읽을 뿐 감히 가부可否에 관여를 해서는 안 된다고 하였으니, 신이 감히 명을 받지 못하겠습니다"라 하니, 임금이 "함께 의논할 수 있을 만함을 알고 있으니, 사양하지 말라"라 하였다. 공이 굳이 사양하였으나 임금이 교지를 거듭 내리므로 공이 부득이 의논하는 데 참여하게 되었다. 답안을 평함에 있어서 제학提學 서유린이 성지聖旨를 받았다고 하여 한점을 찍고 한점을 지울 적마다 모두 공의 말을 기다렸다. 공이 엄한 교지를 받은 이래로 한평생 다시는 고관考官이 되지 못할 것이라고 생각하였는데, 불과 며칠 만에 이러한 은명恩命이 있게 되었다. 이는 아마도 지난번 과장에서 일어났던 참소에 대해서 임금이 이미 그것이 무고임을 아셨기 때문이리라.

---

172 서유린(徐有隣): 1738~1802(영조 14~순조 2). 자는 원덕(元德), 본관은 달성(達城). 호조판서, 수원부 유수 등의 벼슬을 역임했으며 벽파(僻派)에 의해 경흥(慶興)에 유배되어 그곳에서 죽었다.

이때에 배율排律 답안 한장이 버림을 당했는데, 버리려 할 때 임금이 다시 한번 훑어보고 떨어짐을 애석하게 여기는 뜻이 있었다. 답안 채점이 다 끝났을 때, 배율은 뽑힌 것이 없었다. 임금이 "아까 그 한장이 아깝다"라 하고, 시신侍臣으로 하여금 가져오게 하였다. 구석구석 뒤져도 찾지 못하거늘, 공이 일어나 한장을 집어가지고 오니 과연 그것이었다. 드디어 제일第一에 놓고 이름을 펴보니 정약선(丁若鐥)[173] 이었다. 공이 오장五臟을 벌벌 떨며 큰 함정에 빠진 사람과 같이 얼굴색이 파랗게 질렸다. 임금이 "무엇 때문에 그러느냐?"고 하여, "신의 족제族弟입니다"라고 대답하였다. 또 "그 사람 됨됨이와 문예는 어떠한가?" 하고 물어, "범용凡庸한 선비입니다"라고 대답하였다. 물러나와서 공이 채이숙蔡邇叔[174]에게 "나는 이제 죽음이 있을 뿐입니다. 새로 사정私情에 의해 성지聖旨를 입었는데, 또다시 지척지간의 어탑御榻 앞에서 이런 꼴의 혐의를 범하였으니, 죽음이 있을 뿐입니다. 대저 고관考官이라는 직책은 반드시 죽는 자리인가 봅니다"라고 하였다. 며칠 뒤에 임금이 채이숙에게 "어제 정약선을 만나보았는데, 그 행동거지는 단정하고 조심

173 정약선(丁若鐥): 미상.

174 채이숙(蔡邇叔): 채홍원(蔡弘遠). 이숙(邇叔)은 그의 자(字). 1762~?(영조 38~?). 본관은 평강(平康), 채제공(蔡濟恭)에게 입양. 다산과 친교가 깊었다.

성 있었으며, 응대하는 것도 얌전하고 우아하였소. 그의 문학은 어떻소?" 하고 물어, 채이숙이 "문예도 또한 정묘하옵니다"라 하였다. 임금이 "정 아무개에게 물었더니 범용하다고 대답하였는데, 그 무슨 까닭이 있소?"라 하여, 채이숙은 공이 앞서 한 말을 빠짐없이 고했다. 그랬더니 임금이 크게 웃었다.

며칠 뒤에 임금이 세심대洗心臺에 행차하여 꽃구경을 하였다. 공이 또 그곳에 따라갔다.

이때에 술이 이미 몇 순배 돌았고 활쏘기도 끝이 났었다. 임금이 시를 짓고, 여러 신하들로 하여금 화답하는 시를 짓게 하였다. 내시內侍가 오색 채전彩箋 한 축軸을 가져왔다. 임금이 "여러분 가운데 누가 가장 속필이오?" 하니 모두들 "정 아무개보다 나은 사람은 없습니다"라고 하였다. 임금이 공에게 명하여 어막御幕 안에 들어와 시를 옮겨쓰라고 하였다. 공이 어탑御榻 앞에서 붓을 뽑아 쓰려고 하니, 임금이 "장막 안의 땅이 고르지 못하니 어탑 위에다 시축詩軸을 편안하게 올려놓고, 너는 어탑 아래에 앉아 쓰는 것이 좋겠다"고 하였다. 임금이 바야흐로 어탑 위에 앉으니, 임금의 위엄이 지척에 있는지라 공이 머뭇머뭇하며 감히 앞으로 나아가지 못하자, 임금이 빨리 하라고 명을 하여 할 수 없이 시키는 대로 하였다. 붓을 놀림에 임금이 내려다보고 잠시 후 웃으면서 "과연 속서速書로구나"라 하였다. 대우를 받은 것이 이와 같았다.

3월 20일, 우부승지右副承旨에 제수되었다.

4월, 규영부 교서직에서 이옥고 정직停職되었다.

이는 일종의 악당들이 헛소문을 선동하여 모함하고 헐뜯고 간사한 꾀를 썼기 때문이었다. 공이 이때부터 가슴속에 우울한 마음이 있었다. 마침내 다시는 대궐에 들어가 교서를 하지 아니하였다.

7월 26일, 금정도金井道 찰방察訪으로 외보外補되었다.

이때에 임금이 바야흐로 공을 크게 기용하려고 하던 순간이었다. 여름에 소주蘇州 사람 주문모周文謨[175]가 변복變服을 하고 몰래 들어와 북산北山 아래에 숨어서 널리 서교를 전했다. 진사 한영익韓永益[176]이 그것을 알고 이석李晳[177]에게 고하고, 이석은 채상공蔡相公에게 고하고, 채공은 임금에게 은밀히 아뢰었다. 임금이 포장捕將 조규진趙奎鎭[178]에게 명하여 기습하여 체포하도록 하였으나 주문모는 잡지 못

---

175 주문모(周文謨): 1752~1801. 중국 청나라 사람으로 천주교 신부. 1794년 압록강을 건너 우리나라에 잠입하여 포교하다가 1801년 신유옥사 때 의금부에 자수하여 사형당했다.

176 한영익(韓永益): 1767~?(영조 43~?). 중국인 주문모(周文謨) 신부가 밀입국하여 천주교를 포교하고 있다고 맨 처음 관에 알렸던 사람으로 진사(進士)였다.

177 이석(李晳): 이벽(李檗)의 형.

178 조규진(趙奎鎭): 1771년 전라우수사, 1780년 황해도병마사, 1783년 좌포도대장을 지냈다.

하고 최崔[179]·윤尹[180] 등 세 사람만 잡아다 곤장으로 쳐서 죽였다. 이때 목만중睦萬中 등이 헛소문을 선동하여 이번 기회에 선류善類를 모두 모함하려 하여, 몰래 박장설朴長卨[181]에게 사주使嗾하여 상소케 했다. 그는 자칭 기려지신羈旅之臣[182]이라 하고 맨 먼저 서유방徐有防[183]의 간사함을 논하고, 다음으로 포도청에서 성급히 사형 집행한 것을 논했다. 이어 이가환에 대해서는 "이가환이 일찌기 천문책天文策에 대답하면서 청몽기설淸蒙氣說을 썼다"고 하고, 또 "동고관同考官이 되었을 적에 책문策問이 오행五行이었는데 해원解元이 대답한 것이 오로지 서양 사람의 설을 주로 하여 오행을 사행四行으로 했다"고 하였다. 해원은 바로 공의 중형仲兄인 손암공巽菴公[184]이다. 이것은 모두 목만중이 항상 말하여 몰래 사

179 최(崔): 최인길(崔仁吉). 1765~1795(영조 41~정조 19). 천주교 신자. 중국어 역관으로 주문모를 숨겨주었다.

180 윤(尹): 윤유일(尹有一). 1760~1795(영조 36~정조 19). 천주교 신자. 북경에 가서 주문모 파견을 교섭하여 성공했다.

181 박장설(朴長卨): 1729~?(영조 5~?). 자는 치교(稚敎), 호는 분서(汾西), 본관은 밀양(密陽). 대사간, 호조참의 등의 벼슬을 역임했다.

182 기려지신(羈旅之臣): 다른 나라 사람으로 벼슬하는 신하.

183 서유방(徐有防): 1741~1798(영조 17~정조 22). 자는 원례(元禮), 호는 봉헌(奉軒), 본관은 달성(達城). 이조·병조판서 등의 벼슬을 역임했다.

184 손암(巽菴): 정약전(丁若銓)의 호. 1758~1816(영조 34~순조 16). 자는 천전(天全), 호는 일성루(一星樓)·매심재(每心齋)·손암(巽菴)·연경재(研經齋), 본관은 나주(羅州). 병조좌랑 등의 벼슬을 역임했으며 신유옥사 때 흑산도로 유배되어 그곳에서 죽었다.

주하던 말들이었다. 상소가 들어가니 임금이 진노하여 전교하기를 "나라의 기강이 비록 부진하다고 하나 그들이 어찌 감히 이와 같이 놀라울 정도로 패란悖亂할 수 있겠느냐. 그들도 또한 나라 안의 벼슬아치요, 유구琉球나 일본에서 어제 오늘 귀화한 무리들이 아닌데, 기려羈旅한 칭호가 어찌 감히 마음속에서 싹터 입으로 나올 수 있겠는가?" 하고, 드디어 박장설에게 명하여 먼저 두만강에 가게 하고, 다음은 동래東萊에 가게 하고, 그다음은 제주에 가게 하고, 또 다음에는 압록강에 가게 하여, 네 변방으로 두루 흘러 다니게 하여 기려羈旅의 이름에 맞도록 하였다. 또 전교하기를 "(…) 가장 문제가 되는 것이 대책對策에서 사행四行을 주장한 답안이니, 한번 조사하여 바로잡는 것은 절대로 그만둘 수 없는 일이다. 오늘 임헌공령臨軒功令에 실린 것을 가져다 위아래로 여러번 살펴보고, 상소한 자가 말한 부분을 자구를 따라 자세히 살펴보니, 애초에 비슷하게 의심스러운 곳도 없었다. 처음에 오행五行에 대해서 말하고, 다음에 금金·목木 이행二行에 대해서 말하고, 그다음에는 수水·화火·토土·삼행三行에 대해서 말하고, 그다음에는 토土가 사행四行에 붙어 있음을 말하고, 다시 오행으로써 거듭 결론을 맺었다. 이행이나 삼행으로 묶어놓은 점에 대해서는 혹 망발이라 할 수 있을 것이다. 당나라 승僧 일행一行은 수레와 문자가 통용되지 않았던 세상에 살면서도 대연력大衍曆[185]에서 800년에 하루의 차가 있는 잘못을 능히 바로잡았다. 그렇다면 일행의 글도 사학邪學으로 돌릴 수 있겠으며, 일행의 역법도 서양의 법으로 돌릴 수 있겠는가? 이 점에 대해서 더욱 맹랑하다고 할 만하니, 식견 있는 선비들이 스스로 변증할 수 있을 것이다" 하였다. 또 전교하기를 "서양의 책이 우리나라에 들어온 것이 수백여년이나 되어 사고史庫와 옥당의 옛 장서藏書에도 모두 있으니 수십질뿐만이 아니다. 두서너해 전에 특명으로 사 모아온 것이요, 어제 오늘의 일이 아님은 모두 알 것이다. 옛 정승 충문공忠文公 이이명李頤命의 문집 속에도 서양인 소림대蘇霖戴[186]와 서신 왕래를 하면서 그들의 법을 구해보려고 한 편지가 있다. 그의 말에, '대월對越·복성復性은 유교와 다를 것이 없는 듯하니, 황로黃老[187]의 청정淸淨과 구담瞿曇[188]의 적멸寂滅과 똑같이 논할 수는 없는 일이다. 그러나 석가모니의 법과 비슷하고 도리어 인과응보의 이론을 취하고 있으니 이것을 가지고 천하를 바꾼다

185 대연력(大衍曆): 당나라 승려 일행(一行)이 『주역』 대연(大衍)의 수를 추산하여 만든 책력.

186 소림대(蘇霖戴): 소림(蘇霖)과 대진현(戴進賢)의 착오이다. 소림은 독일인 신부 쾨글러(Koegler)이고, 대진현은 포르투갈 신부 사우레스(Saulez)이다. 『오주연문장전산고(五洲衍文長箋散稿)』와 『홍재전서(弘齋全書)』에도 '蘇霖戴'로 잘못 실려 있다.

187 황로(黃老): 황제(黃帝)와 노자(老子), 즉 도교를 가리킴.

188 구담(瞿曇): 성도(成道)하기 전의 석가, 즉 불교를 가리킴.

면 곤란한 일이다'라고 하였으니, 옛 정승의 말이 그 이면을 자세히 변론해놓았다고 할 수 있겠다. 또한 간혹 순전히 공격하고 배척한 자도 있다. 옛 찰방察訪 이서李溆[189]의 시에는 '오랑캐가 이학異學을 전하니/도덕의 도둑이 될까 두렵다夷人傳異學 恐爲道德寇'라고 하는 데까지 이르렀다. 대체로 근일 이전에는 박학하고 품위 있던 선비들도 거기에 대해 입론하여 평을 하긴 했지만 그 비평이 완곡하건 준열하건 그 시대에는 별로 상관이 없었던 것이다"라 하였다. 아마도 정조가 앞뒤로 전교한 것은 오로지 정헌 이가환 및 공의 형제에 대해서 분명히 밝혀줌으로써 덕을 이루어주고자 함이었을 것이니, 임금의 보살피심이었던 것이다.

가을에 임금이 연신筵臣에게 이르기를 "아무개 아무개 등 몇 사람을 바야흐로 크게 기용하려던 참이었는데, 박장설이 상소한 뒤로 구설이 매우 많으니 무마할 수 있는 방법을 생각하지 않을 수 없소. 한번 박정하게 꾸짖어 각각 지금까지의 종적을 밝히고, 뜻을 분명히 밝히게 하여 다른 사람들의 말을 막아야만 되겠다"라 하였다. 며칠 뒤 특별히 교지를 내려 금정도金井道 찰방에 보임補任되었던 이가환을(전에 누차 혐의를 받아 이 직책에 보임되었었다—원주) 특별히 충주 목사

---

189 이서(李溆): 1662~1723(현종 3~경종 3). 자는 징지(徵之), 호는 옥동(玉洞)·옥금산인(玉琴山人). 성호(星湖)의 셋째형이며 이가환(李家煥)의 종조부로 글씨에 능했다.

로 임명했다. 또 전교하기를 "아직까지 결정하지 못한 안건은 정 아무개의 일이다. 그가 만약 눈으로는 성인의 글이 아닌 것은 보지 않고 귀로는 경經을 어지럽히는 말을 듣지 않았다면 죄 없는 그의 형이 어찌하여 소장疏章에 올랐겠는가? 그가 만약 문장을 하려고 했다면 육경六經과 양한兩漢의 문장이 좋은 모범이 될 터인데 하필 기이한 것을 힘쓰고 새로운 것을 구하고자 하여 몸과 이름을 낭패한 지경에까지 이르게 했는가? 아니면 무슨 다른 욕심이라도 있었단 말인가? 종적에 별다른 실마리가 없다고 하지 말라. 자초지종을 살펴보니 그에 대해서 단안을 내릴 수 있겠다. 그가 글자의 획을 쓴 것을 보니 아직도 칙교飭敎를 따르지 않고, 비스듬히 쓴 체가 예전 그대로 고치지 아니하였으니, 이러한 사람에게는 엄한 처분을 내려 설사 이미 선善으로 향하고 있다 하더라도 더욱더 선으로 향하도록 해야 한다. 혹 이번 일로 인하여 반성하고 손을 떼어버린다면 그에게 있어서 덕을 이루지 않음이 없을 것이다. 전 승지 정 아무개를 금정도 찰방으로 제수하니 무슨 면목으로 조정에 나와 사은을 하겠는가. 마땅히 즉시 길에 올라 살아서 한강을 넘도록 도모하게 하라"고 하였다. 아마도 당시 사람들이 반드시 제거하고자 한 사람이 정헌貞軒과 공이었기 때문에 성은이 짐짓 시론時論을 따라 인심을 안정시키고자 한 것일 것이다.

이때에 임금이 진산 현감珍山縣監 이기양李基讓[190]을 서울로 불러 태학에 나아가 과시課試에 응하도록 하였다. 임금이 그를 인견하고 크게 기뻐하여 바로 부賦 한편을 시험하고 특별히 급제를 시켜주니 이때가 9월이었다. 10월 중에 비지批旨를 내려 홍문관 부수찬副修撰을 제수하고, 채상국蔡相國에게 말하기를 "경이 지금 늙었는데도 경을 대신할 만한 사람이 없더니, 이 아무개를 얻고 나니 내가 이제는 근심이 없소"라 하였다. 이때에 악당들이 두 사람을 제거하기로 기약했는데, 임금이 그들의 실정을 알고 있었다. 그래서 명목상으로는 두 사람을 내쫓은 것이지만, 실제로는 한 사람을 더 늘려 세 사람으로 한 것이니, 악당들이 크게 원망하였다. 이때에 정헌貞軒이 충주에 있으면서 편지를 공에게 보내 "사흥士興(복암 이기양의 자이다—원주)이 성은을 입게 된 것은 선류善類의 다행스런 일이나, 두 갈퀴의 창槍이 앞으로 삼지창三枝槍이 되겠구료"라 하였다.(복암의 묘지墓誌에 있는 문구이다—원주)

공이 금정金井(금정은 홍주洪州에 있는 지명이다—원주)에 있었는데, 역속驛屬들이 대부분 서교를 학습하고 있었다. 공이 임금의 뜻에 따라 그중에 주모자를 불러서 조정의 금령을 타일러주며 제사를 지내도록 권고하니, 사림들이 그 말을

---

190 이기양(李基讓): 1744~1802(영조 20~순조 2). 자는 사흥(士興), 호는 복암(茯菴), 본관은 광주(廣州). 병조참판 등의 벼슬을 역임했으며 신유옥사 때 단천(端川)에 유배되었다.

듣고 관념을 고칠 효과가 있다고 하였다.

이때에 목재木齋 이삼환李森煥[191]에게 청하여 온양의 석암사石巖寺에서 만났는데, 당시 내포內浦의 이름 있는 집 자제들인 이광교李廣敎·이명환李鳴煥·권기權夔·강이오姜履五 등 10여명이 또한 소문을 듣고 모여들어 날마다 수사洙泗의 학을 강하고, 사칠四七의 뜻과 정전井田의 제도에 대해서 물었으므로 별도로 문답을 만들어 「서암강학기西巖講學記」를 지었다.[192]

또 성호유고星湖遺稿를 가져다 처음 『가례질서家禮疾書』부터 교정하여 차서次序가 문란한 것은 바로잡고 자획이 잘못된 것은 고치며, 범례를 세워 한부의 완전한 책이 되게 하였다.

또 『퇴계집退溪集』 반부半部를 가져다 매일 새벽에 일어나 세수하고, 바로 그가 남에게 보낸 편지 한편을 읽은 뒤에 아전들의 인사를 받았다. 정오가 되면 연의演義 1조씩 수록隨錄하여 스스로 경계하고 성찰하였는데, 그것을 이름하여 「도산사숙록陶山私淑錄」[193]이라 하였으니, 모두 33칙則이다.

12월 20일, 용양위 부사직龍驤衛副司直으로 옮겨졌다.

---

191 이삼환(李森煥): 1735~1813(영조 11~순조 13). 자는 자목(子木), 호는 목재(木齋). 성호(星湖)의 증손.

192 『전서』 I-21, 23a, 「서암강학기(西巖講學記)」, 『전서』 I-13, 2b, 「봉곡사술지시서(鳳谷寺述志詩序)」 참조.

193 『전서』 I-22 참조.

1796년(정조 20, 병진丙辰)　35세

정월에 오사五沙 이정운李鼎運[194]이 금백錦伯[195]이 되었다. 임금이 승지 이익운에게 말하기를 "정 아무개가 계책을 써서 도적을 잡았으니, 그 일은 민멸泯滅해버릴 수가 없는 것이다. 그의 계략도 마땅히 드러내주어야 할 것이다. 경의 형에게 말하여 임지에 도착하거든 곧바로 그 연유와 상황을 자세히 갖추어 올리는 것이 좋겠다. 내가 마땅히 포장褒奬을 더하여 발탁해서 쓰려고 하니, 장계狀啓는 모름지기 정 아무개와 상의하고 초안은 경의 형으로 하여금 가지고 가게 하라"고 하였다. 이승지가 곧바로 와서 하교를 전해주니, 공이 말하기를 "은혜롭게도 염려해주심은 참으로 망극한 일이오나, 도적을 잡았다고 상을 받는 일은 천하에 크게 부끄러운 일입니다. 내가 초안을 잡을 수 없을 뿐만 아니라, 만약 장계가 올라가는 날에는 내가 공의 형님과 더불어 마땅히 이로부터 절교하게 될 것이오. 모름지기 내일 경연석상에서 이 점을 분명히 주달奏達해주시오"라고 답을 하였다. 오사五沙가 또 편지를 보내 알아듣도록 타이르니, 공

194 이정운(李鼎運): 1743~1800(영조 19~순조 1). 자는 공저(公著), 호는 오사(五沙), 본관은 연안(延安). 익운(益運)의 형으로 형조판서 등의 벼슬을 역임했다.

195 금백(錦伯): 충청도 관찰사의 별칭.

이 답장을 보내 자신의 마음을 나타내었다. 그 편지에 이르기를 "어제 동생을 만나 엎드려 연교筵教[196]를 받고 오늘 또 보내주신 가르침을 받고 보니, 우러러 임금님의 뜻을 알게 되어 감격하여 흐르는 눈물을 억제할 수 없습니다. 장계의 초안이야 어찌 도와드리지 못하겠습니까마는, 다만 삼가 생각하건대, 사군자士君子가 자신을 곧바로 세우고 자기의 도를 행함에 있어 오직 사유四維[197]가 중한 것이니, 진실로 이 중에서 하나라도 방심하여 소홀히 함이 있다면 비록 주공周公의 재주와 같은 아름다움이 있다고 하더라도 거의 볼 만한 것이 없을 것입니다. 옛날 사람은 비·바람으로 목욕을 하고 시석矢石을 무릅쓰며 예측할 수 없는 지방으로 들어가 요행이 없는 위험한 모험을 하면서까지 적장의 목을 베고 기旗를 뽑아버려 천리의 땅을 개척한 자라고 하더라도 돌아와서는 조용히 공을 자랑하거나 으스대지 아니하여 조금이라도 교만한 얼굴색을 지은 적이 없었습니다. 그들은 마음속으로 '이것은 신하 된 자로서의 마땅히 해야 할 직분이니 공으로 여길 만한 것이 못 된다'고 생각하기 때문입니다. 저 이존창李存昌[198]이라는 자는 명命을 피하여 다니

196 연교(筵教): 임금이 경연(經筵)에서 내린 교지.

197 사유(四維): 예(禮)·의(義)·염(廉)·치(恥).

198 이존창(李存昌): 1752~1801(영조 28~순조 1). 천주교 신자로 진산사건 때 체포되어 일시 배교(背教)했으나 1795년 주문모 신부 밀입국에 관련되어 체포된 후 연금생활을 하다가 신유옥사 때 처형됨.

는 하나의 백성에 불과할 따름입니다. 설령 이 백성이 비바람을 부르고 둔갑을 하여 몸을 감추는 재주를 지니고 있어 오영五營의 병사들을 풀어서도 잡을 수 없는 자였는데 제가 낸 꾀와 계책에 의해서 하루아침에 잡았다고 하더라도 오히려 스스로 공으로 여길 수 없는 일이거늘, 하물며 저 이존창이라는 자는 겨우 이름이나 바꾸고 자취나 감추어 이웃 고을에 은신하고 있던 자인데 무슨 공이 있겠습니까? 이미 그가 은신하고 있던 곳을 알았으니, 한명의 포졸만 데리고도 결박하여 잡아오는 것이 독 안에 든 자라를 잡듯이 쉬운 일인데, 하물며 저는 처음부터 염탐하는 방법에 참여하여 듣지 못했으니 무슨 공이 있겠습니까? 지금 이처럼 보잘것없는 일을 가지고 장황하게 늘어놓아 일세의 이목을 속임으로써 자신을 진출시키는 바탕으로 삼는다면 또한 잘못되고 군색한 일이 아니겠습니까? 차라리 불우하게 살다가 죽을지언정 이런 짓을 하고 싶지는 않습니다. 성명聖明께서 이 몸에 은총을 내려주시려고 하신 지 오래되었습니다. 은총을 내리시는 데 급급해서 이와 같이 지극히 어질고 친절한 은교恩敎가 있게 되었을 것이니, 조용히 생각해보건대 골수에 사무칩니다. 그러나 이 보잘것없는 몸의 미미한 지조 때문에 이와 같은 성은의 뜻을 받을 수가 없으니, 죄는 만번 죽어야 합당하거늘 다시 무슨 말을 하겠습니까? 진실로 당신께서 저의 이와 같이 지극히 간절한 뜻을 생각해주지 않으시고 감영監營에 도착하자마자 장계를 올려 한구句 반자字라도 혹 저에게 공을 돌려주는 말을 하신다면, 저는 즉각 상소를 하여 당신께서 사정私情을 따라 임금을 속였다는 잘못을 들어서 극렬히 논핵論劾할 것입니다. 이 지경에까지 이르게 되면 앞으로 무슨 꼴이 되겠습니까? 저는 오직 만리 밖의 외딴곳으로 귀양 갈 것을 결심하고 있으니, 또한 양찰해주십시오. 위로는 임금의 명을 어기고 아래로는 대감의 뜻을 저버렸으니 송구스러운 마음 금할 길이 없습니다"라 했다.

이때에 공이 임금의 뜻을 거스른 일로 오랫동안 직명職名이 없었다. 그뒤에 김이영金履永[199]이 금정에 보직되었다가 돌아가서 "아무개가 금정에 있을 때 성심으로 백성들을 깨우치고 거두어주었으며, 관직에 있어서는 청렴하고 근신하였습니다"라고 아뢰었다. 그뒤에 심환지가 또 아뢰기를 "정 아무개는 군복軍服의 일로 인하여 특명으로 정망停望[200] 된 뒤 오늘에 이르기까지 풀리지 아니하였습니다. 그 사람을 이미 쓸 만한 때가 되었을뿐더러, 또한 금정에 있을 때 일깨워 교화시킨 바가 많으니, 청컨대 다시 거두어 쓰십시오"라 하였다. 임금이 윤허하고 곧 형조刑曹의 녹계錄啓[201]

199 김이영(金履永): 1755~1845(영조 31~헌종 11). 자는 명여(命汝), 본관은 안동(安東). 다산의 후임으로 금정찰방을 지냈다.

200 정망(停望): 죄 있는 사람의 벼슬을 박탈함.

로 인하여 하유下諭하기를 "근래에 연신筵臣의 말을 들으니 내포內浦 일대에 외보되었던 찰방이 성심으로 교화시키고 거두어주어 괄목할 만한 효험이 있었다 하니, 특별히 중화척中和尺을 내리노라" 하고 어시御詩 두수를 내려주며 화답시를 지어 올리라고 하였다.

10월에 명을 받고 규영부奎瀛府의 교서가 되었다.

겨울에 규영부로 불러들여 자리를 마주하고 특별히 오랫동안 이별하였던 뜻을 유시하고, 이어서 책 이름에 대해서 의논하기를 "세상에서 '반마班馬'[202]라 칭하고 있는데, 반고班固가 사마천司馬遷 위에 있으니 별로 적절한 말이 아니요, 그렇다고 '마반馬班'이라고 한다면 생경한 말이 되니 경의 생각은 어떻소?"라 하여 답하기를 "세상에서 '사한史漢'이라고 칭하는 것도 온당하지 못합니다"라 하였다. 임금이 "그렇다. 『한서漢書』도 또한 역사 기록이니 바로 『사기영선史記英選』이라 하는 것이 어떻겠소?" 하여, 공이 "매우 좋습니다" 하였다. 임금이 "범례에 따라 취할 것은 취하고 버릴 것은 버리며, 미심쩍은 점이 있거든 곧바로 유명표柳明杓[203]를 데리고 들어와 상의하는 것이 좋겠다" 하였다.

---

201 녹계(錄啓): 죄인의 수금(囚禁)과 판결에 관한 사항을 기록하여 정기적으로 상주하는 일.

202 반마(班馬): 반고(班固)와 사마천(司馬遷).

203 유명표(柳明杓): 1746~?(영조 22~?). 본관은 문화(文化). 1772년 전시문과(殿試文科)에 병과로 급제했다.

이보다 먼저 임금이 검서관檢書官 유득공柳得恭[204]을 보내 『규운옥편奎韻玉篇』의 범례에 관해서 정헌貞軒 및 공에게 자문을 구한 적이 있었다. 이때에 이르러 이만수李晩秀·이재학李在學[205]·이익진李翼晉[206]·박제가朴齊家[207] 등을 불러들여 『사기영선』을 교정할 때, 임금이 자주 자리를 함께하고 책 이름을 의논하여 결정하였으며, 진귀하고 맛있는 음식을 내려주어 그들을 우대하였다. 또 자주 쌀·시탄柴炭·꿩·젓·귤·감 등을 내려주고 향물香物도 나누어주었다.

하루는 화성華城에 내려가 여러 궁실의 상량문을 써서 올리라고 하고, 또 어람오경御覽五經 100편과 『팔자백선八子百選』 등 여러 책을 내려주면서 제목을 써서 올리라고 하였다.

이날 밤에 임금이 말하기를 "이제는 필체가 훌륭하게 변했소"라 하였다. 이로부터 상을 내려주는 은혜가 두터웠다.

---

204 유득공(柳得恭): 1749~1807(영조 25~순조 7). 자는 혜풍(惠風)·혜보(惠甫), 호는 영재(泠齋)·영암(泠菴)·고운당(古芸堂). 당시 박제가(朴齊家)·이덕무(李德懋)·이서구(李書九)와 함께 4가(四家)로 일컬어졌다. 저서로 『영재집(泠齋集)』이 있다.

205 이재학(李在學): 1745~1806(영조 21~순조 6). 자는 성중(聖中), 호는 지포(芝浦), 본관은 용인(龍仁). 형조판서 등의 벼슬을 역임했다.

206 이익진(李翼晉): 1750~1819(영조 26~순조 19). 자는 치명(穉明), 본관은 전주(全州). 대사간 등의 벼슬을 역임했다.

207 박제가(朴齊家): 1750~1806(영조 26~순조 6). 자는 차수(次修), 호는 초정(楚亭)·정유(貞蕤), 본관은 밀양(密陽). 4가(四家)의 한 사람이며 『북학의(北學議)』 등의 저서가 있다.

또 내장內藏 서적을 볼 수 있도록 허락해줌이 각신의 예와 같았으니, 특별한 배려였다.

12월 초1일, 병조참지兵曹參知에 제수되었다.

초3일 우부승지右副承旨에 제수되었다.

다음날 좌부승지左副承旨에 올랐다가 부호군副護軍으로 옮겨졌다.

1797년 (정조 21, 정사丁巳) 36세

3월에 대유사大酉舍에서 음식을 베풀어주신 데 나아가 참석하고 명을 받들어 춘추경전春秋經傳을 교정하였다.

봄에 공이 집에 한가히 있었는데, 하루는 임금이 비궁閟宮으로 특별히 불러 명하기를 "오랫동안 내가 베풀어주는 음식을 맛보지 못했을 것이므로 특별히 부른 것이다"라 하였다. 이윽고 음식이 나왔는데, 임금이 명하여 기둥 안으로 가까이 나와서 먹게 하였다. 조금 뒤 "토란의 별명이 있느냐?"고 물어, "준치蹲鴟입니다" 하였다. 또 "속명俗名은 무엇인가?" 하여 "토란(土蓮)입니다"라 하였다. 임금이 묻기를 "두시杜詩에 '뒤뜰에서 우율芋栗을 주우니 아주 가난하지는 않네園收芋栗未全貧'라고 하였는데, 어찌하여 우芋와 율栗을 한꺼번에 일컬었는가?"라 하여 답하기를 "두시의 구절은 우율芋栗이 아니고 서율芧栗이니 서芧는 소율小栗로 『장자莊子』에서 '원숭이 기르는 영감이 도토리를 준다狙公賦芧'라고 한 것이 바로 이것입니다"라 하니, 임금이 "과연 그렇구나" 하였다. 임금이 묻기를 "「원앙전袁盎傳」에 '눈으로 전송한다目送之'라는 구절을 혹 '스스로 전송한다自送之'로 쓰기도 하니, 잘못된 것인가?"라 하여 답하기를 "자송自送 운운云云한 것은 경제景帝가 몸소 일어나 보낸 것입니다"라 하니, 임금이 "진술한 것이 옳다" 하고 이어서 사한제의史漢諸義에 대해서 의논하였다.

이문원摛文院에 들어가 두시杜詩를 교정하도록 명하였다. 이의준李義駿[208] 등은 규영부에 있으면서 육시陸詩를 교정했다.

이때에 공이 이서구李書九·김조순金祖淳[209]과 함께 두시를 교정하고, 이의준李義駿·이만수李晩秀·남공철南公轍[210]은 육시를 교정했다. 임금이 유시하기를 "먼저 끝내는 조에게 상을 줄 것이고 나중에 끝내는 조에게는 벌을 줄 것이다"라 하였다. 일이 끝났을 때에는 두시가 먼저였고 육시가 나중

---

208 이의준(李義駿): 1738~1798(영조 14~정조 22). 자는 중명(仲命), 본관은 전주(全州). 황해도 관찰사 등의 벼슬을 역임했다.

209 김조순(金祖淳): 1765~1831(영조 41~순조 31). 자는 사원(士源), 호는 풍고(楓皐), 본관은 안동(安東). 김창집(金昌集)의 4대손으로 후에 안동 김씨 세도정치의 기초를 마련했다.

210 남공철(南公轍): 1760~1840(영조 36~헌종 6). 자는 원평(元平), 호는 사영(思穎)·금릉(金陵), 본관은 의령(宜寧). 좌·우의정, 영의정 등의 벼슬을 역임한 당대의 문장가였다.

이었다. 임금이 상벌을 내리려고 하니, 이의준 등이 호소하기를 "육시가 두시에 비해서 배나 많으니 신 등은 원통합니다"라 하니, 임금이 "그러나 이미 명령을 하였으니 지키지 않을 수 있겠는가?"라 하고, 김조순에게는 환약을 상으로 주고 이의준 등에게는 술잔을 벌로 주었다. "비록 벌주罰酒 주지만 환약보다는 낫다"라 하고, "비록 약을 상으로 받았지만 벌보다는 낫다"라 하기도 하면서 서로 함께 찬양을 하였으니 아! 성대한 일이로다.

교서관校書館에 입직하면서 『춘추좌씨전』을 교정하였다.

하루는 임금이 대유사大酉舍에 나와서 공을 불러 음식을 내려주고 이어서 『춘추春秋』의 범례에 관해서 물었다. 이서구李書九·윤광안尹光顔[211]·이상황李相璜에게 명하여 함께 경전을 편찬하도록 하였다. 『주자강목朱子綱目』의 예와 같이 하여 수십일 만에 끝냈다. 출판이 되자 멀리까지 한부를 보내주어 그 노고에 보답해주었다.(곡산부사谷山府使로 있을 때이다—원주)

절제節製[212]의 대독관對讀官으로 명을 받고 희정당熙政堂에 입시하였다.

---

211 윤광안(尹光顔): 1757~1815(영조 33~순조 15). 자는 복초(復初), 호는 반호(盤湖), 본관은 파평(坡平). 예조판서 등의 벼슬을 역임했다.

212 절제(節製): 절일제(節日製)의 준말. 절일제는 성균관 유생에게 보이던 시험으로 매년 인일(人日, 1월 7일), 상사(上巳, 3월 3일), 칠석(七夕, 7월 7일), 중양(重陽, 9월 9일)에 실시했다.

이날 사알司謁[213]이 붉은 분盆과 붉은 필筆을 대독관의 앞에 가져다 놓으면서 "임금님의 분부이십니다" 하였다. 임금이 어탑 위에서 눈여겨보다가 "끝내는 붉은 붓을 잡게 될 것이니, 오늘은 시험 삼아 먼저 붓을 잡아보아라"라 하니, 공이 어물어물하면서 감당하지 못하였다. 임금이 하교를 거듭 내려서 공이 부득이 답안을 채점하게 되었다. 관례에는 명관命官[214]이나 주문主文[215]이 아니면 감히 가려 뽑을 수 없었다. 임금이 특별히 명을 내려 공더러 많이 뽑으라고 하였다. 채점이 끝난 뒤 합하여 살펴보니, 공이 뽑은 것이 세 장이었는데 모두 윗자리를 차지하고 명관과 주문이 뽑은 것은 제4, 제5위를 차지하여 보는 사람들이 영광스럽게 여겼다.(임금이 "끝내는 붉은 필을 잡게 될 것"이라고 말한 것은 앞으로 제학提學이 되리라는 말이다—원주)

6월 22일, 좌부승지에 제수되었으나, 상소하여 사직하고 마음속에 품고 있던 것을 진술하였다.[216]

상소는 모두 수천만자字였다. 차례로 평생의 본말을 진술하였는데, 털끝만큼도 숨김이 없었다. 임금이 비답하기를 "선단善端의 싹이 온화하여 마치 봄기운이 만물을 싹트게

---

213 사알(司謁): 임금의 명을 전달하는 임무를 맡은 정6품직.

214 명관(命官): 임금이 과장에 친히 나와 직접 임명하는 시관(試官).

215 주문(主文): 시관의 우두머리인 상시(上試).

216 이른바 「자명소(自明疏)」이다. 『전서』 I-9, 42b. 이하 「변방사동부승지소(辨謗辭同副承旨疏)」 참조.

하는 것과 같이 종이에 가득 펼쳐져 있으니, 말한 것을 감격스럽게 들었다"라 하였다. 경연석상에서 이만수李晩秀·이면긍李勉兢[217] 같은 여러 신하들이 모두 그 광명光明을 극찬하였다. 임금이 교지를 내려 끝없이 칭찬을 해주고, 또 연신筵臣들에게 "이후로 정 아무개는 허물이 없는 사람이 될 것이다"라 하였다. 심환지가 또한 경연석상에서 "상소문이 매우 좋고, 또한 그의 심사心事도 광명스럽다"고 극찬하였으며, 승정원에 돌아가서도 칭찬을 마지않았다. 상소문은 대략 다음과 같다.

"삼가 생각하건대, 신이 나라의 두터운 은혜를 받은 것이 하늘처럼 끝이 없으니, 신이 어떻게 모두 다 진술을 할 수 있겠습니까? 엄한 스승과 같이 가르쳐서 기질을 변화시켜주시고, 자애로운 아버지처럼 길러주어 성명性命을 보전시켜주셨습니다. 그러나 혹 전하께서 마음속으로 생각하고 계신 점을 신이 오히려 알지 못하는 점이 있으며, 혹 전하께서 이미 잊고 계시지만 신은 유독 마음속에 맺혀 있는 것이 있습니다. 조용히 생각해보니, 골수에 사무칩니다. 말을 하려 하니 감격에 겨워 소리를 낼 수 없고, 글로 쓰려 해도 가슴속이 억눌려 글이 되지 않습니다. 신이 돌아보건대, 그 어느 누가 성은을 받은 것이 이와 같겠습니까? 신은 본래 초

---

217 이면긍(李勉兢): 1753~1812(영조 29~순조 12). 자는 대림(大臨), 본관은 전주(全州). 호조판서, 대사헌 등의 벼슬을 역임했다.

야에 묻힌 한미한 사람으로 부형의 음덕이나 사우師友의 힘도 없었는데, 오직 우리 전하께서 이루어주고 화육化育시켜주는 공에 힘입어 어린 몸이 장성하게 되고 천한 신분에서 귀하게 되었습니다. 성균관에서의 시험에서 6년 동안이나 뽑혔고, 내각의 과시課試에서 3년간이나 뽑혀 외람되이 학사學士로 선발되어 대부의 품계로 뛰어올랐습니다. 대체로 문식文識이 조금씩 진전되고 작록이 점점 올라가게 되었던 것이 어느 하나 전하의 지극한 가르치심에 의해 훈도된 것과 지극한 정성에 의해 닦아진 것에서 나오지 아니한 것이 없습니다. 신이 비록 목석인들 어찌 차마 이처럼 넓으신 은혜를 저버릴 수 있겠습니까?

우리 전하께서는 수사염민洙泗濂閩[218]의 학을 몸소 실천하시고 요·순·우·탕의 지위를 얻으셨습니다. 천성千聖을 계승하여 집대성하시고 백가百家의 학설을 물리쳐 대일통大一統하시어, 만물을 안연顔淵의 거문고와 증점曾點의 비파처럼 화순한 사이에 있게 하시니, 이에 성인의 세상이 되었습니다. 신이 이미 다행스럽게도 성인의 세상에 태어났으며, 더욱 다행스럽게도 성인의 문에서 놀게 되었습니다. 비록 담 안으로 한걸음 들어가 종묘와 백관의 성대함을 보지는 못하였지만,[219] 훈자薰炙되고 함양된 점은 이미 깊습니다.

---

218 수사염민(洙泗濂閩): 공자·맹자·정자·주자를 가리킨다.

219 『논어』「자장(子張)」 편에, 자공(子貢)이 "궁실(宮室)의 담장에 비유

그러니 마땅히 품행을 방정하게 하여 솔개가 날아 하늘에 이르고 물고기는 연못에서 뛰는 천리天理[220]를 궁구하여 아름다운 소문과 명예를 얻어서 비·구름을 조화하는 천리天理를 저버리지 말아야 할 터인데, 단지 신의 불초하고 천박함으로 말미암아 전하께서 곡진하게 이루어주시려는 뜻을 저버리고 전하의 불설지회不屑之誨[221]를 수고롭게 하였으니, 그 실정이 어떠한가에 대해서는 논하지 않더라도 그 죄는 죽어야 마땅할 것입니다. 염구冉求는 공자孔子의 총애받는 제자였으나 한번 죄를 짓자 공자께서 '나의 무리가 아니니, 애들아! 북을 쳐 그를 성토하라'[222] 하셨으니, 대개 성인의 문하에는 도술道術에 정진할 때에는 매우 엄격하여 사적인 사랑으로 용서할 수 없었던 것입니다. 지금 신의 죄과가 염구보다 훨씬 큰데도 우리 전하께서 이미 한번 용서해주

하면, 나의 담장은 높이가 어깨에 미칠 따름이라 궁가(宮家)의 아름다움을 엿볼 수 있거니와 공자의 담장은 여러 길이 되어 그 문 안에 들어가지 않으면 종묘(宗廟)의 아름다움과 백관(百官)의 성대함을 보지 못한다"라 한 말이 있다. 여기서는 성인(聖人)의 경지에 들어가지 못했다는 겸손의 말이다.

220 『시경』의 대아(大雅) 「한록(旱麓)」 편 "鳶飛戾天 魚躍于淵"으로, 천지자연의 이치를 상징한다고 해석되어왔다.

221 불설지회(不屑之誨): 『맹자』 「고자(告子)」 하(下)에 있는 말로, 가르치는 것을 탐탁하게 여기지 않고 가르치지 않는 것이 도리어 그 사람을 위하여 좋은 교훈이 된다는 뜻.

222 『논어』 「선진(先進)」 편 참조.

시고 한번 가르쳐주시며, 차마 끝내 버리지 못하시고 다시 거두어주셨습니다. 오랑캐가 된 것을 아시고는 화하華夏가 되게 할 것을 생각하시고, 금수가 된 것을 아시고는 사람이 되게 할 것을 생각하셨으며, 죽게 된 것을 아시고는 살게 할 것을 생각하시어 돌봐주고 구원해주시느라 거듭 성력聲力을 소비하여, 비호하고 용인하여 회개하기를 바라시니, 우리 부모님이 아니시면 누가 이처럼 할 수 있겠습니까? 신은 마땅히 간을 갈라 피를 토하고 땅에 고꾸라져 죽음으로써 일세에 이 은혜를 밝히고, 만세에 이 마음을 드러내야 할 것인데, 불결한 티끌이나 뒤집어쓰고 구차하게 목숨이나 부지하면서 잔뜩 움츠리고 살금살금 눈치나 보고 있으니, 다시 무슨 말을 하겠습니까? 신이 소위 양학洋學에 대해서 일찍이 그 책을 본 적이 있습니다. 그러나 그 책을 보았다는 것이 어찌 바로 죄가 되겠습니까? 말을 박절하게 하지 않으려 해서 '책을 보았다'고 하는 것이지, 참으로 책만 보는 데서 그쳤다면 어찌 바로 죄가 되겠습니까? 대개 일찍이 마음속으로 기뻐하여 사모했으며, 그 내용을 가지고 다른 사람에게 자랑한 적이 있었습니다. 본원本源의 마음자리가, 기름이 스며들고 물이 젖어들어 뿌리가 튼튼히 박히고 가지가 얼기설기 뻗어나가는 것 같아서 스스로 깨닫지 못했습니다. 대질大質이 이지러지고 본령本領이 그릇되었다고 할 수 있을 것이니, 그 스며든 것의 깊고 얕음과 개과천선의 더디고 빠름은 거론할 것이 못 된다고 생각합니다. 비록 그러하나 증자曾子가 말하기를 '내가 바른 것을 얻어 죽으면 그만이다' 하셨으니, 신도 바른 것을 얻어 죽고자 합니다. 그러니 한마디 말로써 자신을 밝히지 않을 수 있겠습니까?

신은 실상 팔구년 전에 마땅히 위벌威罰을 받았을 것인데, 다행히 전하의 비호를 받아 형관刑官의 형벌을 모면할 수 있었습니다. 지은 죄를 감당할 수 없었던 것이 마치 등에 무거운 짐을 진 것 같았습니다. 재작년 7월에 특별히 성지를 입어 호서湖西지방의 역驛으로 외보되었을 적에,[223] 오히려 '늦었도다, 어찌 그리도 가볍게 처벌하시는가?' 하고 생각하였습니다. 신이 손으로 은혜로운 말씀을 받들고 눈물을 뿌리며 성을 나갈 적에 자자구구字字句句 사랑으로 감싸주시는 말씀을 걸음걸음 생각하면서 '이 세상에 살아 있는 동안 어떻게 이 은혜를 보답할까!' 하고 생각하였습니다. 신이 비방을 받아 구덩이에 묻힐 날이 임박했을 적에는 도리어 저의 문장을 논하셨고, 신이 마땅히 해야 할 중요한 일을 소홀히 한 죄를 지었을 때에도 성지를 내려 글씨 모양만 탓하셨으니, 어찌 그리도 신을 아껴 은혜로우신 생각이 여기에 이르셨습니까? 신의 형이 대책對策한 것으로 말미암아 다른 사람들로부터 비방을 받았을 적에도 앞서 이

223 금정찰방(金井察訪)으로 전보(轉補)된 사실을 말함.

미 10행의 윤음綸音으로써 밝게 풀어주셨으며, 또한 신을 꾸짖는 교지에서도 단지 '너의 형은 죄가 없다'라고만 하셨으니, 이 전하의 한 말씀이 신의 형제를 살렸습니다. 신과 신의 형이 손을 붙잡고 울부짖으면서 이 은혜를 갚을 길이 없다고 하였습니다. 신이 호서지방의 역에 이르러 매일 이른 아침부터 밤늦게까지 청명淸明하게 하여 반드시 심신을 점검하여, 고쳐나간 것이 이미 오래되었으나 오히려 찌꺼기가 남아 있어 청정淸淨하지 못할까 두려워하고, 뉘우침이 비록 진실하다고 하나 잡초가 이미 무성하지 않았나 걱정을 하면서 선단善端을 힘써 길러 우리 전하께서 훈도해주시고 생성生成해주시는 지극한 어지심과 큰 덕에 부합되기를 바랐습니다. 다시 한 시골의 훌륭한 선비를 구해 서로 더불어 질의하고 논란하면서 성현의 글을 강론하였습니다. 그렇게 한 뒤에 생각해보건대, 신의 행실이 조금은 진전된 바가 있어 스스로 다행스럽게 여기며 기뻐하였으니, 이것이 누구의 덕택이겠습니까? 신이 스스로 생각하니, 평생의 큰 은혜가 금정행金井行보다 더 나은 것이 없다고 여겼는데 한해도 넘기기 전에 용서를 받아 살아서 한강을 건너 도성 안에 온전히 살게 되었으니, 살아서 여원이 없고 죽어도 여한이 없습니다. 신은 구렁에 처박혀 다시는 밝은 해를 보지 못하리라고 생각하였는데, 뜻하지 않게 지난 겨울 갑자기 은혜로 우신 부름을 받아 관을 쓰고 띠를 두르고 대궐문을 다시 들어와 가까운 곳에서 모시게 되어 교정校正의 일에 참여하게 하셨습니다. 금빛 휘황찬란한 등불은 꿈속과 같았으며, 내주內廚에서 내려주는 진수성찬은 으리으리하게 호화로웠습니다. 마침내 더렵혀진 몸으로 맑고 근엄한 자리에서 진대進對[224]하게 되었을 때 용안을 활짝 펴시고 옥음玉音을 부드럽게 하시므로 멀리 떨어져 있던 끝에 충정衷情이 갑자기 복받쳐 비 오듯 눈물을 흘리며 무슨 말씀을 드려야 할지 몰랐습니다. 기조騎曹[225]에 특별히 제수해주심과 은대銀臺[226]에 다시 들어가게 된 것은 비록 우리 전하의 지극한 은혜와 넓은 보살핌에서 나온 것이었으나, 신의 신상에 있어서는 실상 좋은 소식이 아닌 듯싶습니다. 전하께서 저를 곡진히 보전시켜주시려는 생각을 무엇 때문에 이처럼 하십니까? 분수와 의리로써 헤아려본다면 마땅히 양양하게 숙배하지 못할 일이고, 신이 스스로 생각해봐도 어찌 감히 남들이 하는 것처럼 할 수 있겠습니까? 제수되자 바로 받아들이는 것은 스스로 평인平人과 같지만 실정을 생각해보면 평인과 같지 않음이 있습니다. 어떤 사람은 말하기를 '신이 남들의 비방하는 말을 듣지 않았으니 제수하는 명이 있으면 주저할 것이 없다'고 하지만 신이 삼가 생각해보건대, 어찌 다른 사람

224 진대(進對): 임금 앞에 나아가 물음에 답하는 것.
225 기조(騎曹): 병조(兵曹)의 별칭.
226 은대(銀臺): 승정원(承政院)의 별칭.

들의 참소하는 말이 없었겠습니까? 다만 전하께서 덮어두시고 귀로는 그와 같은 말이 있다는 것을 환히 아시면서도 다행히 드러내지 않으셨던 것입니다. 신이 실제로 그 점을 부끄럽게 여겨 곧바로 소疏 올려 자신을 인책했어야 하지만, 책을 교정하고 시험을 주관하느라 주선을 하지 못하다가 갑자기 체직遞職되고 보니, 다만 스스로 부끄럽고 두려웠을 따름입니다. 뜻하지 않게 오늘 또 제수하는 교지를 받들게 되니, 보잘것없는 미천한 정성을 비로소 모두 다 드러내지 않을 수 없었습니다.

신이 삼가 생각하건대, 천도天道는 가득 차는 것을 꺼려하고 인정人情은 굽히는 것을 애석하게 여깁니다. 오늘날 신이 침체되고 막힌 것이 오래되고 보면, 사람들은 '아무개는 실상 사악한 짓을 한 적이 없는데 해를 입고 폐해짐이 이 지경에까지 이르렀으니, 또한 가련한 일이다'라 할 것이니, 이것이 신에게 있어서는 복이요 경사이며 살아남을 수 있는 길입니다. 지금 신이 옛날처럼 날아오른다면 사람들은 반드시 '아무개는 옛날 사악한 짓을 한 적이 있는데 저와 같이 좋은 벼슬을 하니, 또한 가증스런 일이다'라 할 것이니, 이것이 신에게 있어서는 화禍요 재앙이며 죽음의 길입니다. 지금 신이 조정의 반열에 한번 얼굴을 내밀게 된다면 공경대부公卿大夫들이 서로 손가락질을 하며 말하기를 '저기 오는 저 사람은 누구인가, 저 사람은 사교邪敎에 빠졌던 사람이 아닌가?'라 할 것입니다. 한번 마주칠 때마다 그런 생각이 문득 떠오를 것이니, 신이 무슨 면목으로 얼굴을 내밀 수가 있겠습니까? 이것은 차라리 산속에 모습을 숨김으로써 세상 사람들로 하여금 잊게 하여 알지 못하게 함만 같지 못한 것입니다. 위로는 군부君父에게 의심을 받고 아래로는 당세의 사람들로부터 비방을 받는다면, 자신을 세우는 데 한번 실패함으로써 만사가 모두 기와조각처럼 산산이 부서지는 꼴이 될 것이니, 살아서 무엇 하겠습니까? 죽어서 편안한 곳으로 돌아가는 것이 차라리 나을 것입니다. 더구나 신은 군부君父의 은혜를 받은 것이 매우 극진하였습니다. 스스로 그물이나 덫에 걸려 슬피 울부짖을 때에는 손을 잡아당겨 건져다가 요 위에 편안히 눕히고 유행병을 앓는 사람처럼 잘 보호해주셨습니다. 그러나 시간이 지나 점차 회복되면 또 한번 변괴를 치러 돌 밑에 깔린 죽순과 같은 신세가 되고 마니, 이것이 아마도 신의 기구한 운명이며 처량하고 야박한 복분福分인가 봅니다. 그러니 비록 우리 전하께서 명을 내리시는 권한을 가지고 계시다고 하더라도, 또한 어떻게 하실 수 없을 것입니다. 지금 전하께서 신을 불쌍히 여겨 버리지 못하시고 다시 살펴 거두어주셨으나, 매번 한가지 일의 발단에 문득 한가지 허물을 받게 되니, 꿈에도 생각이 미치기 전에 먼저 명예가 손상되어 기진맥진한 상태에서 앉아서 조롱을 받게 될 것입니다. 전에 이미 경험을 하였으니, 뒤인들 어찌 혹시나 다르겠습니까? 신은 차라리 한번 고폐錮廢되어 때로는 굽히고 때로는 펴서 부질없이 은혜만 너무 욕되게 하여 죄를 더욱 무겁게 지지 않았으면 합니다. 주자朱子가 노덕장路德章에게 경계하기를 '하늘을 원망하지 말고 남을 탓하지 말며 속으로 연마하여 만년의 절개를 지키는 데에 힘쓰라'고 했으니, 신이 비록 불민하오나 이 말씀을 실천하겠습니다. 지금 계획할 일은 오직 경전에 잠심潛心하여 만년晩年의 보답을 도모함이니, 영달의 길에서 자취를 멀리하여 자정自靖하는 뜻을 본받고자 합니다."

윤6월 초2일, 곡산부사谷山府使에 제수되었다.

임금이 말하기를 "구설 때문에 두려우니 물러가서 조용히 기다리는 것이 좋겠다" 하였다. 마침 곡산에 빈자리가 있어 어필로 첨서낙점添書落點[227]하였다. 사폐辭陛[228]하는 날 임금이 친히 유시하기를 "지난번 상소문은 문사文詞를 잘 구사했을 뿐만 아니라 심사心事도 빛나고 밝으니 참으로 우연한 일이 아니다. 바로 한번 승진시켜 쓰려고 하였는데 의론이 들끓으니 왜들 그러는지 모르겠다. 한두해쯤 늦어진다고 해서 해로울 것은 없으니, 떠나거라. 장차 부르리니,

227 첨서낙점(添書落點): 관리를 임용할 때 임금이 삼망(三望) 이외의 사람을 첨가하여 그 이름 위에 점을 찍어 재결하는 것.

228 사폐(辭陛): 먼 곳으로 가는 신하가 임금에게 하직 인사를 하는 것.

너무 슬퍼할 필요는 없다. 먼젓번 원은 치적이 없었으니, 잘 하도록 하라"고 하였다.

부임해 간 뒤 이계심李啓心의 결박을 풀어주고, 고마고雇馬庫[229]의 가하전加下錢[230]을 조사하고, 벌꿀에 지나치게 부세賦稅하는 것을 바로잡고, 검지법檢地法을 행하고, 살인한 도적을 엄습해 잡고, 겸제원兼濟院을 세워 귀양살이하는 사람들의 거처를 편하게 해주고, 정당政堂을 세우고, 여덟가지 법규를 세웠다.

이계심이라는 자는 곡산의 백성이다. 먼젓번 원이 다스릴 때에 소리小吏가 농간을 부려 포보포砲保布[231] 40자의 대금으로 돈 900냥을 대신 거두었으므로(본래는 200냥을 거두어야 마땅하다—원주) 백성들의 원성이 시끄럽게 일어났다. 이때에 이계심이 우두머리가 되어 천여명을 모아 가지고 관에 들어와 호소를 하였는데, 말이 매우 공손하지 못하였다. 관에서 그에게 형벌을 내리고자 하니, 천여명이 한꺼번에 무릎을 걷어붙이고 이계심을 둘러싸 대신 고문받기를 청하여 끝내 형벌을 내릴 수가 없었다. 아전과 관노官奴들이 각자 곤장을 들고 뜰에 모여 있던 백성들을 마구 치니 백성들

229 고마고(雇馬庫): 역마(驛馬) 이외의 민간의 말을 징발하여 관리하던 곳.

230 가하전(加下錢): 정해진 액수보다 더 많이 지출하는 돈.

231 포보포(砲保布): 포군(砲軍)에 딸린 보인(保人)이 내는 군포(軍布).

이 모두 흩어졌다. 이계심도 탈출하여 도망가 숨었는데, 수령이 감사에게 보고하여 오영五營에 명을 내려 염탐해 잡게 하였으나 끝내 잡지 못하였다. 그 말이 경성에 와전되어 "곡산의 백성들이 들것에다 부사를 담아 객사客舍 앞에 버렸다"라 하였다. 바야흐로 공이 두루 하직 인사를 하러 다닐 때, 대신 김이소金履素[232] 이하 여러 공들이 모두 주동자 몇 놈을 죽이라 권하고 채제공은 더욱 기강을 바르게 하지 않을 수 없다고 하였다. 곡산 땅에 들어서니 어떤 백성이 호소하는 글을 가지고 길을 막는 자가 있었다. 누구냐고 물어보니 그가 바로 이계심이었다. 그 글을 받아보니 백성을 병들게 하는 12가지 조항이 있었다. 곧바로 이계심으로 하여금 뒤따라오도록 하였더니, 아전이 말하기를 "이계심은 오영五營에서 체포령이 내린 죄인입니다. 법에 따라 붉은 포승줄로 결박을 하고 칼(枷)을 씌워 뒤따르게 함이 마땅한 줄로 아옵니다"라 하였으나 공이 물리쳤다. 관청에 오른 뒤에 이계심을 불러 앞으로 나오라 하여 말하기를 "한 고을에 모름지기 너와 같은 사람이 있어 형벌이나 죽음을 두려워하지 않고 만백성을 위해 그들의 원통함을 폈으니, 천금은 얻을 수 있을지언정 너와 같은 사람은 얻기가 어려운 일이다.

232 김이소(金履素): 1735~1798(영조 11~정조 22). 자는 백안(伯安), 호는 용암(庸菴), 본관은 안동(安東). 김창집(金昌集)의 증손으로 병조판서, 우의정 등의 벼슬을 역임했다.

오늘 너를 무죄로 석방한다"라 하고, 드디어 불문에 붙였다. 이에 백성들의 원통함이 펴지고 여론이 화락해졌다.

당시 고마고雇馬庫에 가하전加下錢이 700여냥이 있었는데, 향관鄕官으로 하여금 민간에 영을 전하여 더 받아들이게 하고 있었다. 공이 횡렴橫斂하지는 않나 의심하여 영을 내려 잠시 늦추도록 하였다. 며칠 뒤 수안군遂安郡에서 살인사건에 대하여 같이 조사하자는 청이 왔다. 공이 이질을 앓고 있어서 임시로 문서로써 감영에 보고하였는데, 그 다음날 고마고에서 하기전下記錢[233] 24냥을 이방吏房 앞으로 송부하여 왔다. 공이 그 까닭을 물으니, 답하기를 "대체로 이웃 고을과 함께 죄를 다스린다는 문서가 감영에 보고되면 그 예가 이와 같습니다"라 하였다. 공이 말하기를 "문밖에 한발짝도 나가지 않았는데도 백성들로 하여금 말(馬)을 바치게 하는 것은 그릇된 예이다. 한달에 세번씩 심문을 한다면 1년이면 900냥이나 될 것이니, 이미 지나치게 세금을 거두어들이는 것이 된다"라 하고, 마침내 이 예를 없애버리니, 곡산의 백성들이 첫 정사를 바라보고 각자 안도의 한숨을 내쉬었다.

곡산에 보민고補民庫[234]가 있었는데, 해마다 가하전이 반드시 천 꿰미도 더 되었다. 관에서 그 이유를 조사해보니,

---

233 하기전(下記錢): 어떤 비용에 대한 지출액.

234 보민고(補民庫): 1753년(영조 29)에 설치한 것으로 지방민의 영농(營農)·상장(喪葬)·진휼의 기금을 관리하던 곳.

대체로 감영에서 꿀에 부과하는 세금 때문이라고 하였다. 감사가 봄·가을로 으레 공문을 보내 백밀白蜜 3두斗와 황밀黃蜜 1섬을 징수해갔는데, 감영에 딸린 아전들이 멋대로 백밀 3두를 6두로 받고 황밀 1섬을 백밀 2섬으로 받아가면서 감영에서 지급되는 액수는 단지 공문에 있는 숫자대로 하였다. 또 봄·가을로 으레 공문을 띄워 징수해가는 이외에 별도로 공문을 띄워 저희들 하고 싶은 대로 징수해갔다. 그러니 보민고에서 더 거두어들이는 것은 오직 이 때문이었다. 공이 아전과 백성들에게 말하기를 "감영에서 하나를 구하는데 수령이 둘을 바치고, 감영에서 누런 것을 구하는데 수령이 흰 것을 바치는 것은 아첨이다. 그 숫자와 색깔대로 단지 공문대로만 하라"고 하니, 아전이 말하기를 "감영에 딸린 아전들은 승냥이나 이리와 같은 자들이므로 일이 반드시 말썽이 일어나게 될 것입니다. 죄를 짓게 되면 반드시 돈을 허비해야 될 것이고 또한 백성들에게 징수를 할 것이니, 그전대로 경비를 무는 것만 같지 못합니다"라 하였다. 공이 "일단 가보아라"고 하였다. 아전들이 감영에 이르니 과연 물리치고 받지 않았다. 이윽고 비장裨將이 아뢰니, 감사가 말하기를 "저 사람은 그 고을의 백성들을 등에 지고 있고, 나는 내 입만 가지고 있으니, 다툴 수 없는 일이다"라 하고, 받아들이도록 명하였다. 곡산부사로 있는 3년 동안 이와 같이 하는 것으로 예를 삼으니, 보민고의 남은 돈이 해마다 천千으로 계산되어 정당政堂을 세우고 중국에서 오는 칙사의 접대비에 충당하고도 충분히 여유가 있었다.

곡산의 백성 김오선金五先이라는 자가 영풍永豐 시장으로 소를 사러 갔다가 때가 지나도 돌아오지 아니하므로 그 아들이 뒤밟아가다가 문암동門巖洞 입구에서 시체를 발견하였는데, 목과 가슴과 배에 칼자국이 네군데나 있었다. 문암은 이화동梨花洞(김오선이 살던 마을—원주)과의 거리가 불과 10리였다. 처자식과 마을 사람들이 도적에게 살해된 줄 알면서도 후환이 있을까 두려워 그 사실을 관에 고하지 않고 곧바로 시체를 매장해버렸다. 오랜 뒤에야 고하는 자가 있었다. 공이 그곳에 가지 아니하면 그 실상을 알지 못할 것이라 생각하고, 말을 재촉하여 가면서 말하기를 "옛날에 사건 현장을 직접 조사하는 법(檢地法)이 있었으니, 내가 현장을 조사해야겠다"라 하였다. 곧 그곳에 이르러 현장을 조사하고 돌아오다가 이화동에 들러 마을 사람들을 불러 이리저리 캐물었으나, 끝내 그 진상을 규명하지 못하였다. 밤에 이르러서야 비로소 그 단서를 얻어 곧바로 토졸土卒 수십명을 풀어 영풍촌을 급습하여 도적의 얼굴을 아는 자를 잡아가지고 돌아왔다. 돌아와서 계략을 일러주고 노인령老人嶺 아래에 가서 엄습하여 체포하게 하였더니, 과연 김오선을 죽이고 소를 빼앗은 자는 김대득金大得이었다. 드디어 곡산부의 문 앞 시가지에서 곤장을 쳐 죽이니, 이에 도적의 무리들이 이 소문을 듣고 흩어져 달아났다.

읍에 귀양살이하는 사람 10명이 있었는데, 고을의 400호에서 돌아가며 그들을 먹여주도록 하니, 천경법踐更法[235]과 같아서 그 고통이 걸식하는 것보다 더 심하였다. 유배 온 사람들이 날마다 울부짖으며 죽기를 원하고, 그들을 먹이는 사람들도 또한 매우 괴롭게 여겼다. 공이 곧 화전세火田稅 100여결結을 덜어서 겸제원兼濟院을 세워 기와집과 돗자리 있는 방에서 살게 하고 끼니를 항상 마련해주니, 유배되어 온 사람들은 은혜에 감격하고 백성들도 편하게 여겼다.

부府의 청사가 건축된 지 오래되어 퇴색하고 허물어지니, 아전과 백성들이 정당政堂 세우기를 청하였다. 공이 허락하지 않고, 몰래 설계도를 그려 그 칸수를 계산해두었다. 대체로 동량棟樑·기둥·서까래·문지도리·문설주 등의 재목을 조목조목 열거해놓고, 소나무·홰나무 등 여러 종류의 목재도 그 크고 작은 것을 구별하여 실제로 필요한 숫자를 산정하였다. 분배를 고르게 한 뒤에, 아전과 장교를 파견하여 하루 안에 재목을 베도록 하였다. 다 베었다고 보고하니, 곧 유형거游衡車·삼륜거三輪車 등을 만들었다. 마침 비가 온 뒤에다 매서운 추위로 개울과 땅이 모두 얼어붙어 미끄러워서 쉽게 운반하여 읍으로 가져왔다. 이에 공이 아전과 장교들과

235 천경법(踐更法): 중국 고대에 교대하여 수자리 나가는 법.

노비들을 불러 타이르기를 "너희들은 이 집이 누구를 위한 집인지 아느냐. 나는 내년에 다시 어느 곳에 가 있을지 알지 못하니 이 집의 주인이 아니다. 백성들이 비록 간혹 뜰에 들어오기는 하지만 비 내릴 때에 쉴 수 없는 곳이며, 혹 깊은 산골짜기에 사는 자는 종신토록 성에 들어오지 못하리니 또한 이 집의 주인이 아니다. 이 집의 주인은 결국 너희들이 아닌가?"라 하였다. 이에 공장工匠의 힘드는 일을 돕는 아전과 장교 이하가 서로 다투어 힘을 기울이니, 백성의 힘을 쓴 것이 적게 되었다.

그 팔규八規의 첫째는 호적戶籍의 규規이다. 공이 고을에 이르러 상벌을 미덥게 한 뒤에 말하기를 "백성은 자녀와 같고 수령은 부모와 같은 것이다. 자녀의 빈부허실貧富虛實을 부모 된 자로서 살피지 않는 자가 있겠는가. 오늘날 수령 된 자들이 으레 가좌책자家坐冊子[236]를 만들지만, 엉성하기만 하고 정확하지 못하며 번잡하기만 하고 요점이 적으니, 단지 백성들을 소란하게만 할 뿐 실제로 쓸모가 없다"라 하였다. 이에 향관鄕官과 이교吏校 중에서 가장 노련하다고 일컬어지는 자를 엄선하여 모든 마을에 사는 백성들의 전택田宅·재산·인구·우마牛馬의 실제 숫자 및 신분의 높고 낮음, 양역良役의 있고 없음을 조사해 하나하나 열거하여 가져오게

236 가좌책자(家坐冊子): 주민들의 집의 위치·가족관계·생활정도 등을 기록한 책.

하였으며, 관에서 여비를 지급하여 촌리에서 얻어먹지 못하게 하였다. 그들이 떠날 때에 경계하기를 "심산궁곡과 고촌소점孤村小店은 관에서 이르지 못하는 곳이니, 조사하여 징험할 필요가 없다고 너희들은 생각할 것이다. 그러나 송사訟事는 뜻하지 않은 곳에서 나오고 자문을 구할 수 있는 것도 무심한 곳에서 나오는 법이니, 너희들은 삼가라"고 거듭거듭 훈시하였다. 그들이 돌아오자 총괄해서 종횡표縱橫表를 만들었는데, 12권에 불과했다. 방리坊里를 구별해놓으니, 찾아보기에 매우 편리하였다. 이에 모든 백성들의 빈부·허실·강약·고락苦樂이 손바닥을 들여다보는 것과 같이 분명하여 감추고 숨기는 바가 없게 되었다. 이것을 기준으로 분배해서 호적을 만들고 증호增戶와 손호損戶를 수령이 직접 작성하여 간리奸吏나 간민奸民이 손을 쓸 곳이 없게 되었으며, 일을 시키고 임무를 맡기는 데 체통이 서지 않는 것이 없었다.

그 다섯째는 관고官庫의 규이다. 곡산에 보민고補民庫·고마고雇馬庫·보폐고補弊庫·군수고軍需庫·칙수고勅需庫·군기고軍器庫·양현고養賢庫 등이 있었는데, 모두 그 절목節目을 바꾸었다. 대체로 매년 마땅히 써야 할 물건은 절목에 따라 지출하고 장부에는 기록하지 못하게 하였으며, 오직 뜻밖에 별도로 지출되는 물건에 대해서만 장부에 정리를 하게 하였다. 이렇게 되니 아전들이 농간질을 하지 못하게 되었고, 연말에는 각 창고에 남은 재정이 500~600 꿰미나 되었으며, 적은 곳이라도 수십 꿰미는 되었다. 이것을 칙수로 돌려 '애칙고艾勅庫'라 이름하였다.(즉 7년 병에 3년 묵은 쑥을 쓴다는 뜻이다—원주)

그 여덟째는 과사課士의 규이다. 우리나라의 과거제도는 도무지 일정한 정원이 없었으며, 아래로 군현에 이르러서도 이렇다 할 규정이 없었다. 공이 학궁에 명을 내려 유생 100여명을 천거하게 하고, 본인이 직접 시와 부로 시험하여 능력이 없는 자는 도태시키고 80명을 선발하여 '사림생詞林生'이라 이름하였다. 대체로 가과家課나 정과庭課를 모두 오직 이 80명에게만 응시하게 하였으며, 죽어 결원이 생기면 이러한 예에 따라 보충해 넣었다.(무사武士도 또한 이러한 예에 따라 권무청勸武廳에서 주관하였다—원주)

겨울에 감사의 비밀 공문이 왔는데, 그 대략은 다음과 같다. "토산현감兎山縣監이 서면으로 보고하기를 '본현의 토포討捕 장교가 금천金川 시가지에서 한 도적을 잡아 결박하여 몇리를 가자, 흰 말을 탄 도적의 대장이 길을 막고 도적을 탈취하여 포박을 풀어주고 도리어 장교를 결박하여 앞세우고 몰았습니다. 산을 돌고 물을 건너 매우 깊숙한 곳에 이르렀는데, 그곳에는 공청公廳이 있었으며 당상堂上에는 여러 두령들이 앉아 있었다고 합니다. 그 장교를 끌어들여 하나하나 죄를 손꼽은 다음 돌려보냈는데, 다음날 새벽에 50~60명의 도적의 무리들이 관아의 문을 침범하여 제가 호각을 불며 군사를 모으고 아전과 관노들로 하여금 접전하게 하였더니 모두 흩어져 달아났습니다'라고 하였소. 곡산부사는 예에 따라 영장營將을 겸하게 되어 있소. 관하의 여러 읍들에서 도적의 변란이 이와 같으니 매우 편안하지 못하오. 곧바로 교졸校卒 수십명을 발하고, 또 관하 여러 읍에 명을 내려 군사를 발하게 하여 도적을 체포하는 일을 돕게 하시오. 도적의 소굴을 수색하여 없애버리고 도적의 무리들을 섬멸하도록 하시오. (…)" 공이 다 본 뒤 아전과 장교들에게 펴 보이니, 두려워하고 놀라지 않은 자가 없었다. 용맹한 자들을 엄선하여 부서별로 약속을 정하고 진취할 계획을 세우려 하거늘, 공이 "그만 두어라" 하고, 손수 아전 1명과 장교 1명을 뽑았다. 두 사람 모두 제 옷도 제대로 가누지 못할 정도의 약질이었다. 도적의 소굴에 가라고 명령하니, 두 사람 모두 눈물을 흘리며 살려달라고 빌었다. 공이 말하기를 "너희들은 두려워하지 말고 떠나도록 해라. 붉은 포승줄은 가져가지 말고 의관을 벗고 가서 내 뜻을 알아듣도록 얘기해 적장으로 하여금 오게 하여라"라 하였다. 모두들 "어떻게 하시려고 그러십니까?"라고 하니, 공이 "좀더 두고 보자"고 하였다. 3일이 지나자 소리小吏와 소교小校가 적장賊將 10여명을 데리고 왔다. 그들을 조사해보니 모두 양민이었다. 죄를 씻어 돌려보내고, 도리어 토산兎山의 장교를 잡아다가 곤장을 쳐 다스렸다. 모두들 "왜 이러십니까?" 하니, 공이 말하기를 "평온한 세상에는 이런 일이 없는 법이다. 내가 이 때문에 이 일이 무고임을 이미 알고 있었다"라 하였다.

소리小吏 최태두崔泰斗라는 자는 3년을 입역入役했는데, 저채邸債[237] 13만냥을 지고 있었다. 이방吏房에게 캐물으니, 이방이 답하기를 "그의 부형과 종족으로 봉명방鳳鳴坊에 사는 자가 수십호인데 모두 부자들입니다"라 하였다. 공이 "이 무슨 말인가?" 하고, 이방에게 내려 곤장으로 다스리게 하였다. 그가 빚진 까닭을 조사해보니, 대체로 최태두가 해마다 군포軍布를 담당하는 아전이 되어 군전軍錢을 축내고 저채를 끌어다 쓴 것이었다. 곧 최태두를 잡아다 조사해보니, 대체로 고을의 호걸들과 마조馬弔로 도박을 하여 진 빚이었다. 공이 이방에게 말하기를 "이 일을 알 만하구나. 태두가 어릴 적에 마조를 좋아하니, 그의 부형 종족들이 매를 치며 나무랐으므로 원한이 맺혔던 것이다. 태두가 맹세코 이 원한을 갚고자 하여 부리府吏 되기를 구하였는데, 너희들은 그 사실을 알면서도 그를 받아들여 가만히 앉아서 재물을 낚아채려고 하였다. 바야흐로 그가 군전軍錢을 취해 마조를 할 때에도 너희들은 버젓이 알면서도 '걱정할 것 없습

237 저채(邸債): 경저리(京邸吏, 京主人)에게 빌려 써서 지는 빚.

니다. 저 사람의 종족들은 모두 부유한 백성들입니다'라 하였고, 상경하여서도 글을 경저리京邸吏의 집에 보내 '너무 걱정할 것 없습니다. 저 사람은 종족이 모두 부자들입니다'라 하였다. 너희들이 이와 같이 말하는 것이 이미 몸에 배어 있으므로, 오늘 또 관에 고함에 있어서도 그와 같이 말하니, 이는 간사한 자를 돕는 자가 아니겠는가?"라 하였다. 이에 고을의 호걸들이 마조를 하여 얻은 돈의 실제 액수와 청례廳例와 정례情例를 조사하고 가재家財를 조사하여 모두 10만냥을 얻었다. 곧 경저리를 불러 앞으로 나오라 하여 "네가 빌려준 본전이 얼마나 되느냐?"라 물으니, "7만냥입니다"라 하였다. 공이 "네가 바야흐로 돈을 빌려주려 할 때에 응당 여러 아전들의 편지를 받아보았을 터인즉, '봉명방에 부유한 백성들이 많다'고 말한 적이 있었지?"라 물으니, 경저리가 "참으로 그런 말이 있었습니다"라 하였다. 공이 말하기를 "뭇 간악한 자들이 무리를 이루었는데, 너도 거기에 참여하였으니 이자 6만냥 중에서 반은 손해를 보는 것이 당연한 일이다"라 하였다. 봉명에 사는 여러 백성들을 불러 최태두의 실정을 수소문해보니, 과연 대쪽을 합한 것같이 들어맞았다.

겨울에 『마과회통痲科會通』이 완성되었다.

『마과회통』은 홍역을 치료하는 여러가지 처방을 기록한 책이다. 당시 공의 여러 아들들이 연이어 홍역으로 요절을 하였으므로 공이 처방을 수집하여 이 책을 완성하였으니, 모두 12권이다.

1798년 (정조 22, 무오戊午) 37세

4월에 『사기찬주史記纂註』를 올렸다.

이에 앞서 임금이 『사기영선史記英選』에 주해註解가 있으면 좋겠다고 하여 김이교金履喬·김이재金履載·홍수만洪秀晩[238]·서준보徐俊輔 등에게 찬주纂註하도록 한 적이 있었다. 완성이 되어 진상하였는데, 임금이 그것의 번잡함을 꺼려하여 번잡함을 산삭하고 요점만 간추리고자 생각하고 있었다. 지난해에 하직 인사를 드리러 갔을 때, 임금이 이르기를 "곡산은 한가한 읍이니, 그곳에 가거든 찬주하도록 하라"고 하였다. 이때에 이르러 주注가 완성되었으므로 각신 이만수를 통해서 올렸다. 올린 뒤에 임금의 답보答報가 왔는데, "글로 올린 것이 뜻에 적합하니 매우 다행스러운 일이다"라 하였다.

겨울에 본부本府의 좁쌀을 돈으로 바꾸어 올리라는 영을 철회해주도록 요청하여 허락을 받았다.

장계狀啓[239]는 다음과 같다. "본부本府로 경술년에 옮겨놓

---

238 홍수만(洪秀晩): 1759~?(영조 35~?). 자는 치성(穉成), 본관은 남양(南陽). 1778년 증광문과에 병과로 급제했다.

239 장계(狀啓): 『전서』 I-10, 37b, 「관서소미부득작전사장(關西小米不得

은 관서지방의 좁쌀과 관동지방의 콩에 대한 8년치의 모조耗條를 한결같이 상정례詳定例[240]에 의거하여 전부 돈으로 바꾸어 올리라고 하였습니다. 사신使臣이 마땅히 비변사備邊司의 공문대로 거행해야 할 것이나, 다만 금년 농사의 작황이나 오늘날 민정을 참작해보건대 참으로 행할 수 없는 점이 있습니다. 첫째는 민가가 지극히 쇠잔한 것이고, 둘째는 시가市價가 너무 헐값이라는 점이며, 셋째는 돈의 액수가 너무 많다는 점입니다. 대체로 본부로부터 환곡을 받은 집이 역驛·진鎭을 제외하고도 3,540호가 되지만, 사방의 길이 교차되는 지점인지라 아침에 모였다가 저녁에 흩어지는 무리들과 통나무집이나 토굴 속에서 화전으로 생계를 꾸려나가는 백성들로, 참으로 한푼의 돈도 손수 마련할 길이 없는 백성들이니, 이것이 이른바 민가가 지극히 쇠잔하다는 것입니다. 금년 농사가 목화는 비록 큰 흉작이지만 메기장·차기장·콩·팥 등은 모두 풍작입니다. 좁쌀 한섬의 값이 2냥 7전에 불과하고, 콩 한섬 값이 1냥 1전에 불과하니, 이도 또한 되나 말로 소소하게 매매를 할 때의 얘기입니다. 지금 만약 4,700섬의 곡식을 한 고을 안에 내어 판다면, 비록 그 값을 절반이나 감해준다고 하더라도 사갈 사람이 없을 것입

作錢事狀)」 참조.

240 상정례(詳定例): 나라의 제도 또는 관아에서 쓰는 물건의 값·세액·공물액 등을 심사 결정하는 것에 대한 조례.

니다. 본부本府는 두메산골 외진 한구석에 위치하고 있어 본래 장사꾼이 모여드는 곳도, 배나 수레가 왕래하는 곳도 아닙니다. 끝이 없는 푸른 산에 바람 부는 대로 불을 놓아 화전을 일구어서 집집마다 곡식을 비축하여 자기 힘으로 농사를 지어 먹고사니, 관에 있는 곡식을 내어 팔아야 하는가 팔지 말아야 하는가 하는 문제는 애당초 의논할 여지가 없는 것입니다. 이것이 바로 시가市價가 너무 헐값이라는 점입니다. 좁쌀은 모조耗條를 통틀어 대략 3,935섬이고, 콩은 모조를 통틀어 806섬입니다. 지난해 관찰사가 보낸 공문 중 호조戶曹의 상정례詳定例에는 좁쌀이 1섬에 4냥, 콩은 1섬에 2냥 5전이었으니, 모두 합한 금액이 17,755냥이 됩니다. 집집마다 배당을 하면 각 가구마다 내야 할 돈이 5냥 1푼이 됩니다. 시가대로 논하자면 한 가구당 1냥 7전 6푼을 더 내는 셈이 됩니다. 본부本府에서 올해는 이미 곡식을 매출할 형편이 못되니, 쌀이나 콩이 산더미처럼 쌓여 있다고 하더라도 5냥 1푼의 돈은 반드시 다른 방법으로 마련해 내야 할 것입니다. 이것이 이른바 돈의 액수가 너무 많다는 것입니다. 비록 민가에서 한두푼만 거두어들여도 물 끓듯이 사람들이 떠들어대는데, 하물며 5냥 1푼의 돈을 갑자기 영을 내려 기한 내에 바치라고 하는 것이겠습니까. 사리에도 맞지 않을 뿐만 아니라 백성들이 짐을 꾸려 집을 비우고 도망갈 것입니다. 거북 등에서 어떻게 털을 뽑을 것이며, 토끼 머리에서 어떻게 뽈을 뽑을 수 있겠습니까? 또한 한달 전에 병영兵營의 공문대로 돈으로 바꿀 장용영壯勇營의 모곡耗穀 600여 섬을 민가에 분배하였던바, 시가보다 더 내야 할 돈이 1섬당 1전 5푼에 불과했는데도 백성들은 떠들썩하게 호소하며 방보防報[241]를 원하였거늘, 하물며 이와 같이 많은 금액이겠습니까? 또 금년에 부사가 특별히 독촉하여 조·콩을 갖다 바친 것이 절반을 훨씬 넘었습니다. 지금 만약 민간에 또다시 나누어주고 돈으로 내라고 한다면 중간에 손실됨이 많아 백성들이 반드시 원망할 것이니, 이리저리 참작해보아도 지금 돈으로 바꾸라는 것은 형편상 할 수가 없습니다. 바라건대, 중앙 관청에 보고하여 부민府民들의 시급한 문제를 구해주십시오." 관찰사에게 보고되자 관찰사는 비변사로 이첩하였다. 이에 비당備堂[242]이 경연석상에서 아뢰기를 "나라에서 소중히 여기는 것은 기강紀綱보다 더한 것이 없습니다. 근일에 기강이 해이해져서 시종신侍從臣으로 외직에 나가 수령이 된 자들이 묘당廟堂의 공사公事에 대해서 한결같이 방보坊報를 일삼으니, 이런 일이 그치지 않는다면 앞으로는 명령도 통하지 않을 것이며, 법과 기강은 날로 문란해질 것입니다. 바라건대, 곡산부사를 우선 파직하고 거두어

241 방보(防報): 상급 관청의 지시대로 업무를 수행할 수 없을 때 그 이유를 변명하여 올리는 보고.

242 비당(備堂): 비변사의 통정대부 이상의 당상관.

둔 조·콩을 전부 돈으로 바꾸어 바치게 하십시오"라 하였다. 임금이 "곡산부사가 보고한 장계를 가져오라"고 하고, 다 읽은 다음 하교하기를 "옛적에 재물을 맡은 신하는 팔도의 시가를 두루 알아서 매양 흉년이 들어 굶주리는 지방에다 곡식을 꾸어주고 돈으로 거두어들였으니, 백성과 국가가 모두 넉넉하게 되었다. 지금 경은 반드시 크게 풍년이 든 지역에 나가더라도 제대로 행하기 어려운 일을 시키면서 도리어 수령을 논죄하려고 하니, 또한 잘못된 일이 아니겠는가. 시종신 출신의 수령을 귀하게 여기는 것은, 그들이 전심專心으로 숨겨진 일들을 살피면서도 상사를 두려워하지 않고 오직 백성을 이롭게 하고자 하여 아는 것을 모두 말하지 않음이 없기 때문이다. 만약 명령을 받들어 행하기를 오직 삼가서 쇠잔한 음관蔭官이나 냉정한 무관武官과 같이 한다면 무엇 때문에 시종신을 임명했겠는가? 경의 말은 매우 이치에 어긋나니 의당 추고推考를 해야겠지만, 중신重臣이 수령 한 사람을 논핵했다고 해서 도리어 추고를 받게 된다면 아마도 사체事體가 아닐 것이므로 처분하지 아니하고 경이 아뢴 것을 불문에 붙일 것이니, 곡산부에 있는 좁쌀·콩을 돈으로 바꾸어 내라는 그 일을 즉시 철회하여 민생을 안정시키도록 하여라"라 하였다.(승정원에서 등사해 보내기를 이와 같이 하였다—원주)

이해에 목화 농사가 흉년이 들어 면포가 더욱 귀했다. 이에 칙수전勅需錢[243]과 관봉전官俸錢[244] 2,000여냥을 내어 패서浿西[245]지방에서 면포를 사들여 서울로 납부하는 데 충당하고, 그 값을 백성들에게서 징수하여 갚았다. 백성에게 징수한 것이 모두 200냥에 불과하니, 백성들이 송아지 한마리씩 얻었다고 생각하였다. 군포軍布는 백성들로 하여금 관청의 뜰에 들어와 친히 바치게 하였다. 아전이 낙인척烙印尺을 가져왔는데, 그 자를 보니 너무 길었다. 이에 오례의도척五禮儀圖尺을 가져다 비교해보니, 차이가 2치나 되었다. 오례의도에 의거하여 자를 만들어서 백성의 군포를 받으니, 군역을 진 백성들이 편리하게 여겼다. 또 호적을 재작성할 때가 당도하자 침기부砧基簿[246]를 가져다가 종횡표縱橫表를 만들고 또 지도를 만들고 경위선經緯線을 그려 넣어서 백성들의 허실·강약과 땅의 넓고 좁음, 멀고 가까움을 두루 알 수 있도록 하였다. 수령이 스스로 신축성 있게 하여 넉넉한 마을은 호수를 늘리고 쇠잔한 마을은 호수를 줄여 적감籍監·적색籍色·적헌籍憲[247]의 규정을 없애버렸다. 대체로 늘리고 줄인 것이 모두 실정에 맞았으므로 며칠이 안 되어 호적

243 칙수전(勅需錢): 중국 사신의 접대를 위해 마련해 둔 돈.

244 관봉전(官俸錢): 국가에서 관원에게 지급하는 보수.

245 패서(浿西): 평안도.

246 침기부(砧基簿): 가좌책(家坐冊)과 비슷한 장부.

247 적감(籍監)·적색(籍色)·적헌(籍憲): 호적의 실무를 맡아 처리하는 관원들.

을 조사한 문서가 일제히 도착하였고 백성은 호소하는 자가 없었다. 뇌물을 가져다 주고 호수를 줄이는 폐단도 없어지게 되니, 쇠잔한 백성들이 은덕을 입게 되었다. 해마다 첨정簽丁할 때에 이르면 그 고을의 갑족甲族으로 하여금 매번 천거하여 보고하게 하였는데, 공이 미리 알고 있었으므로 추천한 사람이 가난하고 외롭고 병든 사람들이면 곧 나무라기를 "아무개는 새로 모군某郡에서 왔으며 홀아비인데다가 병신인데, 무엇 때문에 군포를 내게 한단 말이냐?"라 하였다. 그 고을의 갑족이 깜짝 놀라 반드시 먹고살 만한 밑천이 있는 자로써 채워 넣었다. 그리하여 홀아비나 가난한 백성들은 안도의 한숨을 돌리게 되었다.

1799년(정조 23, 기미己未) 38세

2월에 황주 영위사黃州迎慰使로 임명하는 교지를 받았다.

정월에 청나라 고종황제가 붕어하여 칙사가 왔으므로 호조참판의 임시 직함을 가지고 칙사 일행을 맞이하였다.

이에 앞서 서로西路[248]에 감기가 크게 번져, 걸리면 노인들은 반드시 죽었다. 공도 이 병을 앓았다. 갑자기 잠자리에서 생각하니 이 병이 의주로부터 감염되어 왔으니 반드시 중국으로부터 온 듯했다. 황제가 나이가 많았던 터이라 칙사

248 서로(西路): 관서(關西, 평안도)와 해서(海西, 황해도).

의 행차가 있을 법했다. 곧 칙수도감勅需都監 한성일韓聖一을 불러 "만약 칙사의 행차가 있다면 가장 근심할 만한 것이 어떤 일인가?"라 물으니, 한성일이 답하기를 "포진舖陳[249]입니다. 해서海西지방에서는 오직 배천白川의 강서사江西寺에서만 용수석龍鬚石이 생산되는데, 매번 칙사의 행차가 있을 때마다 온 도道의 사람들이 머리를 싸매고 달려들어 먼저 문지방에 들어선 자라야 그것을 살 수 있었습니다. 곡산에서 배천까지의 거리가 300리니, 여러 군郡에 비교해보더라도 가장 멀리 떨어져 있습니다. 그러므로 매양 발이 빠른 자들에게 빼앗겨 순영巡營·병영兵營·어사御使·중사中使·원접사遠接使·접위관接慰官 들이 본부本府를 논책하였는데, 앞뒤로 실패한 일들이 모두 포진舖陳 때문이었습니다"라 하였다. 이에 곧바로 아전을 정해 강서사에서 용수석을 사오도록 당일 출발시켰다. 용수석을 사가지고 평산부平山府에 당도하였을 때 칙사가 온다는 기별이 왔다. 아전과 백성들이 매우 기이하게 여겼다. 칙사를 맞이하는 일이 이 때문에 낭패가 없었다.

이때에 감사(조윤대曺允大[250]—원주)가 부임했기에 황주 병

---

249 포진(舖陳): 바닥에 까는 돗자리.

250 조윤대(曺允大): 1748~1813(영조 24~순조 13). 자는 사원(士元), 호는 동포(東浦), 본관은 창녕(昌寧). 이조판서, 대사헌 등의 벼슬을 역임했다.

사黃州兵使(정학경鄭學耕[251] –원주)가 연명延命[252]하려고 하니 감사가 비장裨將으로 하여금 대신 맞이하게 하므로 병사가 연명하려고 하지 않아 서로 며칠간을 버티었다. 감사가 장계를 올려 파직하려 하자, 공이 들어가 감사를 만나 말하기를 "사상使相[253]께서 장계를 올려 병사를 파직하려 하신다니 사실입니까?"라 하니, 감사가 "그렇소"라 하였다. 공이 "원수元帥가 부원수副元帥보다 높다고 생각하십니까?"라 하자, 감사가 "그렇소" 하므로 공이 말하기를 "그렇지 않습니다. 병사兵使는 이소李愬[254]와 같고 사상使相은 배도裵度[255]와 같습니다. 이소가 무장을 갖추고 길 왼편에서 맞이하는데 배도는 비장으로 하여금 그것을 받게 한다면 이치에 맞겠습니까? 어찌 단지 병사만 그렇겠습니까? 비록 현령이나 역승驛丞이라 할지라도 그가 만약 달게 여기지 아니하면 사상使相께서 장계를 올려 파직할 수 없는 것입니다. 저 사람은 곧고 우리는 굽은 상태이니, 그만두는 것만 같지 못합니다"라 하였다. 이에 감사가 크게 깨닫고 말을 달려 마침내

251 정학경(鄭學耕): 무과 출신으로 황해도 병마사를 역임했다.

252 연명(延命): 수령이 새로 부임한 감사(監司)를 맞이하는 인사의 예(禮).

253 사상(使相): 덕망 있는 전직 재상으로 감사의 벼슬을 겸한 사람.

254 이소(李愬): 중국 당나라 때의 무장으로 회서(淮西)를 평정했으며 여러 곳의 절도사를 역임했다.

255 배도(裵度): 중국 당나라 때 재상으로 회서의 난을 평정한 공로로 진국공(晉國公)에 봉해졌다.

친히 연명을 받았으니, 병사兵使가 무사하게 된 것은 공의 힘이었다.

3월에 본도本道를 안렴하라는 밀지를 받았다.

이때에 공이 황주 영위사가 되어 황주에서 50일간 머물렀다. 임금이 비밀히 유시하여 도내 수령들의 잘잘못을 염찰하게 하였다. 이에 앞서 도내에 두건의 옥사가 있었는데, 이때에 이르러 비밀히 상주하였던바, 임금이 감사에게 유시하여 조사하게 하였다. 감사 이의준李義駿이 곡산부사를 차임差任하여 조사를 시켜 두건의 옥사가 해결되었다.

4월 24일, 내직으로 옮겨져 병조참지에 제수되었다. 상경 도중인 5월 초4일에 또 동부승지를 제수받고 부호군副護軍에 옮겨졌다. 입성入城한 초5일에 또다시 형조참의에 제수되었다.

형조에 제수된 뒤 입시入侍하라는 독촉이 있었다. 입시하니 하교하기를 "애당초 올 가을을 기다려 소환하려 하였는데, 마침 큰 가뭄이 들어 여러가지 옥사를 심리하고자 하여 불렀다. 내가 해서海西에서 일어난 의심스러운 옥사에 대해서 다시 조사한 너의 장계를 보니, 그 글이 매우 명백하고 절실하였다. 뜻하지 않게 글하는 선비가 옥리獄吏의 일을 잘 알고 있으므로 곧 소환하였다"라 하고, 판서 조상진趙尙鎭[256]

256 조상진(趙尙鎭): 1740~1820(영조 16~순조 20). 자는 이진(爾珍), 본관은 풍양(豊壤). 형조판서, 대사간 등의 벼슬을 역임했다.

을 돌아보며 "경은 단지 베개를 높이 베고 참의參議에게 모든 것을 맡기는 것이 좋겠소"라 하였다.

하루는 황혼녘에 특별히 불러 중희당重熙堂으로 입대하니, 임금이 말하기를 "오늘 부른 것은 형조의 일 때문이 아니다. 이제 해서지방에서 왔으니 본도本道 읍의 폐단과 백성들이 고질로 여기고 있는 점을 소상하게 말하라"고 하였다. 이에 칙사를 접대하는 일과 둔전屯田에 있는 소(牛)의 일을 얘기하여 모두 윤허를 받았다. 그외에 한담한 것은 모두 다 기록할 수 없다. 자리에서 물러나니, 밤이 이미 3경이었다.

지칙문서支勅文書[257]를 마감하면서 올린 장계狀啓[258]는 다음과 같다. "신이 지칙문서를 마감하는 일에 대해서 마음속에 어리석은 생각이 있으므로 감히 아룁니다. 해서의 지칙문서를 방금 마감하였는데, 무신년에 정한 규례는 소략한 부분이 없지 않아 의거하기에 어려운 점이 있었습니다. 그러므로 각 읍에서 문서를 마감할 때에 들쑥날쑥한 폐단이 있습니다. 또한 병진년 칙사가 온다는 기별이 있었을 때, 응당 제공해야 할 각종 물품을 각 읍에서 두루 준비하지 않은 것이 없었는데, 칙사의 행차가 떠난 후 오직 단청丹靑을 수리하는 데 드는 비용만 대략 증감하여 허락해주고, 그 나머지 각양각색의 온갖 물자는 단지 감영으로 하여금 마감

257 지칙문서(支勅文書): 중국 사신의 접대에 든 비용을 적은 문서.

258 장계(狀啓): 『전서』 I-10, 31b, 「논지칙감부사계(論支勅勘簿事啓)」 참조.

하게 하고 중앙 조정에서 마감하는 것을 허락하지 않았습니다. 그러므로 각 읍의 회계상에 올라가 있는 칙수전勅需錢은 명목상의 숫자에 불과하게 되었습니다. 병진년에 마련해두었던 물자도 이번 지칙支勅 때 대부분 쓸 수 없는 것이고, 하기下記를 다시 사용할 수 없는 것이고 보면 감영과 각 읍 간에 서로 비용을 떠넘기려고 신경전을 펴 적절한 수준을 얻기가 어려울 것입니다. 신이 생각하건대, 정한 규례 중 각 읍에 한 차례의 칙수전으로 배정된 숫자는 기왕의 예를 참작하여 배당한 것으로 압니다. 일의 형편으로 헤아려본다면 배당을 해준 뒤에는 감영에서 그것의 출입을 묻지 않는 것이 참으로 명령을 신뢰하도록 하는 도리에 합당할 것입니다. 이번 지칙 때에는 다담茶啖[259] 등 물자를 비록 삭제하거나 감소하더라도 정확한가 하는 여부를 구별하여 절반 혹은 3분의 1을 회감會減한다면 삭제하는 수량이 그다지 많지는 않을 것입니다. 그러니 병진년에 마감하지 못한 장부는 이것으로써 보충하도록 하심이 합당할까 합니다. 각 읍의 지칙문서는 감영에서 마감하든 중앙 조정에서 마감하든 모두 거론하지 말고 단지 정해진 규례에 따라 배당된 원금대로 전체의 액수를 회감會減할 것이며, 설사 약간 추가 지급하는 경우가 있더라도 각 읍에 있어서는 참으로 간편하

259 다담(茶啖): 사신을 접대하기 위하여 차리는 성찬.

고 폐단을 제거하는 방안이 될 것이므로 감히 이처럼 번거롭게 진술합니다."

초도둔우椒島屯牛의 계啓[260]는 다음과 같다. "신이 해서海西에 있을 당시 초도의 둔우의 일에 대해서 들은 바가 있으므로 감히 이에 그 내용을 진달陳達합니다. 당초 진鎭을 설치할 때 그곳에 들어가서 농사를 지을 백성을 소집하여 소 몇마리를 지급해주고서 번식시키도록 하였습니다. 중년 이후로 사복시司僕寺로부터 암소의 수를 계산하여 송아지를 징수하였는데, 해마다 숫자를 늘려 한마리당 15냥씩 돈으로 바치게 하였습니다. 갑진년 겨울에 우안牛案에 기록된 숫자가 47마리에 불과하던 것이 지난해에는 우안에 등록된 숫자가 221마리로 늘어나, 섬 주민 11명 밑에 배당하여 한 사람당 소 23~24마리씩 책임지웠습니다. 그러나 실제로는 섬주민이 한명도 생존한 사람이 없었고 한마리 소도 남아 있지 않았습니다. 그래서 이웃에서 징수하고 친족에게서 징수하는 사태가 육지에까지 만연되었습니다. 장연長淵·풍천豐川 지방의 백성이 곤욕을 견디지 못한 나머지 우보牛譜를 작성하여 매번 관청에 들어가 소 문제를 송사할 적에, 심지어 '모갑某甲의 소는 모을某乙의 소와 사실 이종 간姨從間이 된다'고 하고, 혹 '모을某乙의 소가 모갑某甲의 소에게

260 계(啓): 『전서』 I-10, 31b, 「논초도둔우사계(論椒島屯牛事啓)」 참조.

는 사실 생질甥姪이 된다'고 하는 데까지 이르니, 듣고 판결하는 사람이 놀라고 의혹하기도 하였으며 원망과 비방이 물 끓듯 일어났습니다. 그러므로 감사 이의준李義駿이 스스로 돈 수천냥을 마련하여 섬 전체의 소 값을 갚아주려고 하였지만, 뜻만 있었지 실행하지는 못했습니다. 지금 만약 해당 부서에 하문해보시고, 또 해당 도道에 다녀오게 하여 길이 이와 같은 폐단을 개혁한다면, 단지 한 섬만이 은택을 입는 것이 아니요, 해서 연안의 여러 읍의 백성들까지도 만연되어오는 근심을 면할 수 있게 될 것입니다."

신덕왕후神德王后 강씨康氏의 본궁本宮에 대한 일을 진술하여 특별히 비를 세우고 각閣을 설립하라는 은혜를 입었다.

상주上奏[261]는 다음과 같다. "곡산부에서 동쪽으로 5리쯤 떨어진 곳에 당저塘底 또는 궁허宮墟라고 하는 곳이 있습니다. 그곳에 돌기둥 한쌍이 있는데, 옛날 노인들이 전하는 말에 '신덕왕후 본궁'이라고 합니다. 뒤에는 용봉龍峯이 있고, 앞에는 용연龍淵이 있는데, 지세가 보통과 다릅니다. 옛 노인들이 말하기를 '태조대왕이 영흥永興으로부터 송리경松理京을 왕래할 때 이 계곡에 이르러 갈증이 매우 심했는데, 이때 왕후가 마침 시냇가에서 물을 긷고 있었습니다. 태조가 물을 청하므로 왕후가 물을 한 바가지 떠 그 위에다 버들잎

261 상주(上奏): 『전서』 I-10, 33a, 「신덕왕후강씨곡산본궁형지계(神德王后康氏谷山本宮形止啓)」 참조.

을 띄워드렸습니다. 태조가 노하니, 왕후가 급히 마시면 숨이 막힐까 염려되어 그랬습니다라 하였습니다. 태조가 그 말을 기특하게 여겨, 마침내 주량지의舟梁之儀[262]를 이루었습니다'라고 하였습니다. 또 곡산 북쪽 80리에 있는 가람산嵑嵐山 남쪽에 치도馳道[263]가 몇리에 걸쳐 산꼭대기로 나 있는데, 그 고장 사람들이 그곳을 치마곡馳馬谷이라고 부릅니다. 그 북쪽에 태조성太祖城이 있는데, 옛 노인들의 말에 의하면 '태조가 일찍이 이 산에서 말을 달리며 말타기와 활쏘기를 익혔다'고 전해오고 있습니다. 신이 삼가 살펴보건대, 신덕왕후의 본적은 곡산谷山이요, 친정아버지는 상산부원군象山府院君 강윤성康允成인데 상산은 바로 곡산의 별명입니다. 또한 함흥·영흥으로부터 송도松都로 가려면 곡산은 실로 곧바로 가는 길이며 지름길이 됩니다. 대체로 고원高原으로부터 서쪽으로 양덕陽德을 거쳐 남쪽으로 곡산을 경유하게 되면 노정이 가장 가까우니, 옛 노인들의 말이 일리가 없다고 할 수 없습니다. 또 그 돌기둥이 궁가宮家의 물건이 아니라는 법이 없습니다. 그러므로 감사 이의준李義駿도 친히 그 형상이 남아 있는 것을 살펴보고 '유적이 분명하나 문적文跡이 없는 것이 한스럽다. 경연석상에서 상주하는 것은 괜찮겠지만 장계로 아뢰는 것은 마땅치 않다'고 하였습니다. 신이

262 주량지의(舟梁之儀): 혼례를 말함.

263 치도(馳道): 임금이 거둥하는 길.

생각하건대, 버들잎을 바가지에 띄워드렸다는 사실은 두루 야사에 실려 있으나, 이 산골 사람들은 야사를 보지 못하였을 것이니, 당시부터 전해오는 옛말이라고 생각됩니다. 정릉貞陵[264]의 일에 대해 추모함이 있어야 합당한 것이 온릉溫陵[265]의 일과 흡사합니다.[266] 이곳은 또한 태조께서 왕업을 일으킨 사적과 연관이 있는 곳이니, 돌기둥의 곁에다 비를 세우고 각閣을 세워 택리宅里를 표하는 것이 밝게 다스려지는 시대의 융성한 일이 되지 않을까 생각합니다. 정릉께서 태어나신 날은 6월 14일이고, 제삿날은 8월 13일이니, 이때에 전하께서 하문하신 것도 또한 우연한 일이 아닐 것입니다."

여러가지 옥사를 심리하는 데 있어서 의심스러운 점을 판결하여 종합적으로 밝히니, 매번 칭찬을 받았다.

이때에 호조의 아전 이창린李昌麟이라는 자가 거짓으로 하교를 전하고 공금을 도둑질하였다. 임금이 다른 아전에게까지 죄를 나누어주려고 하니, 공이 극구 항변하며 자기 주장을 고집하여 끝내 이겼다. 공이 말하기를 "소식蘇軾의 말에 '요임금이 용서하라고 세번 말했으나, 고요皐陶는 죽여야 합니다라고 세번 말했다'고 하니, 신이 진실로 고요에 미치지는 못하지만 전하께서야 어찌 요임금보다 못하시겠

264 정릉(貞陵): 신덕왕후(神德王后) 강씨(康氏)의 능.

265 온릉(溫陵): 중종의 비(妃) 단경왕후(端敬王后) 신씨(愼氏)의 능.

266 신덕왕후와 단경왕후는 다 같이 폐위되었다가 후에 복위되었다.

습니까?"라 하니, 임금이 "너는 경經의 뜻으로 옥사를 결단하려고 하는가?"라 하셨다.

서울의 죄수 함봉련咸奉連이라는 자가 살인사건의 정범正犯이 되어 7년 동안 옥살이를 하고 있었다. 임금이 "의심스러운 옥사니 자세히 살펴서 논계論啓하도록 하여라"고 하였다. 공이 처음 조사한 문서를 가져다가 잘못된 점을 지적하고 봉련이 억울하게 갇혀 있음을 극구 천명하니, 임금이 그날로 즉시 봉련을 무죄 석방하고 그 문서를 불태워버리도록 하였다. 봉련이 대로에서 칼(枷)을 벗고 춤을 추며 돌아갔다.

신저실申著實이라는 황주의 백성이 돈 2전 때문에 사람을 밀어붙이고 지겟작대기 끝으로 항문을 찔러 죽였다. 그 사건을 조사한 관리들이 모두 죽여야 한다고 말하였는데, 공이 상주하기를 "이번 일은 공교롭게 일어난 일이니 용서해주는 것이 마땅합니다"라 하였다. 며칠 뒤에 임금이 특별히 판결하여 "지극히 조그만 것이 항문이고 지극히 뾰족한 것이 지겟작대기 끝이니, 지극히 조그만 구멍을 지극히 뾰족한 끝으로 찌른 일은 천하에 지극히 우연한 일이다"라 하여, 저실은 마침내 정상이 참작되어 풀려나게 되었다.

6월에 대언臺言[267]으로 인하여 상소하여 자신의 입장을 밝

267 대언(臺言): 사헌부나 사간원에서 상주한 말.

히고 체임遞任해주기를 빌었다.

이때에 임금의 돌보아주심이 한창 융성할 때인지라 여러 번 부름을 받고 입대하여 밤이 깊어서야 돌아오곤 하였다. 대사간 신헌조申獻朝[268]가 계청啓請하기를 "아무개 아무개 등을 추국하여 다스리십시오"라 하였는데, 손암공巽菴公도 그중에 들어 있었다. 그리하여 상주가 끝나기도 전에 곧바로 체차遞差[269]하도록 명하였으나 조지朝紙[270]에는 나지 않았다. 공이 처음에 그 일을 알지 못하고 평상시와 같이 형조의 자기 자리로 출근하였다가, 그 다음날 비로소 그 얘기를 듣고 나아가지 않았다. 이에 민명혁閔命爀[271]이, 혐의를 무릅쓰고 벼슬살이하고 있다는 소를 올려 공을 배척하였다. 공이 이에 상소하여 자신의 입장을 밝히고 부름을 어겼다. 달이 지나서야 비로소 체임될 수 있었다.

소疏는 대략 다음과 같다.[272] "삼가 생각하건대, 신이 마땅히 벼슬에 나갈 생각을 말았어야 했는데, 벼슬살이한 지

---

268 신헌조(申獻朝): 1752~?(영조 28~?). 자는 여가(汝可). 1789년 알성문과(謁聖文科)에 갑과로 급제했다.

269 체차(遞差): 관직에 있는 사람이 임기가 만료되었거나 죄과로 인하여 교체되는 것.

270 조지(朝紙): 승정원에서 처리한 일을 매일 아침에 적어 발표하는 관보.

271 민명혁(閔命爀): 1753~1818(영조 29~순조 18). 자는 명여(明汝), 본관은 여흥(驪興). 대사간, 형조판서 등의 벼슬을 역임했다.

272 『전서』 I-9, 46b, 「사형조참의소(辭刑曹參議疏)」 참조.

가 벌써 오래되었습니다. 남의 미움을 받은 것이 쌓이고 쌓여 이제는 위태하고 불안한 지경에 이르고야 말았습니다. 조정에 선 지 11년 동안 두루 여러 직책을 거치는 사이에 단 하루도 마음 편한 적이 없었습니다. 하나도 스스로 취한 것이요, 둘도 스스로 취한 것이니, 어찌 감히 자신을 합리화하고 남을 허물하여 거듭 그물이나 함정 속으로 자신을 빠뜨릴 수 있겠습니까? 다만 신이 남몰래 고통스러워하며 마음속으로 가책을 느끼는 것은, 신과 같이 더러운 존재를 전하께서 비루하다고 생각하지 않으시며 신과 같이 곤궁한 자를 전하께서 버리지 아니하시고, 사랑해주시고 감싸주시며 혹시라도 갈고닦아 훌륭한 인재로 양성되기를 바라셨으니, 어찌 신의 운명이 기구하고 박복한 것이 아니겠습니까? 마치 토끼가 그물에 걸린 것 같고 새가 그물에 걸린 듯하여 부질없이 성념聖念만 수고롭히다가 끝내는 커다란 허물을 짊어지고야 말았습니다. 매번 이 일을 가지고 해마다 지리하고 번거롭게 배척이니 변명이니 하여 어지럽게 떠들어들 댔습니다. 비록 천지와 같은 어지심과 부모와 같은 자애로도 어찌 손을 저어 물리쳐, 건져주는 수고를 덜려고 하지 않겠습니까? 이 때문에 신은 밤새도록 뒤척이며 자신도 모르게 눈물이 뺨을 적십니다. 신이 일전에 헌납獻納 민명혁의 상소를 보았는데, 대사간 신헌조의 계사啓辭에 언급된 신의 형의 이름을 들먹이면서 신에게 편안하고 태연히 의기

양양하게 공무를 행하고 있다고 논죄하였습니다. 아! 신의 의義에 처신하고 있는 점은 짐짓 놔두고라도 신의 형은 참으로 무슨 죄가 있습니까? 그 죄는 오직 신과 같은 불초하고 볼품없는 놈이 아우가 된 때문일 것입니다. 그런데도 오히려 우리 전하께서 신을 꾸중하신 교지에 단지 '죄 없는 너의 형이 어찌하여 소장疏章에 올랐겠느냐'라고만 기록하셨으니, 그때의 열 줄의 은혜로우신 말씀은 맑고 명백하기 더할 나위가 없었습니다. 신은 오직 장엄하게 외며 감축感祝하면서 안고 황천으로 돌아갈 따름입니다. 이제 무엇 때문에 다시 붓과 입을 수고롭게 하여 쓸데없는 짓을 하겠습니까? 아! 신의 형은 벼슬한 지 10년에 아무것도 이루어놓은 것 없이 지금은 벌써 머리가 희끗희끗합니다. 그 이름 석자도 조정에서 잘 모르는데, 무슨 증오가 맺혀 있길래 이다지도 야단들입니까. 그 뜻은 신을 조정에 서지 못하게 하려는 데 불과합니다. 신의 속마음은 이미 정사년 상소[273]에서 모두 말씀드렸습니다. 저 자신의 분수는 본래 지나간 허물을 왜곡하여 숨기고 무턱대고 영달의 길로 나아가려고 하지 않는 데 있었습니다. 지금 만약 신을 내쫓고 벼슬길을 막아 다시는 조정의 항렬에 발을 못 붙이게 하시면 명분은 바로 서고 언론은 순하게 될 것이며, 일은 간결해지면서도 공

273 정사년 상소: 이른바 「자명소(自明疏)」를 말함. 96면 참조.

은 빠를 것입니다. 생각하건대, 어찌 반드시 꾸불꾸불 굴곡을 이루며 별도로 층을 만들어 이와 같이 고생을 하면서 우원하게 지내겠습니까? 아! 동생이 배척을 받으면 형이 막힐 것이고 형이 배척을 받으면 동생이 막힐 것이니, 일거양득이며 이해가 공평할 것인데, 어찌 그 가운데 나아가 옥석玉石을 구별하여 이치에 맞는 말을 하게 하지 않으셨습니까? 그 말이 이치에 맞든지 맞지 않든지를 막론하고 상참常參[274]이나 경연석상에서 오고 간 말을 신이 만약 진작 들었다면 신은 황송하고 위축되어 참으로 대신臺臣의 말과 같이 응당 자정自靖하기를 생각하였을 것입니다. 그런데 경연석상에 나아갔던 여러 신하들이 어느 한 사람도 신을 위해 말해주는 사람이 없었던 것은 무엇 때문이었겠습니까. 비록 설사 수천만 인이 여기저기서 모함을 하여 경각頃刻에 죽인다고 하더라도 수차 경연에 참석했던 신하들 중에서 신의 집으로 통보해주어 죽는 이유나 알고 죽게 하려고 할 자가 누가 있겠습니까. 가령 이곳에 어린아이가 있다고 할 때, 그 골육 친척이 막 함정에 빠지려고 하는데 이웃 사람들이 그 어린아이에게 말해주려고 하지 않는다면 그 아이는 알지 못하고 한창 놀이에 빠져 저 혼자 즐거워할 것입니다. 그렇다면 그 일을 알고 있는 어진 군자는 이치상 마땅히 측은히 여

274 상참(常參): 의정대신(議政大臣)을 비롯한 중신(重臣)·시종신(侍從臣) 들이 매일 편전에서 임금에게 국무을 아뢰는 일.

겨야 할 것인데 차마 또 죄까지 주겠습니까. 상참常參이 있은 지 며칠 뒤 과연 알쏭달쏭 분명하지 않은 말이 점차 신의 귀에 들렸으나, 당장 문적文蹟이 없어서 의義를 내세워 인책하기가 어려웠습니다. 다행히 실지로 마침 병이 나서 다시 공석에 나가지 못하였으니, 의기양양하다고 하는 말은 너무한 듯합니다. 신은 구차하게 모험을 해가면서까지 영화와 녹祿을 구하고자 하지 않으며, 또한 높고 멀리 피하여 관직에서 급히 벗어나고자 하는 자도 아닙니다. 대체로 한평생의 허물을 스스로 당세에 밝혀 일세의 공의公議에 따라 세상이 과연 용납을 하면 구차하게 떠나지 않고, 세상이 용납을 하지 않으면 구차하게 나아가려고 하지 않습니다. 지금 세상의 추세를 보니, 용납하지 않을 뿐이 아니요, 한 가문을 아울러 연루하려고 합니다. 지금 떠나지 않는다면 신은 단지 세상에 버림받은 사람이 될 뿐만이 아니요, 가문에 있어서도 패역한 동생이 될 것이니, 신이 어찌 차마 이런 짓을 할 수가 있겠습니까. 신이 이제 나아가도 의지할 곳이 없고, 물러나도 돌아갈 곳이 없습니다. 다만 신이 태어나서 자란 시골은 강과 호수, 새와 물고기 등 자연의 경관이 성정性情을 도야할 만하니, 천한 백성들과 함께 살면서 죽도록 전원에서 여생을 쉬며 보양補養하고 성스런 임금님의 은택을 노래한다면, 신에게는 남의 표적에 들 염려가 없고, 세상에는 눈의 가시를 뽑은 기쁨이 있으니 또한 좋은 일이 아니겠습니까. 눈앞의 관직은 다시 논할 것도 없습니다. 삼가 바라건대, 성명聖明께서는 빨리 신의 직명을 깎도록 명하시고, 선부選部[275]에 영을 내려 사적仕籍에 실려 있는 모든 신의 이름을 아울러 없애버리게 하십시오. 또한 사패司敗[276]로 하여금 임금님의 은혜를 저버리고 신명身名을 더럽힌 신의 죄를 다스리게 하여, 공의公議를 펴게 하고 제 자신의 뜻대로 자정自靖할 수 있게 해주십시오."

임금이 비답하기를 "소疏를 자세히 살펴보았으니 너는 아무쪼록 사양하지 말고 빨리 직책을 수행하라" 하고 이어서 전교하기를 "저 사람들이 한 말은 너무도 믿을 만한 것이 못되니, 한번의 상소면 충분하다. 패초牌招하여 형조참의로 부임하도록 엄중히 신칙하노라" 하였다. 7월 26일에 이르러 형조의 좌부좌단자坐不坐單子로 인하여 전교하기를 "현병懸病[277]한 참의의 체직遞職을 허락하노라"라 하였다.

10월에 조화진趙華鎭[278]이 무고하기를 "이가환·정 아무개 등이 몰래 서교를 주창하며 궤도에 벗어난 짓을 모의하고

275 선부(選部): 이조(吏曹)의 별칭.

276 사패(司敗): 형조(刑曹).

277 현병(懸病): 병으로 인하여 직무를 수행할 수 없을 때 그 뜻을 기록하는 것.

278 조화진(趙華鎭): 「황사영백서(黃嗣永帛書)」에는 충청도 내포(內浦) 사람이며 천주교의 배교자로 밀고한 사람이라 했으며 '和鎭'으로 되어 있다.

있습니다"라고 하였으며, 충청 감사 이태영李泰永[279]이 비밀히 상주하였는데, 임금이 특별히 무고하는 글이라고 보고 감사를 엄히 처분하는 한편 그 무고하는 글을 연신筵臣들에게 나누어 보여 각자 환히 알게 하였다. 그 무고하는 글 중에는 한영익韓永益 부자도 언급되어 있었는데, 임금이 또한 "한영익이 근년에 계동桂洞의 일[280]에 대해서 고한 적이 있었으니, 어찌 그들의 심복이 될 수 있겠는가? 이것을 가지고 보더라도 그것이 무고임을 알겠다"라 하였다. 연신들이 모두 무고라고 생각하였다.

12월에 특별한 교지에 의해 세서례洗書禮 때의 어제시御製詩에 화답하는 시를 지어 올렸다.

이때에 임금이 만가지 기무機務를 살피는 여가에 독서하기를 그치지 않았다. 매번 경서 한권 읽기를 마칠 때마다 태빈太嬪이 음식을 장만하여 세서례를 하였는데, 민간의 아동들이 하는 습속을 따랐다. 이해 겨울에 임금이 『춘추좌전』을 다 읽었으므로 태빈이 또 이 예禮를 베풀었는데, 공이 불리어 들어갔다. 임금이 특별히 어제시를 내려주시며 화답하는 시를 지어 올리라고 하였다. 이로부터 때때로 각리閣

279 이태영(李泰永): 1744~1803(영조 20~순조 3). 자는 사앙(士仰), 본관은 한산(韓山). 경상도 관찰사 등의 벼슬을 역임했다.

280 계동(桂洞)의 일: 한영익(韓永益)이 주문모(周文謨) 사건 때 밀고한 일을 말함. 79면 참조.

吏를 보내 어떤 때에는 어제御製를 써서 올리라고 하기도 하고, 어떤 때에는 화답하는 시를 지어 올리라고도 하였다. 어제시가 한달이면 두세차례 이르러 끊이지 않고 보내왔다.

이달에 넷째아들 농장農牂이 태어났다.(어렸을 때의 자字이다—원주)

1800년(정조 24, 경신庚申) 39세

봄에 공이 전원으로 돌아갈 계획을 굳게 결정하였다.

이때에 공이 더욱 세로世路가 위험하다고 느껴 전원으로 돌아갈 계획을 결단하였다. 처자를 거느리고 배로 소내의 별장으로 내려갔다. 며칠 뒤 임금이 전원으로 돌아갔다는 사실을 알고, 내각에 영을 내려 재촉하는 소명召命이 있었다. 공이 부득이 서울로 돌아오니, 임금이 승지를 시켜 유시하기를 "규영부奎瀛府가 이제 춘방春坊[281]이 되었으니, 처소를 정한 뒤에 들어와 교서校書하는 것이 좋겠다. 내가 어찌 너를 버리겠는가"라 하였다.

6월 28일 정조선황제正祖宣皇帝가 승하하였다.

공이 이 소식을 듣고 급히 홍화문弘化門에 이르니, 문 앞에 여러 신하들이 서로 더불어 가슴을 치면서 실성하여 슬퍼하고 있었다.

281 춘방(春坊): 세자시강원(世子侍講院)의 별칭.

『균암만필筠菴漫筆』에 이런 말이 있었다. "이달 12일 한창 달 밝은 밤에 홀로 앉아 있었는데, 갑자기 문 두드리는 소리가 나 맞아들이고 보니 바로 내각의 서리胥吏였다. 『한서선漢書選』 10질을 가지고 와서 하교를 전하기를 '요즘에 책을 편찬하는 일이 있으니 응당 곧 불러들여야 할 것이나, 주자소鑄字所를 새로 개수하여 벽에 바른 흙이 아직 덜 말라 정결하지 못하니 그믐께쯤이면 들어와 경연에 오를 수 있을 것이다'라 하였으니, 위로함이 매우 지극하였다. 또 이르기를 '이 책 5질은 남겨서 가전家傳의 물건을 삼도록 하고, 5질은 제목을 써서 도로 들여보내는 것이 좋겠다'라 하였다. 각리閣吏가 말하기를 '제가 친히 하교를 받들 때에 임금님의 안색과 말씀하시는 어조가 매우 온화하고 매우 그리워하는 듯하였습니다. 이 『한서선』에 제목을 쓰라는 것은 아마도 겉으로 하시는 말씀이고 실제로는 안부를 묻고 회유하시려는 성지가 아닌가 합니다'라 하였다. 서리가 문을 나간 뒤 눈물을 흘리며 감격해하였으니 오히려 다시 무슨 말을 하리요. 다음날 임금의 옥체에 병환이 나서 이날에 이르러 끝내 붕어하셨다. 삼가 생각하건대, 이 12일 밤에 특별히 서리를 보내 글을 내려주시고 안부를 물으신 것이 바로 영결의 은전恩典이었다. 잊지 않고 생각해주심은 12일에 이르러서도 아직 끝나지 않았으나, 군신의 의誼는 이날 저녁에 영원히 끝나버렸다. 매양 생각이 이곳에 미치면 눈물이 펑펑 쏟아져 옷소매를 적시었다. 곧바로 따라 죽어 지하에서나마 천안天顔을 뵙고자 했으나 하지를 못했다. 나는 초야에 묻힌 한미한 족속으로 훈구勳舊·벌열閥閱의 은혜를 입은 바도 없었는데, 성균관에 들어간 이후로 18년간 훈도해주신 공이 이와 같았다."

공의 묘지문墓誌文(광중본壙中本—원주)에 말했다. "나는 포의로 임금의 알아줌을 맺었으니, 정종대왕께서 총애해주시고 칭찬해주심이 동렬同列에서 넘어섰다. 앞뒤로 상을 받고, 서책, 구마廐馬, 문채 나는 짐승 가죽, 진귀한 여러 물건을 내려주신 것을 이루 다 기록할 수 없다. 기밀에 참여하여 듣도록 허락하시고 생각한 바가 있어 글로 조목조목 진술하여 올리면 모두 즉석에서 윤허해주셨다. 일찍이 규영부 교서校書로 있을 때에는 맡은 일을 가지고 과실을 책망하지 아니하셨으며, 매일 밤 진수성찬을 내려주셔 배불리 먹게 하셨다. 내부內府에 비장된 서적을 각감閣監을 통하여 청해 보도록 허락해주신 것들은 모두 남다른 운수였다."

명銘에 이르기를

임금의 총애 한 몸에 안고서
궁궐 안 은밀하게 모시었으니
참으로 임금의 심복이 되어
아침저녁 가까이 섬겼었다네.

하늘의 총애 한 몸에 안고서
못난 재주 그나마 깨우침 얻어
육경六經의 오묘함 연구했었고
미묘한 이치도 해석했노라.
아첨하는 무리들 가득 찼으나
하늘이 너를 옥같이 사랑하여
거두어 간직해 숨겼다가는
높이 들어 쓰려고 함이었다네.

겨울에 졸곡卒哭을 지낸 뒤 열수洌水[282]가로 돌아가기로 결심하고 오직 초하루 보름에만 곡반哭班[283]에 나아갔다.

이때에 목가睦哥·이가李哥 등 여러 사람들이 길길이 뛰며 좋아하여 날마다 유언비어와 위태로운 말을 퍼뜨려 당시 사람들을 현혹시켰으며, 심지어는 '이가환 등이 난을 일으켜 4흉四凶·8적八賊을 제거하려 한다'고 하는 데까지 이르렀다. 그 4흉·8적의 명단은 절반은 당시 재상이나 명사名士를 들고, 절반은 자기네들 음험한 무리들인 홍낙안·이기경 등으로 인원을 채워 넣었다. 서로 전하며 선동하여 당시 사람들의 노여움을 격동하게 하니, 화의 기색이 날로 급해지고

282 열수(洌水): 한강의 상류로 다산의 고향을 말함.
283 곡반(哭班): 국상 때 궁중에서 벼슬의 순차에 따라 차례로 열을 지어 곡하는 대열.

징조가 점점 두려워졌다. 공이 이에 초천苕川의 별장으로 돌아가 형제가 한데 모여 날마다 경전을 강하고, 그 당堂에 '여유與猶'라는 편액을 달았다. 또 기記를 지었는데, 그 내용은 다음과 같다.[284]

"자기가 하지 않으려고 하였지만 부득이 자기로 하여금 하게 하는 것은 어쩔 수 없는 일이지만, 자기가 하려고 하였는데 남들로 하여금 알지 못하게 하기 위해서 자기가 하지 않는 것은 그만둘 수 있는 일이다. 어쩔 수 없어서 하는 일은, 항상 그 일을 하지만 이미 자기가 하고 싶지 않았던 것이므로 때에 따라서는 그만둘 수 있는 것이요, 하고 싶었던 일도 항상 그 일을 하지만 이미 남들로 하여금 알지 못하게 하려고 하기 때문에 때에 따라서는 그만둘 수 있는 것이다. 분명히 이와 같이 한다면 천하에 도무지 일이 없을 것이다. 내 병을 내 스스로 잘 알고 있다. 용기만 있지 지모智謀는 없으며, 선善만 좋아하지 가릴 줄을 모르며, 마음 내키는 대로 즉시 행하기만 하고 의심하거나 두려워하지도 않는다. 그만둘 수 있는 일이지만 진실로 마음속으로 기쁘게 느껴지기만 하면 그만두지 못하고, 하고 싶지 않았지만 진실로 마음속에 꺼림직하여 불쾌한 일이 있으면 반드시 그만둘 수 없었다. 이러므로 어려 혼몽할 때에는 일찍이 방외方外를 치

284 『전서』 I-13, 39b, 「여유당기(與猶堂記)」 참조.

달리면서도 의심이 없었고, 장성한 뒤에는 과거科擧에 빠져 돌아보지 않았으며, 30이 된 뒤에는 지나간 일에 대한 후회를 깊이 진술하면서도 두려워하지 않았다. 이러므로 선善을 끝없이 좋아하였으나 비방을 받는 것은 유독 많았다. 아! 이 또한 운명이로다. 이것은 나의 본성 때문이니, 내 또한 어찌 감히 운명을 말할까보냐. 내가 『노자老子』의 말을 보니, '망설이면서(與) 겨울에 냇물을 건너는 것같이 하고 주저하면서(猶) 사방의 이웃을 두려워하는 것같이 한다'라 하였다. 아! 이 두 말이 내 병에 약이 되는 것이 아니겠는가. 저 겨울에 냇물을 건너는 것은 차갑다 못해 따금따금하며 뼈를 끊는 듯하니, 부득이하지 않으면 건너지 않는 것이다. 사방의 이웃을 두려워하는 것은 지켜보는 것이 몸에 가까우니 비록 매우 부득이하더라도 하지 않는 법이다. 남에게 편지를 보내 경經과 예禮의 같고 다름을 논하려고 하다가 이윽고 생각해보니, 비록 그렇게 하지 않더라도 해로울 것까지는 없었다. 비록 그렇게 하지 않더라도 해로울 것까지는 없었다는 것은 부득이한 것이 아니기 때문이다. 부득이한 것이 아닌 것은 또한 그만두는 법이다. 내가 남을 논박하는 봉장封章[285]을 올려 조정의 시비에 대해서 말을 하려고 하다가 이윽고 생각해보니, 이것은 남들로 하여금 알지 못하게 하

285 봉장(封章): 상소.

려는 것이었다. 남들로 하여금 알지 못하게 하려는 것은 마음에 두려움이 있기 때문이다. 마음에 크게 두려움이 있게 되면 또한 그만두어야 한다. 진귀한 옛 기물器物을 널리 모으려고 하였지만 이것 또한 그만두며, 관직에 있으면서 공금을 농간하여 나머지를 훔치려고 하는 짓, 이것 또한 그만둔다. 마음에 일어나고 뜻에 싹트는 것도 매우 부득이한 경우가 아니면 그만두며, 비록 매우 부득이한 경우라도 남들로 하여금 알지 못하게 하려는 짓은 그만둔다. 분명히 이와 같이 한다면 천하에 무슨 일이 있을까. 내가 이 뜻을 얻은 지 6, 7년이 되었는데, 이것을 가지고 당堂에 편액으로 달려고 하다가 이윽고 생각해보고는 번번이 그만두었다. 초천苕川으로 돌아온 뒤에 비로소 문미에다 써서 붙이고, 아울러 이름 붙인 이유를 적는다."

이해에 『문헌비고간오文獻備考刊誤』가 이루어졌다.

공이 말하기를 "내가 옛날에 교리校理 홍복원洪復元[286]으로부터 『문헌비고』를 빌려 보았는데, 까만 난 위에 간혹 차기箚記[287]한 것이 대부분 정밀하고 핵심적인 말들이었다. 이러므로 판서 홍명한洪名漢[288] 씨가 손수 기록한 것을 바탕으로 하

286 홍복원(洪復元): 미상.

287 차기(箚記): 책을 읽다가 느낀 생각을 적어놓은 것.

288 홍명한(洪名漢): 1724~1774(경종 4~영조 50). 자는 군평(君平), 본관은 풍산(豐山). 1754년 증광전시에 병과로 급제했고, 벼슬은 병조판서, 판의금부사(判義禁府事)를 지냈다.

여 나의 뜻으로 윤색하고 차서를 매겨 간오刊誤 1권을 만들었다. 임금님께 올려 보시도록 하려 하였는데, 마침 승하하셨기 때문에 올리지 못하였으니, 아! 한스럽도다"라 하였다.

1801년(순조 1, 신유辛酉) 40세

2월 초8일 원계院啓[289]로 인하여 초9일 새벽에 잡혀 옥에 들어갔다.

이에 앞서 이유수李儒修[290]·윤지눌尹持訥이 책롱冊籠 사건 때문에 공에게 편지를 보내 알렸으므로 공이 도성에 들어왔었다. 이른바 책롱이라는 것은 5, 6인의 편지들이 섞인 문서인데, 그 속에는 공의 집 서찰이 들어 있었다. 윤행임尹行恁이 당시 이조판서로 있었는데, 그 사실을 알고 이익운李益運과 의논하여, 유원명柳遠鳴[291]을 시켜 상소하여 공을 잡아다 심문하기를 청해서 그 화봉禍鋒을 꺾어버리고자 하였다. 최헌중崔獻重[292]·홍시부洪時溥[293]·심규沈逵[294]·이석李晳 등이 모두

---

289 원계(院啓): 사간원에서 임금에게 올리는 계(啓).

290 이유수(李儒修): 1758~1822(영조 34~순조 22). 자는 주신(周臣), 호는 금리(錦里). 사헌부 장령 등의 벼슬을 역임했다. 『전서』 I-16, 28b, 「사헌부장령금리이주신묘지명(司憲府掌令錦里李周臣墓誌銘)」 참조.

291 유원명(柳遠鳴): 1760~1831(영조 36~순조 31). 자는 진옥(振玉). 정조 17년에 정시문과에 병과로 급제했다.

292 최헌중(崔獻重): 자는 영춘(靈春). 대사간 등의 벼슬을 역임했다.

293 홍시부(洪時溥): 1749~?(영조 25~?). 자는 박여(博汝), 본관은 남양(南陽). 1775년 정시문과에 병과로 급제했다.

이를 이어받아 앞으로 화를 돌려 복을 만들자고 힘써 권했다. 공이 미리 시대의 형상이 화를 돌릴 수 없음을 미리 알고 모두 듣지 않았다. 그뒤에 윤행임이 과연 낭패를 당했다. 이때에 공이 체포되어 투옥되었는데, 위관委官[295]이 좌우에서 꼬치꼬치 캐물었다. 실상 범한 사실도 없고, 준 문적文蹟 또한 비슷하게 증거 될 만한 것이 없었다. '화의 기색이 박두했으니, 이것을 하라고 종용하는 자가 있으면 내 손수 칼을 잡으리라'고 한 것 등이 공의 서찰이었고, 옥에 갇혀 있을 때, '정丁 영감의 말은 모두 공갈이니 마음을 쓸 것 없다' '정 영감이 알면 반드시 큰일이 일어날 것이다'라고 한 것들이 저들 중에 사사로이 서로 주고받은 서찰들이었다. 옥에 갇혀 있는 동안 두가지 안건이 밝혀져 옥석玉石이 분명하게 되었다. 비로소 부내府內로 보석保釋되어 처분을 기다렸다. 옥에 갇혀 있을 당시 위관委官 이하 옥관들이 하나하나 캐물어서 억울한 자를 신원伸寃시켜주었다. 당시 홍헌영洪獻榮[296]·유이환兪理煥[297]이 대계臺啓에 들어 있어서 또한 옥에 갇혀 있

---

294 심규(沈逵): 1742~1820(영조 18~순조 20). 호는 죽포(竹圃), 본관은 청송(靑松). 진산군수 등의 벼슬을 역임했다.

295 위관(委官): 죄인을 추국할 때 의정대신 가운데서 임시로 뽑아 임명하는 재판관.

296 홍헌영(洪獻榮): 미상.

297 유이환(兪理煥): 1776~?(영조 52~?). 자는 대경(大卿). 1801년 증광시에 합격했다.

었는데, 공이 극구 보증하여 무죄로 석방되어 나왔다.

같은 달 27일 임금의 은택을 입고 출옥하여 장기長鬐로 유배되었다.

이때에 공이 옥에 있었는데, 말하는 것이 명백하고 증거를 대는 것이 공정하니, 대신들이 모두 훌륭하다고 하지 않는 사람이 없었다. 이병모李秉模가 말하기를 "무죄로 석방되어 나가게 될 것이니, 식사를 더해서 자신의 몸을 아끼시오"라 하였고, 심환지沈煥之는 "쯔쯔, 사돈이 어찌 될지 알 수 없구나"라 하였다. 지의금부사知義禁府事 이서구李書九는 공정히 판결하여 너그럽게 용서해주었고, 국문할 때 참관했던 서미수徐美修[298]는 비밀히 기름 파는 노파를 불러 옥獄의 사정을 공의 집안사람에게 알려 정상이 가벼우므로 죽지는 않을 것이라고 알리는 한편 식사를 더 하도록 권려해주었다.

공이 일찍이 말하였다. "내가 처음 옥에 들어갔을 때 밤낮으로 생각하는 것이 오직 『대학大學』의 성의장誠意章뿐이었다. 대개 죽고 사는 것은 명이 있으니, 노심초사한들 무슨 소용이 있겠는가. 성의誠意 두 자는 죽을 때까지 간직해야 한다. 더욱이 우환憂患이나 재화災禍가 있을 경우에는 오직 이것을 가지고 바른 것을 삼아 반복하여 궁리해 편안히 마

298 서미수(徐美修): 1752~?(영조 28~?). 자는 공미(公美). 대사간, 충청도 관찰사 등의 벼슬을 역임했다.

음에 얻은 것이 있어야 한다. 이렇게 하여 자못 마음을 너그럽게 가졌는데, 며칠 뒤 홀연히 또 마음에 번뇌가 일어 굳게 마음먹지 못함을 스스로 탄식하고 있었다. 그런데 홀연히 꿈속에 한 어른이 '쯔쯔' 하고 혀를 차면서 나무라기를 '자네는 동심動心·인성忍性하는 공부에 더욱 성의誠意로써 해야 되겠네. 옛날 소무蘇武[299]는 19년 동안 옥에 갇혀 있었지만 오히려 참고 견디었는데, 자네는 겨우 19일 동안 옥에 갇혀 있으면서 도리어 스스로 번뇌를 하는가' 하였다. 이날 과연 석방되었는데, 체포된 날로부터 19일째 되는 날이었다." (경신년庚申年에 유락流落한 뒤로부터 무인년戊寅年 귀양살이에서 풀려나 돌아올 때까지 또한 19년이었다—원주)

이 옥사 때 손암巽菴 선생은 신지도薪智島로 유배되었는데, 공이 중형보다 하루 전에 화를 입었다.

공이 중형의 묘지墓誌를 지었는데, 대략 다음과 같다. "당시에 악당들이 내가 죽지 않는다는 사실을 알고 어지럽게 쌓여 있는 편지 중에서 '삼구三仇의 설說'을 가지고 억지로 정丁씨 집안의 글이라고 단정을 하고, 또 흉악한 말이라고 모함을 하여 마침내 극형을 내려 내가 일어날 길을 막아버렸다. 그러나 고故 익찬翊贊 순암順菴 안정복安鼎福[300]이 지은

299 소무(蘇武): 중국 한(漢)나라 때 사람으로 흉노에 사신으로 갔다가 억류되어 19년 만에 돌아왔다.

300 안정복(安鼎福): 1712~1791(숙종 38~정조 15). 자는 백순(百順), 호

글 중에 분명히 삼구三仇에 대한 해석이 있었으므로 그것이 무고임이 판명되었다."

살피건대, 순암順菴이 말하기를 "서쪽 선비들은 사람에게 세가지 원수(삼구三仇)가 있다고 생각한다. 첫째는 자기 몸이니 성색聲色·태타怠惰·방자放恣·투일偸佚이 가만히 안으로 나를 빠뜨리는 것이요, 둘째는 세속이니 재산·세력·공명功名·희락戲樂·완호翫好가 드러나게 밖으로 나를 빠뜨리는 것이요, 셋째는 마귀魔鬼니 거만하고 오만하며 허깨비가 의혹시키는 것들이 나를 속이고 나를 현혹시켜 안팎으로 나를 친다"라 하였다. 대개 이 삼구三仇에 대한 해석은 공이 순암의 글 중에서 보고 지문誌文을 짓는 데 인용하여 중형이 당시에 모함을 받은 것이 이와 같다는 것을 증명한 것이다.

3월에 장기長鬐에 도착하였다. 장기瘴氣가 심한 시골 황폐한 땅에서 마음을 고요히 하고 정신을 깨끗이 하여 『삼창(三倉)』[301]의 고훈(詁訓)을 참고하여 『이아술爾雅述』 6권을 저술하였으며, 「기해방례변己亥邦禮辨」을 지었는데, 겨울 옥사 때 잃어버렸다.

여름에 『백언시百諺詩』[302]가 이루어졌다. 그 서敍에 말했

는 순암(順菴)·상헌(橡軒), 본관은 광주(廣州). 이익(李瀷)의 학설을 계승한 실학자이다. 저서에 『순암집(順菴集)』 『동사강목(東史綱目)』 등이 있다.

301 『삼창(三倉)』: 한자 발달사에 관한 저술.

302 『백언시(百諺詩)』: 1820년에 『이담속찬(耳談續纂)』이라는 이름으로

다. "꼴 베고 나무하는 사람의 말도 성인이 택하였으니, 여항閭巷의 비루하고 저속한 말도 때로 우연히 이치에 맞을 경우에는 군자가 감히 소홀히 할 수 없는 것이다. 옛날 성호 선생은 우리나라의 속담을 모았는데, 모두 100여구句였다. 사리詞理는 비록 밝았으나 도리어 운韻이 맞지 않아 옛 속담과 다른 점이 있었다. 신유년 여름에 내가 장기에서 귀양살이를 하면서 할 일이 없어 성호 선생께서 모아놓으신 것을 운을 달아 바로잡고, 이것을 『백언시百諺詩』라 하였다."

10월에 또 체포되어 투옥되었는데 손암巽菴 선생도 또한 같이 체포되었다.

이때에 황사영黃嗣永이 체포되었는데, 홍洪·이李의 무리들[303]이 온갖 계책을 다 써서 조정에 공갈 협박하였다. 스스로 사헌부·사간원의 벼슬자리에 들어가 계청啓請하여 다시 공을 국문鞫問하여 반드시 죽이고야 말겠다고 하였다. 당시 정일환鄭日煥[304]이 해서海西에서 돌아와, 공이 해서지방의 읍을 다스릴 때 끼친 칭송이 아직도 그곳에 자자하니, 만약 사형으로 논죄한다면 반드시 옥사를 잘못 처리하였다는 비방을 불러일으킬 것이라고 곡진하게 말하고, 또 "수초囚招도

수정·보완하여 완성했다. 『전서』 I-24, 44b 참조.

303 홍낙안(洪樂安)·이기경(李基慶) 등을 가리킴.

304 정일환(鄭日煥): 1797년 유현(儒賢)으로 승지(承旨)에 임명되고, 황해도 관찰사를 거쳐 내직으로 들어왔다.

발부하지 않았는데 체포하는 법은 없다"라 하고, 영의정에게 권하여 그들의 말에 넘어가지 말라고 하였다. 영의정이 곧 태비太妃[305]에게 윤허를 청하였다. 봄 사이의 대계臺啓는 모두 홍·이 두 사람이 종용해서 한 일이었다. 이때에 손암공巽菴公·이치훈李致薰·이관기李寬基[306]·이학규李學逵[307]·신여권申與權[308] 등이 함께 체포되었다. 위관委官이 흉서凶書[309]를 보여주면서 말하기를 "반역의 변變이 이 지경에까지 이르렀으니, 조정에서 또한 어떤 생각인들 하지 않으랴. 무릇 서교에 관한 서적을 한 자字라도 본 사람이면 죽어 살아남지 못하리라"라 하였다. 그러나 일을 조사해보니, 모두 참여한 정상이 없었고, 또한 여러 대신들이 문서 중의 예설禮說·이아설爾雅說 및 지은 시율詩律을 보았으나 모두 편안하고 한가로우며 정밀하여 적과 내통한 흔적이 없었다. 그리하여 측은하게 생각하고 어전에 들어가 무죄임을 아뢰니, 태비太妃도 그것이 모함이라는 것을 살피고 여섯 사람은 정상

---

305 태비(太妃): 영조의 계비인 정순왕후(貞純王后) 김씨(金氏).

306 이관기(李寬基): 1801년 신유옥사 때 장흥(長興)으로 유배되었다.

307 이학규(李學逵): 1770~1835(영조 46~헌종 1). 자는 성수(惺叟), 호는 낙하생(洛下生), 본관은 평창(平昌). 신유옥사 때 유배되어 24년간의 유배생활에서 『인수옥집(因樹屋集)』『영남악부(嶺南樂府)』 등 방대한 양의 저술을 남겼다.

308 신여권(申與權): 1801년 신유옥사 때 운봉(雲峰)으로 유배되었다.

309 흉서(凶書): 「황사영백서(黃嗣永帛書)」를 가리킴.

을 참작하여 석방하라 하고, 호남에 남은 근심이 있다고 하여 공을 11월에 강진현康津縣으로 옮겨 유배하여 진정시키게 하고, 손암공은 흑산도黑山島로 유배했다.

이때에 교리校理 윤영희尹永僖[310]가 공의 생사를 탐지하려고 대사간 박장설朴長卨을 찾아가 옥사의 실정을 물었다. 마침 홍희운(洪義運: 樂安)이 와서 윤공이 옆방으로 피해 들어갔다. 희운이 말에서 내려 방에 들어와 발끈 성을 내며 소리치기를 "천 사람을 죽여도 아무개 한 사람을 죽이지 못하면 아무도 죽이지 않는 것만 같지 못한데 공은 어찌 힘써 다투지 않소"라 하니, 박공이 "저 사람이 스스로 죽지 않는데 내가 어떻게 그를 죽이겠소"라 하였다. 떠나간 뒤에 박공이 말하기를 "답답한 사람이다. 죽여서는 안 될 사람을 죽이려고 꾀하여 두번이나 큰 옥사를 일으키고서 또 나더러 다투지 않았다고 책하니 답답한 사람이도다"라 하였다.

옥에서 나온 뒤 공의 형제는 서로 나란히 나주羅州 율정점栗亭店에 이르러 서로 나뉘어 한 사람은 서쪽으로 가고 한 사람은 남쪽으로 갔다.

살피건대, 흑산보黑山堡는 나주 서남쪽 바다 가운데 있어서 강진과 해로로 서로 접한다. 손암 선생이 섬으로 들어간

---

310 윤영희(尹永僖): 1761~1828(영조 37~순조 28). 자는 외심(畏心), 호는 송옹(淞翁). 1786년(정조 10년) 별시문과(別試文科)에 병과로 급제한 다산의 친구이다.

뒤에 크게 섬사람들의 인심을 얻었다. 금지하는 법령이 조금 늦추어지자 소식을 서로 통할 수 있게 되었다. 저술이 있을 때에는 어려운 점에 대해서 문의한 것이 많았으며, 또 옥玉으로 조그만 도장을 새겨 오갈 때의 신표로 삼았다.

1802년(순조 2, 임술壬戌) 41세

윤광택尹光宅[311]이 자기 조카 시유詩有[312]를 시켜 자주 물품을 보내주며 안부를 물었다.(「옹산묘지문翁山墓誌文」에 보인다—원주)

큰아들 학연學淵이 와서 근친覲親하였다.

겨울에 넷째아들 농장農牂이 요절했다는 소식이 왔다.

집으로 답장한 편지에 말했다.[313] "우리 농장이 죽었다고 하니 슬프고 슬픈 일이다. 내가 이 멀고 궁벽한 곳에 와 있어 이별한 지 오래인데 그 녀석을 잃어버렸으니, 특별히 다른 사람보다 가일층 슬퍼지는구나. 또한 나는 죽고 사는 이치에 대해서 대강 알고 있는데도 비통함이 오히려 이와 같은데, 하물며 네 어머니는 품속에서 내어 흙구덩이 속에다

311 윤광택(尹光宅): 1732~1804(영조 8~순조 4). 자는 덕인(德仁), 세칭 해룡(海龍)이라 했으며, 옹산(翁山) 윤서유(尹書有)의 아버지로 이름난 부자였다. 다산 아버지의 친구로 그가 화순현감으로 있을 때 황소를 잡아 다산을 환대했다.

312 윤시유(尹詩有): 옹산 윤서유의 사촌 동생. 본관은 해남(海南).

313 『전서』 I-21, 10b, 「답양아(答兩兒)」 참조.

넣었으니, 그가 살아 있었을 때의 한마디 말이나 한가지 행동의 기특하고 사랑스런 것들이 귀에 쟁쟁하고 눈에 선할 것이요, 또한 하물며 부인은 인정만 있지 이치는 모르는 것임에랴."

1803년(순조 3, 계해癸亥) 42세

정월 초하룻날 집으로 편지를 보냈는데, 책을 초鈔하는 규모에 대해서 덧붙여 보내주었다.(자세한 것은 본집本集 가서家書 중에 나타나 있다[314]—원주)

봄에 「단궁잠오檀弓箴誤」[315]가 이루어졌다.

「단궁檀弓」 2편은 『예기禮記』 여러편 중에서 그 뜻과 이치가 매우 정밀하고 그 문사가 특히 아름답다. 그러므로 공이 가장 좋아하는 것이었다. 대개 고례古禮는 번잡하여 부화浮華한 문체가 없지 않으나 단궁에서 말하는 것은 대체로 간략하여 실상 『논어』에서 얘기한 공자 말씀과 서로 부합되는 점이 있었으니, 실로 공씨孔氏의 은미한 말씀이다. 이에 공이 그 지취를 드러내 혹 옛 주注에 잘못된 점이 있으면 바로잡았으니, 책이 모두 6권이었다. 그뒤에 『사전四箋』[316]이 완

---

314 『전서』 I-21, 13a, 「기양아(寄兩兒)」 참조.

315 「단궁잠오(檀弓箴誤)」: 『전서』 Ⅲ-17, 『상례외편(喪禮外編)』에 편입되어 있다.

316 『사전(四箋)』: 『전서』 Ⅲ 집의 『상례사전(喪禮四箋)』을 가리킴.

성되었는데, 무릇 잠오箴誤 중의 대의와 널리 의론한 것을 모두 옮겨 기입해놓은 것이다. 지금 「단궁잠오」로 남아 있는 것은 오직 파손되어 어디에 소속시킬지 모르는 것뿐이다. 그러니 「잠오」가 본래 이와 같았던 것은 아니다. 무릇 단궁을 읽는 자는 『사전四箋』에서 옮겨놓은 것을 도로 뽑아 편차록編次錄을 살펴본다면 완전해질 것이다.

여름에 「조전고弔奠考」[317]가 이루어졌다.

모두 23칙則이었다. 제1칙에서는 조례弔禮는 빈장殯葬[318] 하기 전에 해야 하는 것이니 졸곡卒哭이 지난 뒤에는 조문弔問하지 말아야 한다는 것에 대해서 논하였다. 다음으로 여러 주인들이 빈객에게 절하지 않는다는 것에 대해서 논하고, 다음에는 주인의 위치가 또한 서쪽 계단에 있어야 한다는 점에 대해서 논했다. 또 그다음으로 빈객은 답배를 하지 않는다는 것을 논하고, 그다음에 조문하는 의복과 조문을 받는 의복에 대해서 논하였다. 그다음에는 철사徹事와 대사待事가 다른 점이 있다는 것에서부터 부인이 조문할 경우와 사람을 시켜 조문할 경우에 이르기까지 갖추어 기재하지 않은 것이 없었다. 한결같이 경례經禮로 근거를 삼고, 세속에 남아 있는 습속에 구애되지 않았다. 그러니 예를 아는

317 「조전고(弔奠考)」: 『전서』 Ⅲ-18, 23b, 『상례외편(喪禮外編)』에 편입되어 있다.

318 빈장(殯葬): 시체를 입관하여 매장할 때까지 안치하는 것.

자는 더욱 아끼고 궁리해야 할 것이다.

겨울에 「예전상의광禮箋喪儀匡」[319]이 이루어졌다.

「상의광喪儀匡」이라는 것은 『사전四箋』의 하나인데 모두 17권이다. 공이 유배지에서 밤낮으로 골똘히 궁리하다가 마침내 사상례士喪禮 3편과 상복喪服 1편과 그 주석을 취하여 정밀히 연구하였다. 마음에 합당하지 않은 것이 있으면 널리 옛 서적을 고찰하여 경經으로 경經을 증명하여 성인의 뜻을 얻고자 하였다. 혹 이것과 저것을 대비하여 두 상相을 비추어내기도 하였다. 대체로 순수해서 흠이 없는 고주古注는 삼가 지켜 잃지 말게 하였으며, 성지聖旨를 어그러뜨리고 경經의 뜻을 잃은 것으로 계속 와전되어 잘못 전해내려오는 것은 바로잡았다. 이를테면 "질병疾病이란 목숨이 이미 끊어짐을 말함이다." "남녀가 옷을 바꾸어 입는다는 것은 담백한 흰 것으로써 바꾸어 입는다는 뜻이다." "천자·제후의 상喪에는 먼저 성복成服을 하고 뒤에 대렴大斂을 한다." "천자·제후·대부·사士 모두 말우末虞[320]로써 졸곡卒哭을 삼아야 한다. 졸곡은 별도로 있는 제사가 아니다." "부祔[321]라는 것은 신도神道로써 부祔할 따름이지, 신주 옆에 붙이는

---

319 「예전상의광(禮箋喪儀匡)」: 『상례사전(喪禮四箋)』 중의 권1~5.

320 말우(末虞): 삼우(三虞) 중의 마지막 우제(虞祭).

321 부(祔): 3년상을 마친 뒤 신주를 사당에 모셔 한곳에서 제사지내는 것.

것도 아니요, 사당에 합사合祀하는 것도 아니다." "길제吉祭라는 것은 사계절에 정해진 제사이지 소목昭穆을 따지는 것은 아니다"라는 등의 것이다. 이에 대의를 뽑아 분명히 밝힌 것이다.

1804년(순조 4, 갑자甲子) 43세

봄에 「아학편훈의兒學編訓義」[322]가 이루어졌다.(모두 2천 자였다—원주)

1805년(순조 5, 을축乙丑) 44세

여름에 「정체전중변正體傳重辨」이 이루어졌다.

일명 「기해방례변己亥邦禮辨」[323]이라고도 하는데, 모두 3권이다.

살피건대, 이 변辨은 모두 3본本이 있는데, 「신사복제변辛巳服制辨」[324]과 「팔대군변八大君辨」[325]과 함께 문집에 실려 있다. 첫째 본本은 장기본長鬐本인데 옥사 때 유실되었으며, 세 번째 본本이 「정체전중변正體傳重辨」인데 『상례외편喪禮外

322 「아학편훈의(兒學編訓義)」: 『여유당전서』 보유補遺(경인문화사 1974), 제2권, 289면.

323 「기해방례변(己亥邦禮辨)」: 『전서』 I-12, 21b.

324 「신사복제변(辛巳服制辨)」: 『전서』 I-12, 22b.

325 「팔대군변(八大君辨)」: 『전서』 I-12, 23a.

篇』에 실려 있다.[326] 요컨대 3본이 글은 다르나 뜻은 한가지다. 이제 총체적인 뜻을 취해 나머지 두 본에 미치고자 하여 「경신복제변庚申服制辨」을 간추려 싣는다.

전체의 뜻은 다음과 같다. "적서嫡庶의 이름은 종법宗法에서 나온 것이고, 종법은 공족公族에서 나온 것이다. 공족이 귀한 까닭은 그들이 임금의 자손이기 때문이다. 임금은 귀하고 존엄한 근본이 되는 것이므로 '성서聖庶[327]는 적통嫡統을 빼앗을 수 있다'고 하는 것이다. 이미 임금이 되면 종宗이 거기에 있게 되고, 적통이 거기에 있게 되며, 중함이 거기에 있게 된다. 효종대왕孝宗大王이 봉림대군鳳林大君[328]으로 있을 때에는 세조世祖의 서자에 불과했다. 그러나 대통을 잇게 되어서는 곧 천지신인天地神人의 주인이 되었다. 서자가 되고 적자가 되는 것은 태어나기 전에 이미 정해진 것이다. 비록 소현세자昭顯世子[329]로 하여금 하늘이 짧은 명을 주어 왕위를 계승하고 죽었더라도 후에 효종이 뒤를 이었을 것이다. 태비太妃의 복服[330]이 오히려 3년에 해당되는 것은

---

326 『전서』 Ⅲ-19, 13a 참조.

327 성서(聖庶): 임금의 장자(長子)가 아닌 여러 아들.

328 봉림대군(鳳林大君): 인조의 둘째아들.

329 소현세자(昭顯世子): 인조의 장남. 세자로 책봉되었으나 1644년 급사했기 때문에 그 아우 봉림대군(효종)이 왕위에 올랐다.

330 태비(太妃)의 복(服): 효종이 죽은 후, 인조의 계비인 자의대비(慈懿大妃)가 입어야 할 복(服)을 말함. 이때 남인의 허목(許穆) 등은 3년을

무엇 때문에 그런가. 천자·제후의 예에 대통을 이어 그 지위를 계승하면 바로 종적宗嫡이 되기 때문이다. 적통嫡統에서 적통으로 서로 계승하여 그 이름을 바르게 하는 것이니, 천지신인天地神人의 주인이 되고서도 서庶라고 이름한 사람은 아직까지 없었다. 효종의 제사 때 종묘에서 '효증손孝曾孫'이라고 하였다. 이미 '효증손'이라고 하였으니, 또한 서자라고 이름할 수 있겠는가? 우암尤菴 송시열宋時烈[331]이 이 문제에 대해서 꽉 막혀 깨닫지 못한 바가 있었다. 비록 그렇지만 그의 말은 질박하여 꾸밈이 적었다. 이 때문에 임금을 깎아내리려고 한다는 죄명이 더해졌으니, 당파 싸움이 그러한 폐단을 낳았던 것이다. 개인적으로 보면 애석함을 금치 못하겠다."

또 말했다. "천자·제후의 예를 어찌 사士의 예로써 단정할 수 있겠는가. 다행히 효종이 정적자正嫡子의 바로 다음 동생이었으니 망정이지 만일 서자거나 혹 적손嫡孫·서손庶孫 등이 되었더라면 태비의 복제服制가 기년복朞年服[332] 혹은

주장했고 서인의 송시열(宋時烈) 등은 1년을 주장했다.

331 송시열(宋時烈): 1607~1689(선조 40~숙종 15). 자는 영보(英甫), 호는 우암(尤菴), 본관은 은진(恩津). 1차 복상(服喪)문제 때 기년설(朞年說)을 주장하여 남인을 제거했으나, 2차 복상문제 때는 대공설(大功說)을 주장하여 실각했다. 노론의 영수로 그후 다시 정권을 잡았다가 또 유배되어 사사(賜死)되었다.

332 기년복(朞年服): 1년간 입는 복(服).

대공복大功服[333]이 되었을 것이다.(서손庶孫인 경우에 대공복大功服을 입는다—원주) 이때를 당해서 허목許穆[334]의 뜻이 설 곳을 찾았다. 아! 임금의 자리가 이미 바르게 되었고 대통이 이미 계승되었으니, 이에 적자嫡子가 되고 종자宗子가 된 것이다. 주周나라 문왕文王의 장자인 백읍고伯邑考는 태사太姒의 궁宮에서 태어나 자랐는데도 '주종周宗'이라 할 수 없으며, 한漢나라 문제文帝는 한 고조의 측실側室인 박희薄姬 소생인데도 '유씨劉氏의 서자'라 할 수 없는 것이다. 그 의리가 나누어지는 것이 오직 대통을 이어 왕위를 계승하는 선후에 달려 있는 것인데, 도리어 구구하게 육경毓慶[335]의 자리만 다투는 것은 너무 부질없는 짓이 아니겠는가. 적손嫡孫이 대통을 이었다가(왕이 됨—원주) 불행히 먼저 죽었을 경우에도 태비太妃의 복은 3년에 해당하고, 서손庶孫이 대통을 이었다가 불행히 먼저 죽었을 경우에도 태비의 복은 3년에 해당하며, 어진 동생이 대를 이었다가 불행히 먼저 죽었을 경우에도 태비의 복은(태비는 바로 형수이다—원주) 3년에 해당되고, 종실의 먼 후예가 들어와 대통을 이었다가 먼저 죽었을 경우에도 태비의 복은 3년에 해당된다. 일체 대를 이어 왕이 된 사

---

333 대공복(大功服): 9개월간 입는 복(服).

334 허목(許穆): 1595~1682(선조 28~숙종 8). 자는 문부(文父)·화보(和甫), 호는 미수(眉叟), 본관은 양천(陽川). 남인의 영수로 1·2차 복상문제로 서인과 대립했다. 『미수기언(眉叟記言)』 등의 저서가 있다.

335 육경(毓慶): 세자의 자리.

람의 상에는 태비의 복이 3년이 되는 것은 왜 그런가. 그것은 모자의 경우와 한가지이기 때문이다. 어머니는 장자를 위해 본래 3년복을 입는데, 하물며 천자·제후의 상에 어찌 1년복을 입겠는가. 뒤를 이은 왕이 전왕의 상에 참최斬衰[336] 3년복을 입는 것은 아버지로 여기기 때문이다. 이미 전왕을 아버지로 여기면 전왕의 비妃는 자연히 어머니에 해당되니 3년복을 입어야 할 것이다. 이와 같다고 여긴다면 전왕의 비는 뒤이은 왕의 상에 또한 3년복을 입지 않을 수 없는 것이다. 그 본속本屬의 아들·손자·동생·조카를 막론하고 이와 같은 문제를 물을 필요도 없이 쉽게 알 수 있는 것이다. 『춘추春秋』에 이르기를 '태묘太廟에 큰 제사를 지낼 때, 희공僖公을 민공閔公 위에다 올려놓았다'[337]라 했다. 공자가 말씀하시기를 '자식이 비록 성인과 나란히 할 정도로 훌륭하다 할지라도 아버지보다 먼저 먹을 수는 없는 것이다' 하였으니, 이 두 사람은 형제지간이지만 부자의 의義가 있다고 할 수 있는데, 하물며 그 나머지에 있어서랴."

경신년 6월에 정종대왕이 승하하자 예를 의논하는 신하

---

336 참최(斬衰): 오복(五服)의 하나로 거친 삼베로 짓고 아랫단을 꿰매지 않은 상복.

337 노나라 장공(莊公)이 죽은 뒤 민공(閔公)이 서고, 민공이 죽은 뒤 희공(僖公)이 섰는데, 희공이 민공의 서형(庶兄)이었다. 그뒤 문공(文公) 2년에 태묘(太廟)에 제사지낼 때 희공이 형이라 하여 위패를 민공 위에 올려놓았다.

들이 말하기를 "대행大行[338]이 정순대비貞純大妃에게 적손嫡孫으로 왕위를 이어받은 것이 되므로 정이불체正而不體[339]인지라 마땅히 자최齊衰[340] 1복을 입어야 한다"고 하였다. 당시에 공의 친우들 중 미수眉叟 허목許穆을 존모하는 자들이 말하기를 "태비는 마땅히 자최 3복을 입어야 하는데, 예관禮官이 잘못하여 1년복으로 정했으니, 마땅히 상소하여 다투어야 한다"라 하였다. 공이 이 점에 대해서 변론하기를 "그렇지 않다. 오늘날의 예는 미수가 그렇게 만든 것이다. 저 '정이불체와 체이부정體而不正'[341]은 본래 가공언賈公彦[342]의 교묘한 설이다. 허미수가 당시에 단지 '장將' 자字 한 자를 가지고 그 송사를 결단했어야 했다. 장차 임금의 자리를 전해 받을 경우에는 참최 3년복을 입을 수도 있고 안 입을 수도 있으며, 이미 임금의 자리를 전해 받았다면 어떤 경우이

338 대행(大行): 왕이나 비(妃)가 죽은 뒤 시호(諡號)를 부여하기 전의 존칭.

339 정이불체(正而不體): 중국 당나라 때 가공언(賈公彦)이 그의 저서 『의례의소(儀禮義疏)』에서 주장한 것으로, 3년복을 입지 않아도 되는 네가지 경우 중의 하나. 즉 적손(嫡孫)이 대통을 이었을 경우 적적(嫡嫡)으로 내려온 것은 바르지만 바로 자기 아버지에게서 받은 것이 아니라는 말이다. 또 한 경우는 체이부정(體而不正)으로, 아버지에게서 받기는 했으나 적자가 아닌 서자가 대통을 이었을 경우에 적적(嫡嫡)으로 이어지지 않았다는 말이다.

340 자최(齊衰): 삼베로 지은, 아랫단을 꿰맨 상복.

341 체이부정(體而不正): 주 339 참조.

342 가공언(賈公彦): 주 339 참조.

든 참최 3년복을 입지 않아서는 안 되는 것이다. 이 말은 지름길이며 간결하고 엄격하여 팔방으로 통할 수 있는데, 도리어 쓸데없이 적처嫡妻 소생이니 첩의 소생이니, 장자로 태어났느니 둘째로 태어났느니 하고 다투어 화살 떨어진 곳에 표적을 세우고 각주구검刻舟求劍 식으로 하니, 어찌 길이 서로 합치되기를 바라겠는가. 효종의 '체이부정體而不正'에 대해서 갑은 '서庶'라 하고 을은 '적嫡'이라고 하는 것은 혹 다툴 만한 점이 있다고 하겠지만, 정종의 '정이불체正而不體'에 대해서는 할아버지는 '할아버지'라 하고 손자는 '손자'라 하는 것은 실상 논박할 수 없는 말이니, 그대는 어떻게 하려고 그러는가? 정종은 장헌세자의 적자이며, 장헌세자는 영종의 서자이다. 정종이 장헌세자에게 있어서는 비록 적자가 되었으나 영종에게는 서손이 아닐 수 없다. 만약 가공언賈公彥의 뜻과 같이 한다면 마땅히 '임금의 자리를 이었지만 정체正體가 아니다'라고 할 것이다. 지금 예관禮官들이 '정이불체'라고 의논한 것도 또한 삼가고 두려워하며 정중하고 공경하는 정성에서 나온 것인데, 그대는 도리어 허물하려는가? 옛날 허미수가 말하기를 '장자에서 태어난 둘째아들이 들어와 대통을 이은 경우에는 3년복을 입을 수 있다' 하였는데, 지금 대행대왕大行大王은 장자에서 나온 둘째아들이 아니니, 어떻게 그를 위해 3년복을 입을 수 있겠는가? 허미수가 당시에 1년복에 대해서 마음속으로 불안하게 여긴 것은 효종이 나라의 임금이었기 때문이다. 마음속의 불안이 나라의 임금이기 때문이라는 데에서 일어났지만, 송사訟事에 미쳐서는 적출嫡出이니 첩출妾出이니 장자니 둘째니 다투다가, 그분이 나라의 임금이었다는 것조차 잊어버렸다. 이것이 허미수의 진정인 것이다. 대체로 나라 임금의 상喪에는 오속五屬의 친척[343]이 그를 위해 3년복을 입지 않는 자가 있으면 그 사실을 아는 신하나 백성이 마음속으로 부끄럽고 불안하게 여겨 반드시 3년 동안 복을 입은 뒤에야 마음의 안정을 되찾게 된다. 이렇게 본다면 임금을 위해서 참최복을 입는 것은 큰 표준이며 큰 법이다. 천지지간 어느 곳에 세워놓아도 어긋나지 아니하며 백세 후의 성인을 기다리더라도 의혹되지 않을 것이니, 다른 설로써 어지럽힐 수 없는 것이다"라 하였다. 이에 의론이 드디어 그치게 되었다.

당시에 또 혜경궁惠慶宮[344]의 복服에 대해서도 의문점이 있었는데, '양자 간 자식에 대한 부모의 복服'에 관계된 글을 인용하여 자최 1년복으로 정했다. 애당초 영종이 효장세자孝章世子를 낳았는데, 일찍 죽자 장헌을 세자로 책봉하였다. 장헌이 죽은 뒤 정종이 장헌의 적자라 하여 영조의 명

343 오속(五屬)의 친척: 참최(斬衰)·자최(齊衰)·대공(大功)·소공(小功)·시마(緦麻)의 복을 입는 친척.

344 혜경궁(惠慶宮): 사도세자의 비(妃), 즉 정조의 어머니인 홍씨(洪氏).

을 따라 효장의 후사後嗣가 되어 대통을 잇게 했다. 영종이 죽자 정종이 효장을 추존해 진종대왕眞宗大王이라 하고, 태묘太廟에 올려 합사하고, 장헌은 경모궁에 별도로 제사하였다. 혜빈惠嬪 홍씨洪氏는 장헌의 부인이자 정종의 어머니이다. 공이 변론하기를 "삼가 살피건대, 경經에 이르기를 '남의 후사後嗣가 된 사람은 자기를 낳아준 부모를 위해서 지팡이를 짚지 않는 1년복을 입는다'라 하고, 그 전傳에 이르기를 '어째서 1년복을 입는가. 참최를 두번 입지 못하기 때문이다. 왜 참최는 두번 입지 못하는가. 대종大宗에 중함을 두고 소종小宗을 강등하기 때문이다. 남의 후사가 된 사람은 누구를 잇는가. 대종을 잇는 것이다. 왜 대종의 후사가 되는가. 대종은 존귀한 적통이기 때문이다. 남의 후사가 된 뒤에 복服을 강등하는 법은 본래 그가 소종으로부터 대종이 되었으므로 그 소종을 강등하는 것이다'라 했다. 지금 효장·장헌 모두 영종의 적사嫡嗣로 모두 영종을 계승하였다. 옛 전적을 찾아보아도 이런 예는 없었다. 그러나 진종眞宗은 형이고 장헌은 동생이며, 또한 영종이 명한 바가 있으니, 정종이 본래 낳아준 부모를 위해 강복降服하는 것이 옳겠다. 혜빈은 이미 총부冢婦로서(세자의 부인을 총부라 한다—원주) 위로는 영종을 받들었으니, 공경을 옮길 곳이 없다. 이제 정종의 상에 있어서 강복하여 1년복을 입기는 끝내 미안한 듯하고, 그렇다고 만약 자최 3년복을 입어야지 강복해서는 안 된다고 한다면 정종이 남의 후사가 된 점에 대해서는 불분명한 점이 남게 되어 더욱 미안한 듯하다. 이럴 경우에 임금을 위해서는 오속五屬의 친척이 모두 참최 3년복을 입어야 한다고 한다면 어찌 저토록 많은 논란을 불러일으키겠는가?"라 하였다.

경신년 국상國喪[345] 때, 내종內宗으로 참최 3년복을 입은 사람은 종친의 여러 부녀들과 청연淸衍·청선淸璿의 두 군주郡主이고, 외종外宗으로 참최 3년복을 입은 사람은 조씨趙氏·홍씨洪氏 집 여러 외숙모·이모 및 외숙·이모의 아들, 그리고 영종의 7옹주翁主의 자녀들이었다. 시험 삼아 생각하여 보자. 이 줄지어선 내외 종친들은 모두 참최복을 입고 검은 빛 대지팡이를 짚고서 슬픈 표정으로 행렬에 서 있는데, 유독 태비太妃와 태빈太嬪만은 성긴 상복을 입고 지팡이도 짚지 않고서 뒷 열에 서 있으며(상기喪紀에 상복의 정하고 거친 것으로 순서를 정하였다—원주), 소상小祥 때에 이르러 저들은 오히려 상복을 입고 있는데, 태비와 태빈은 푸르고 붉은 비단으로 먼저 길복吉服을 입는다면 그 혐의를 분별하고 친소親疏를 정하는 데 있어서 도리어 어떻게 되겠는가. 소원한 자가 친하게 되고 친한 자는 소원하게 될 것이니, 어찌 천리에 합하고 인정에 순수히 한다고 말할 수 있겠는가. 이런 점으로부터 조용히 생각해보면, 임금을 위해서 참최 3년복을 입는

345 경신년 국상(國喪): 정조의 국상을 말함.

것은 바꿀 수 없는 것임을 거의 어렴풋이 깨닫게 될 것이다.

겨울에 큰아들 학연이 와서 뵈었다. 이에 보은산방寶恩山房에 나가 밤낮으로 『주역』과 『예기』를 가르쳤다. 혹 의심스러운 점이 있어 그가 질문한 것을 답변하여 기록해놓았는데, 모두 52칙則이었다. 이를 이름하여 「승암문답僧菴問答」이라고 하였다.

1806년 (순조 6, 병인丙寅) 45세

1807년 (순조 7, 정묘丁卯) 46세

5월에 장손 대림大林이 태어났다.

7월에 형의 아들 학초學樵의 부음이 와서 묘갈명墓碣銘[346]을 지었다. 그 대략은 다음과 같다. "학초學樵의 자字는 어옹漁翁이니, 둘째형 손암 선생의 아들이다. 선생이 아들을 여러명 낳았으나 모두 일찍 죽었다. 만년에 이 아들을 얻어 매우 두텁게 사랑하였다. 그래서 '초樵'라고 이름하였다. 말을 조금 더듬었으나, 6, 7세에 이미 서書와 사史를 읽고 그 잘잘못을 의론하였다. 일찍이 손무孫武가 부인들에게 병법을 가르치던 것에 대해서 논하다가 '우부인右婦人 좌부인左婦人'이라는 데에[347] 의심이 생겨 뜻이 통하지 않았다. 스스로 자

346 『전서』 I-16, 35b, 「형자학초묘지명(兄子學樵墓誌銘)」 참조.
347 『사기(史記)』 「손자오기열전(孫子吳起列傳)」 참조.

기의 의견을 세웠는데, 과연 본래의 뜻이었으므로 보는 사람들이 칭찬하지 않는 사람이 없었다. 또 바둑을 신묘하게 잘 두어 7, 8세 때에는 이미 노장들과 대국하였는데, 강한 적수라고 생각하지 않는 사람이 없었다. 10세 때에는 학업이 날로 진취하여 이름이 친구들 사이에 떠들썩하였다. 그러나 성품이 경전을 좋아하여 매양 『시경詩經』 『서경書經』 『논어』 『맹자孟子』를 읽을 때, 그가 문의하는 것은 뜻이 대부분 갑자기 대답하기 어려운 것들이었는데, 반드시 그가 스스로 해석하는 것을 들어보면 이치에 합당하였다. 내가 유락한 이후로 육경사서六經四書의 설을 지은 것이 몇권 있는데, 학초學樵를 기다려 전해주려 하였더니, 이제 가버렸구나.

명銘에 일렀다.

호학好學했으나 일찍 죽었으니
하늘이 나를 축복했다가
하늘이 나를 앗아갔네.
세태는 날로 더러워지고
성인의 도道는 황폐해져
못난 사람들은 구렁텅이에 빠지고
나은 사람들은 뾰족하기만 하니
그 누가 나의 글 읽어줄 건가."

겨울에 「예전상구정禮箋喪具訂」[348]이 이루어졌다.

공이 상의喪儀를 바로잡은 뒤에 또 상구喪具에 대하여 와전되고 잘못된 것을 정정하였다. 구具라는 것은 죽은 이를 보낼 때 쓰는 온갖 물건이다. 이 글에 상구정喪具訂이라는 이름을 붙인 것이다. 그 내용에 다음과 같은 말이 있다. "모冒[349]는 홑이불과 같은 것이니 자루로 하는 것이 아니다." "악수握手[350]는 두 가닥이 아니라 가운데를 모양만 두개로 하는 것이다." "머리를 베로 싸 감았으니 복건幅巾은 의당 씌우지 말아야 한다. 그런데 머리를 쌀 적에 세로로 싸서는 안 되고 가로로 싸야 한다." "심의深衣[351]의 폭은 모두 12폭인데, 앞이 3폭 뒤가 4폭으로 다른 두루마리와 같고, 다만 3폭을 앞자락에다 겹치고 2폭은 양쪽 겨드랑이 아래에다 1폭씩 댄다. 구변鉤邊이란 것은 겨드랑이 아래로 옆에다 대는 것을 말한다." "수인遂人[352]·장인匠人[353]이 수레를 들였다는 것은 영구靈柩를 싣는다는 말이다. 신거蜃車[354]라는 것은 신탄蜃

348 「예전상구정(禮箋喪具訂)」: 『상례사전(喪禮四箋)』의 권6~7.

349 모(冒): 시체를 염습(殮襲)한 뒤에 덮는 베로 만든 홑이불.

350 악수(握手): 시체의 두 손을 한데 싸 감아 묶는 검은 명주로 만든 상구(喪具).

351 심의(深衣): 선비들의 겉옷으로 두루마기의 일종.

352 수인(遂人): 장례 때 인부들을 통솔하는 사람.

353 장인(匠人): 장례 때 영구를 운반하며, 하관을 주관하는 사람.

354 신거(蜃車): 광(壙)을 메울 신탄(蜃炭)을 실은 수레. 가는 모양이 대합(蜃)과 비슷한 데서 붙인 이름이다.

炭을 실은 수레인데, 네 바퀴로 굴러가게 한 것은 제도가 아니다." 이상 5조항과 같이 정정한 것이다. 공이 논한 것이 주로 틀린 것을 정정하는 데 역점을 두었으므로 '상구정'이라는 이름이 나오게 되었던 것이다. 책은 모두 6권이다.

1808년(순조 8, 무진戊辰) 47세

봄에 다산茶山으로 옮겨 거처했다.

다산은 강진현 남쪽에 있는 만덕사萬德寺 서쪽에 있는데, 처사處士 윤단尹慱[355]의 산정山亭이다. 공이 다산으로 옮긴 뒤 대를 쌓고, 못을 파고, 꽃나무를 열 지어 심고, 물을 끌어 폭포를 만들고, 동쪽 서쪽에 두 암자를 짓고, 서적 천여권을 쌓아놓고 글을 지으며 스스로 즐기고 석벽石壁에 '정석丁石' 두 자를 새겼다. 이때에 여러 학생들에게 추이효변지학推移爻變之學[356]을 가르쳤다. 학문이 통하게 되자 『주역』의 뜻을 가지고 서로 더불어 어려운 점을 물어 「다산문답茶山問答」[357] 1권을 지었다. 또 여러 학생들에게 준 다산의 증언贈言이 있다.

봄에 둘째아들 학유學游가 와서 뵈었다.

여름에 가계家誡를 썼다.

---

355 윤단(尹慱): 1744~1821(영조 20~순조 21). 자는 귤림처사(橘林處士), 본관은 해남(海南). 다산의 외가 사람이다.

356 추이효변지학(推移爻變之學): 『주역(周易)』.

357 「다산문답(茶山問答)」: 『전서』 II-48, 30a 참조.

그 내용은 대략 다음과 같다.[358] "명·청 이래로 경학이 여러 갈래로 갈려 각기 이루어놓은 글은 있으나 거의 후세에 끼쳐준 이로움은 없다. 그러나 『주역』과 『예기』 두 책은 이미 허다하게 개척해야 할 점이 있음을 드러내고 있으니, 이는 하늘이 총명한 사람을 아깝게 여겨 한 사람에게만 아름다운 명예를 돌려주려고 하지 않는다는 것을 징험할 수 있는 것이다. 상례喪禮를 이미 정리했다고 하나 왕조례王朝禮는 논저論著한 적이 없는데, 하물며 길례吉禮·가례嘉禮·군례軍禮·빈례賓禮는 정리해야 할 것이 많이 남았으니, 이것이 이른바 '다하지 않은 복을 남겨 자손에게 물려준다'는 것인가보다. 왕조상례王朝喪禮만은 보충하여 편집한 책이 있는데, 대략 상국相國 김재로金在魯[359]가 바쳐 의논한 여러 학설에 의거하여라. 그의 학설은 『예경禮經』에 깊은 조예가 있으므로 공자의 옛 뜻에 위배되지 않으니, 반드시 알아두어야 한다. 모대가毛大可[360]는 순전히 예를 알지 못한다. 내가 글을 지어 변론하려고 하였으나 이루 다 지적할 수 없기 때문에 결국 그만두고 말았다.

대개 책을 저술하는 법은 경적經籍이 종宗이 되고, 그다음

358 『전서』 I-18, 5a, 「시이자가계(示二子家誡)」 참조.

359 김재로(金在魯): 1682~1759(숙종 8~영조 35). 자는 중례(仲禮), 호는 청사(淸沙)·허주자(虛舟子), 본관은 청풍(淸風). 좌의정 등의 벼슬을 역임했으며 노론의 선봉자이다.

360 모대가(毛大可): 청대 고증학자인 모기령(毛奇齡)의 자(字).

은 세상을 경륜하고 백성들에게 은택을 미칠 수 있는 학문이어야 하며, 외적을 막을 수 있는 관문關門이나 기구와 같은 것도 또한 소홀히 여길 수 없는 것이다. 참으로 한때의 농담을 취한 소소하고 변변치 못한 설과 진부하고 새롭지 못한 담론이나, 지리하며 쓸모없는 의론 같은 것들은 한갓 종이와 먹만 허비하는 것이니, 손수 진귀한 과일나무나 좋은 채소를 심어서 생전의 생계나 풍족하게 하는 것만 못하다."

겨울에 「제례고정祭禮考定」[361]이 이루어졌다.

공이 우리나라 사대부들의 제사지내는 법이 자못 경례經禮를 잃었다고 생각하고, 이에 고증하여 정하였다.

겨울에 『주역심전周易心箋』[362]이 이루어졌다.

공이 『역전易箋』의 무진본戊辰本에 제題하기를 "내가 갑자년 동짓날(계해년 겨울이다—원주) 강진 유배지에서 『주역』을 읽기 시작하였다. 이해 여름에 비로소 차록箚錄해놓은 공부가 있어 겨울이 되어 완성하였는데, 모두 8권이었다. 이것이 갑자본甲子本이다. 이 갑자본은 사의四義가 비록 갖추어지긴 하였지만 거칠고 소략하고 완전하지 못하여 마침내 없애버렸다. 그다음 해 개정하여 찬수撰修하였는데, 또한 8권이었

361 「제례고정(祭禮考定)」: 『전서』 Ⅲ-21, 11a 참조.

362 『주역심전(周易心箋)』: 『전서』 Ⅱ-37 이하에 『주역사전(周易四箋)』으로 실려 있다.

다. 이것이 을축본乙丑本이다. 을축년 겨울에 큰아들 학연이 와서 함께 보은산방에 기거하면서 전본前本에서 양호兩互·교역交易의 상象을 취하지 못하였기 때문에 모두 개정하여 봄이 되어 끝마쳤다. 모두 16권이었는데, 이것이 병인본丙寅本이다. 병인본이 파성유동播性留動[363]의 뜻에 있어서 빠지고 잘못된 점이 많았으므로 또 고치게 하였다. 원고가 끝마쳐지지 않았는데 아들이 북쪽으로 돌아갔으므로 이청李𣈶[364]으로 하여금 완성하게 하였다. 모두 24권이었는데, 이것이 정묘본丁卯本이다. 정묘본은 말의 이치가 정밀하지 못하고 상象의 뜻이 잘못된 점이 많아 무진년 가을 내가 다산에 있을 적에 둘째아들 학유로 하여금 탈고하게 하였는데, 또한 24권이었다. 이것이 이른바 무진본이다"라 하였다.

「독역요지讀易要旨」[365] 18칙則을 지었다.

「역례비석易例比釋」[366]을 저술하였다.

---

363 파성(播性)과 유동(留動)은 다산이 『주역』 해석을 위해 수립한 원칙인 「독역요지(讀易要旨)」 중의 제5칙과 6칙에 해당된다.

364 이청(李𣈶): 1792~?(정조 16~?). 자는 학래(鶴來), 호는 금초(琴招). 다산이 강진에 유배되어 있을 때의 읍내 아전 출신의 제자로, 1806년경 한때 이청의 집에 기거하며 학동들을 가르쳤는데 이청은 뛰어난 제자였다.

365 「독역요지(讀易要旨)」: 『전서』 Ⅱ-37, 13b, 『주역사전(周易四箋)』에 편입되어 있다.

366 「역례비석(易例比釋)」: 『전서』 Ⅱ-37, 19a, 『주역사전(周易四箋)』에 편입되어 있다.

공이 세가지 오묘한 점을 취하였는데, 신인神印·귀계鬼契와 같이 묘하게도 물상物象과 합하였다. 또 성인의 온축되고 깊은 뜻을 다 드러내지 못한 것이 있을까 염려하여 450괘효卦爻의 모든 예를 취해 괘卦를 비교하고 문文을 비교하여 둘씩둘씩 뽑아 대對를 만들었으니, 마치 구고가句股家[367]가 각각의 전체 비율을 세워놓고 수리數理를 밝히는 것과 같았다. 그리하여 『주역』의 깊은 뜻이 이에 남김없이 드러나게 되었으니, 옛것을 계승하여 미래를 개척했다고 할 수 있는 것이다. 그 예例는 원형이정례元亨利貞例·형이정례亨利貞例·원길례元吉例·회례悔例 등 모두 28례가 있다. 예를 따라 설說을 묶어서 요지의 아래에 모두 편집해놓았다.

또 「춘추관점春秋官占」에 보주補注를 내었다.[368] 공이 전에 예禮에 대해서 주석을 낼 적에 고례古禮는 대부분 『춘추春秋』에서 징험할 수 있다고 생각하고, 『춘추좌씨전春秋左氏傳』에서 관점지법官占之法을 보았으나 의심이 없을 수 없었다. 그래서 아래위로 실마리를 뽑아 캐들어갔다. 이에 『주역』의 단서에 대한 실마리를 찾게 되었다. 대개 『춘추』는 선진先秦시대의 고문이다. 추이推移와 호체互體와 효변爻變이 모두 이 관점官占에 갖추어져 있어서 실상 정경正經과 조리가 분

---

367 구고가(句股家): 기하학자.

368 「춘추관점보주(春秋官占補注)」: 『전서』 Ⅱ-43, 15b, 『주역사전(周易四箋)』에 편입되어 있다.

명히 부합되었다. 그러므로 그것을 취해 1편을 수집하여 보주補注를 만들었다. 이것을 『역경易經』의 끝에 붙여 후인들이 『주역』의 깊은 뜻을 이해하는 데 사다리가 되게 하였다.

또 「대상전大象傳」[369]을 취하여 별도로 1편을 모아 주해를 달았다.

그 서敍에 말했다. "「대상전大象傳」이라는 것은 공자께서 점치는 사람들이 보는 단彖과 상象의 뜻 외에 별도로 스스로 상象을 음미하여 군자의 쓰임에 바탕이 되게 한 것이다. (「대전大傳」에 이르기를 "군자君子가 조용히 거처할 때에는 그 상象을 보고, 움직일 때에는 그 점占을 본다"고 하였으니 『주역』에는 두가지 쓰임이 있는 것이다—원주) 이것은 십익十翼의 하나로 괘효卦爻의 사辭와 관계가 없는 것이니, 본래 의당 별도의 항行으로 만들어 스스로 한 경經이 되어야 할 것이다. (호정방胡庭芳은 말하기를 "대상大象은 모두 공자께서 스스로 취하신 것이지 문왕文王이나 주공周公이 해놓은 것이 아니다. 그러므로 괘효卦爻의 사辭와는 전혀 상관이 없는 것이다" 하였다—원주) 옛날 전하田何라는 사람이 『주역』을 전수해주면서 이경二經 십익十翼으로 12편을 만들어 전해주었는데 동래인東萊人 비직費直이 처음으로 십익을 합하여 경문經文에 붙였던 것이다. (지금의 건괘乾卦가 이것이다—원주) 그뒤에 정현鄭玄이 단彖·상象 및 여러 전傳을 분리하여 경 아래에

369 「대상전(大象傳)」: 『전서』 Ⅱ-43, 31a, 『주역사전(周易四箋)』에 편입되어 있다.

붙였는데(곤괘坤卦 이하 63괘—원주) 「대상전大象傳」「소상전小象傳」을 연결하여 하나로 만들었다. (대상大象을 별도로 내놓지 않았다—원주) 그리하여 후세 유자들이 드디어 문언文言을 십익의 하나라고 생각하게 되었으니 「대상전」은 별도로 하나의 경經이 될 수가 없었다. (문언文言 등 여러 장은 본래 「계사전繫辭傳」 가운데 여기저기 섞여 나온 것이므로 별도로 제각기 명칭을 붙일 수 없는 것이다—원주) 오늘날 『주역』을 읽는 자들은 육효六爻를 배열하기만 하면 『주역』의 전체적인 뜻을 알았다고 생각하니, 이미 잘못된 일이다. 또 「대상전」으로 1괘의 표제를 삼아서 단사彖詞, 효사爻詞와 함께 혼합하여 한 체를 만드니, 그 폐단이 더욱 심하게 되었다. 이제 별도로 막힘이 없도록 옛날 그대로 복귀시키니, 공자께서 생각하던 『주역』의 뜻이 거의 밝게 드러나기를 바란다."

또 「시괘전蓍卦傳」[370] 1부를 취하여 별도로 주석을 달았다.

살피건대, 『주역』의 상하경上下經 450괘효卦爻를 살펴보니, 모두 추이推移·호체互體·물상物象·효변爻變의 테두리 안을 벗어나지 않았으나 시괘蓍卦 1편만은 오로지 시초蓍草를 뽑아 괘를 얻는 묘한 이치를 말하고 있었다. 참으로 시법蓍法이 성인의 본래의 뜻을 잃어버리게 된다면 앞의 상하경 450괘효가 모두 굳게 잠겨 열 수 없는 물건이 될 것이니, 이

370 「시괘전(蓍卦傳)」: 『전서』 II-44, 15a, 『주역사전(周易四箋)』에 편입되어 있다.

른바 구륙九六의 뜻이 의심을 풀 수 없다는 것이 될 것이다. 뒷날 괘시卦蓍를 세워 신명神明을 돕는 자가 조화造化를 참작하여 협의를 풀려고 할 때, 말미암을 바가 없을까 염려하여, 공이 이에 조리에 맞게 이치를 밝혀 주석해놓았다.

또 「설괘전說卦傳」[371]을 취하여 전거典據가 있는 것은 보충해 넣고 잘못 와전된 것은 정정하였다.

그 서敍에 말했다. "『주역』의 문구는 상象에서 취한 것인데, 모두 설괘說卦에 근본을 했다. 그러니 설괘를 읽지 않고서는 한 자도 이해할 수가 없는 것이다. 자물쇠와 열쇠를 버려두고 문 열기를 구하는 것은 매우 어리석은 짓이다. 특히 한漢나라 선비들이 『주역』에 대해서 말한 것은 육효六爻의 변화를 몰랐기 때문에(건괘乾卦에서 구괘姤卦로 가는 것을 몰랐다—원주) 용龍에 나아가서 소(牛)를 구하고, 닭을 가지고 말인가 의심했다. 본래의 뜻에서 멀어졌는데도 거기에만 천착하고, 한결같이 그쪽으로만 가서 이치에 합치되질 못했다. 그러므로 왕필王弼이 말하기를 '효爻가 순順한 데 합치된다면 어찌 곤坤이 소가 될 것이며, 뜻이 진실로 건장한 데 응하게 된다면 어찌 건乾이 말이 되겠는가?'라 하였던 것이다. 이제 설괘說卦를 팽개쳐버리고 쓰지 아니하니, 『주역』의 뜻이 마침내 없어지게 되었다. 아! 육효가 변한 뒤에 이 「설괘전」의

371 「설괘전(說卦傳)」: 『전서』 Ⅱ-44, 27b, 『주역사전(周易四箋)』에 편입되어 있다.

문구에 나아가 상象의 뜻을 구한다면 확연히 얼음이 풀리듯 그 뜻이 풀릴 것이며, 기쁨이 넘쳐흐르도록 이치가 순해질 것인데, 저 구양수歐陽修의 무리들이 공자의 말씀이 아니라고 하였으니, 어찌 그리도 망령스러운가. 이제 경문을 취하여 간략하게 주석을 내니, 구가九家의 새로운 설에 이르러서는 올바른 것도 있고 잘못된 것도 있으므로 하나하나 정정하였고, 또 『주역』의 글귀 중에서 근거가 될 만한 것을 취하여 대략 보충해 넣었다."

또 괘卦가 서로 겸兼하거나 교호交互하는 것을 보고 상象을 취하는 법을 이 편의 끝에다 붙여놓았다. 그 서敍에 말했다. "『주역』의 문구 중에서 물상物象을 취한 것이 두 괘를 서로 겸하거나 교호交互하여 물物이라고 명명한 것이 많다.(혹 서너개의 괘를 겸호兼互하여 상象으로 삼은 것도 있다—원주) 공자께서 말한 바 '성인의 정情은 사辭에 나타난다'는 이것에서 마땅히 구해야 할 것이다. 순·우(荀虞)[372] 제가諸家는 효爻가 변하는 것도 알지 못하고 성인의 뜻을 구하지 않으면서, 매양 한 물상을 가리켜 오로지 한 괘에 속한다고 했으니, 후세의 학자들이 경문에 나아가 고증해보지도 않고 가볍게 그런 학자들의 말을 믿는다면 성인의 정은 끝내 세상에 드러나지 못하고 말 것이다."

---

372 순·우(荀虞): 순(荀)은 후한(後漢)의 순상(荀爽)으로 자(字)는 자명(慈明), 우(虞)는 삼국시대 오(吳)의 우번(虞翻)으로 자(字)는 중상(仲翔).

또 제가의 주설註說을 취하여 차례대로 조리에 맞게 논해 놓고 이름하여 『주역서언周易緖言』[373]이라 하였는데, 모두 12권이다.

『주역심전周易心箋』의 서문(손암巽菴이 찬撰했다—원주)에 말했다. "내가 미용美庸[374]을 동생으로 둔 것이 어언 44년이나 되었다. 미용은 어려서 성균관에 들어가 공령功令으로 이름을 날렸다. 그래서 나는 재치가 번뜩이는 재사라고 생각하였다. 장성하여서는 관각館閣에 드나들며 문학으로 밝은 임금을 섬기었으므로 내가 문장경술사文章經術士라 생각하였다. 세상에 나가서 정치를 함에 크고 작은 안팎의 일이 모두 지극한 경지에 나갔으므로 내가 재상감이라 생각하였다. 만년에 바닷가로 귀양을 가 『주역사해周易四解』를 지었는데, 내가 처음에는 놀랐고 중간에는 기뻐하였으며 끝에 가서는 무릎이 절로 굽어지는 줄도 알지 못하였으니, 미용을 어떤 부류에 비교해야 할지 모르겠다. '사해四解'라는 것은 무엇인가? 벽괘辟卦가 연괘衍卦에서 추이推移했다는 것과, 물상物象은 모두 설괘說卦에 근본한다는 것과, 호체互體는 상象과 본괘本卦 등에서 취하였다는 것과, 효사爻詞는 변체變體를 주관한다는 것이다. 추이推移의 뜻이 분명하여 음양의 왕래往

373 『주역서언(周易緖言)』: 『전서』 Ⅱ-45 이하에 『역학서언(易學緖言)』이라는 이름으로 실려 있다.

374 미용(美庸): 다산의 자(字).

來·굴신屈伸이 드러나 있고, 물상物象의 뜻이 분명하여 성인이 가까운 데서 취하기도 하고 먼 데서 취하기도 한 뜻이 드러나 있으며, 호체互體의 뜻이 분명하여 육허六虛를 두루 돌아다니며 일정함이 없는 세계를 오르고 내리는 그 용用이 온전하며, 효변爻變의 뜻이 분명하여 길흉吉凶·회린悔吝의 결단이 근거한 바가 있으니, 이것을 사해四解라고 하는 것이다. 추이推移하지 않으면 64괘는 8×8의 사법死法에 불과할 것이고, 괘상卦象이 아니면 『주역』 문구의 온갖 물상物象과 찬撰한 덕이 헛된 말이 될 것이며 「설괘說卦」 1편도 쓸모없는 것이 될 것이요, 호체互體가 아니면 내괘內卦·외괘外卦가 졸렬하게 곧기만 하고 변화가 적어 8괘가 서로 움직여 바람과 우레가 일어나는 그런 묘함이 생기지 않을 것이며, 효변爻變이 아니면 괘사卦詞 외에 주공周公이 지위에 따라 말을 달리한 그 의의가 없을 것이다. 이제 이경二經·십익十翼에서 그것을 궁구하고, 『좌전左傳』『국어國語』를 참고하고, 구가九家의 여러가지 해석 가운데서 채록하고 수집하여 때를 닦아 거울을 환히 드러나게 하고, 모래를 일어 금을 취하여 이것으로 경經을 삼고 위緯로 삼으며, 잇고 드러내어 천 가닥 만 올이 모두 질서 있게 바르게 되었으니, 네가지 큰 뜻이 강기綱紀가 되었던 것이다. 『주역』이 이제서야 그 온축된 뜻을 잃지 않게 되었다. 육효六爻가 교호交互하는 것을 인증印證하는 법이 종횡으로 개발되어 한 글자 한마디 말이 모두 질서 정연히 곡진하게 되었으며, 뜻깊은 말이나 오묘한 뜻이 밑바닥까지 철저하게 분석되었으므로 64괘 384효가 촘촘히 늘어서 그 뜻이 밝게 드러나게 되었으며, 삼성인三聖人이 털끝만큼 미미한 데까지 은택을 미쳐 살피시며 상象을 보고 말을 세운 그 언모言貌와 색상色象이 천년 뒤에도 비슷하게 되었으니, 사해四解의 묘함이 이에 지극해졌다. 이미 이경二經의 전箋을 완성하고, 또 「대상전大象傳」을 취해 별도로 1편을 만들어 추이推移의 법으로 해석해놓고, 대전大傳에서 추이·변통의 설을 골라 뽑아 조리 있게 정리하여 시괘蓍卦를 논한 것이 별도로 1편이 되었는데 천지天地에 비견될 만한 옛 성인의 법을 회복한 것이다. 또 「설괘전說卦傳」을 취하여 그 입상立象의 뜻을 드러내어 밝혔는데 공자의 문구 중에서 징험할 수 없는 것은 경經에서 상고하고 예例에서 고증하여 빠진 뜻을 보충하였다. 순구가荀九家[375]·우중상虞仲翔의 잘못되고 어긋난 것을 하나하나 바로잡아 「춘추관점春秋官占」이라는 이름으로 붙여놓았으니, 모두 24권이다. 「잉언賸言」 「서언緒言」 「답객난答客難」 등의 편목編目이 많이 남아 있으니, 아! 완전히 구비되었도다. 내가 생각하건대, 옛 학문이 폐해지자 인심人心이 가려졌고, 대의가 혼미해지자 온갖 이치가 따라서 문란하게 되었다. 비유컨대, 하나의

---

375 순구가(荀九家): 순상(荀爽)의 『구가역해(九家易解)』에 등장하는 아홉명의 역학 연구가.

누에고치에서 실이 손을 따라 술술 풀려나와야 하는데, 천 가닥 만 올이 어지럽게 얽히고설킨 것과 같으니, 비록 총명하고 준걸한 선비라 하더라도 문을 바라보고 달아나지 않는 사람이 없게 되었다. 삼성인三聖人이 그전의 사람들에 대해서 입이 아프도록 말씀하신 뜻이 마침내 수천년에 이르러 어두워지니, 이에 도술道術은 갈기갈기 찢어지고 이단만 어지러이 일어났다. 큰 소리로 어리석은 사람들을 속이고, 기행奇行으로 대중을 의혹시키고, 허물이 있으면서도 고칠 줄 모르고 앞으로 나아갈 줄만 알지 물러날 줄을 모르게 되어 세교世敎가 상실됨이 극에 달했도다. 미용美庸은 동이東夷 사람으로 후배요 말학末學이다. 스승에게 가르침을 받지 못하고 혼자 보고 혼자 깨달았으나 조그만 칼로 자르고 베는 그 기세가 대를 쪼개는 것과 같았다. 구름과 안개가 걷힌 뒤에는 무지한 노예라 하더라도 하늘을 볼 수 있을 것이니, 이제부터는 미용을 삼성三聖의 양자운揚子雲이 아니라고 할 수 없을 것이다. 아! 형제가 된 지 44년에 그의 지식과 역량이 이러한 경지에 미치리라고는 생각도 못했다. 내가 듣건대, 천하 사람들을 위해서 혼미함을 열고, 의혹을 타파하며, 난리를 평정하고, 어지러운 세상을 바로잡아 바른 데로 돌아가게 할 때에는 부득불 남의 힘을 빌린다 하니, 이로 말미암아 말한다면 내가 미용을 알지 못했던 것이지, 미용이 제 자신을 알지 못했던 것은 아니다. 사마천司馬遷이 말하기를

'문왕이 주왕紂王에 의해 유리羑里에 갇혀 있을 때 『주역』을 연역하였고, 공자가 궁액하였을 때 『춘추』를 지었다'라 하였는데, 이 사람들은 모두 마음속에 울적하게 맺힌 것이 있어 자기의 도를 통할 수 없었으므로 지난 일을 서술하고 앞의 일을 생각한 것이니, 이 말도 또한 울분에서 나온 것이지만 그럴 만한 이치가 있다고 할 만하다. 가령 미용이 편안히 부귀를 누리며 존귀한 자리에 올라 영화롭게 되었다면 반드시 이런 책을 이룩하지는 못했을 것이다. 만약 뜻을 얻어 그의 충성과 지혜를 다했다고 한들 그가 이룬 공업은 반드시 요숭姚崇·송경宋景·한기韓琦·부필富弼[376]의 무리보다 더 훌륭하지는 못했을 것이다. 요·송·한·부姚宋韓富가 어느 시대인들 없겠는가마는 몸소 옛 성인의 뜻을 이으려는 공을 맡아 끊어진 실마리를 찾고 미쳐 날뛰는 무리들을 막으려는 사람은 위정자가 허여함이 적은 것이니, 미용이 뜻을 얻지 못한 것은 곧 그 자신에 있어서 다행한 일이요 우리 유학계에 있어서 다행일 뿐만 아니다. 내가 미용보다 몇살 위지만 문장과 학식은 그 아래에 있은 지 오래되었다. 천박한 말로 이 책을 더럽힐 수 없으나 선배가 죽으면 백세를 기다리기 어려운 법이니, 하늘과 땅 사이에서 이 책을 지은 자는 미용이고 이 책을 읽은 자는 나인데, 내가 어찌 또한 한마디

376 요숭(姚崇)·송경(宋景)·한기(韓琦)·부필(富弼): 요숭과 송경은 당(唐)나라의 명상(名相)이고, 한기와 부필은 송(宋)나라의 명상이었다.

말이 없어서야 되겠는가. 다만 나는 섬 가운데 갇힌 몸, 죽을 날이 멀지 않았으니, 언제 미용과 함께 한 세상 한 형제로 살아볼 수 있으랴. 이 책을 읽고 글을 쓰는 것만으로 또한 만족을 한다. 나는 참으로 유감이 없도다. 아! 미용도 또한 유감이 없을 것이다."

1809년(순조 9, 기사己巳) 48세

봄에 「예전상복상禮箋喪服商」[377]이 이루어졌다.

공이 상구喪具에 대해서 정정을 한 뒤에 또 상복상喪服商을 취하여 그 제도가 예에 맞는가를 헤아려 단정하였다. 복服이라는 것은 오복五服의 정교하고 거친 것과 장례·소상·대상·담제禫祭 때 복을 입는 제반 의례인 것이다. 이름하여 '상복상喪服商'이라고 하였다.

가을에 『시경강의詩經講義』[378]를 산록刪錄하였다.

공의 묘지문墓誌文에 말했다. "나는 바닷가로 귀양 온 뒤, '내가 어려서 학문에 뜻을 두었으나 어언 20년간 세로世路에 빠져 다시 선왕의 대도大道를 알지 못하였더니, 이제 여유가 생겼구나'라는 생각이 들어 마침내 흔연히 스스로 기뻐하여 육경六經과 사서四書를 취하여 깊이 연구하였다. 대체로 한漢·위魏 이후로 명明·청淸에 이르기까지 경전의

377 「예전상복상(禮箋喪服商)」: 『전서』 Ⅲ-8.
378 『시경강의(詩經講義)』: 『전서』 Ⅱ-17.

뜻을 보충 설명해놓은 학설을 널리 수집하고 두루 고증하여 잘못된 것을 바로잡고, 일가의 말을 갖추어 그 버리고 취한 뜻을 밝혀놓았다. 선대왕先大王의 비평을 받은 『모시강의毛詩講義』 12권을 수편首篇으로 삼고, 별도로 『강의보講義補』[379] 3권을 지었다."(여유당경함與猶堂經函에는 시詩를 수편首篇으로 하고 있다. 공이 일찍이 문인門人들에게 "나의 경학經學은 모두 임금님의 은총 속에서 도주陶鑄된 것이다"라 하였다—원주) 시측詩側에서 말했다. "시라는 것은 간림諫林이다. 순임금 때에 오성五聲과 육률六律로써 오언五言을 받아들였는데, 오언이라는 것은 육시六詩 중의 다섯가지이다. 풍風·부賦·비比·흥興·아雅가 그 다섯가지이며 오직 종묘제사 때 쓰는 송頌만은 계산에 넣지 않은 것이다. 눈먼 악관樂官이 아침저녁으로 소리 높여 읊고, 가수가 거문고·비파에 맞추어 노래를 부르는 것은 임금으로 하여금 선善을 듣고서는 감발感發하게 하고 악惡을 듣고서는 징창懲創하게 하기 때문이다. 그러므로 시의 포폄褒貶의 뜻이 『춘추』보다 더 엄격하여 임금들이 두려워하는 것이다. 그러므로 '시가 망함에 『춘추』가 지어졌다'고 한 것이다. 풍風·부賦·비比·흥興은 풍자한다는 말이며, 소아小雅·대아大雅는 바른 말로써 간쟁하는 것이다."

이 편의 머리말에 이르기를 "건륭乾隆 신해년(1791) 가을

---

379 『강의보(講義補)』: 『전서』 Ⅱ-20에 『시경강의보유(詩經講義補遺)』라는 이름으로 실려 있다.

9월에 내원內苑에서 활쏘기를 시험하였는데 신이 맞추지 못한 벌로써 북영北營(금요문金耀門 밖에 있다—원주)에서 숙직하였다. 얼마 있다가 임금께서 『시경』에 대해 조목조목 질문한 800여 장章을 내려주시며 신으로 하여금 40일 안에 조목조목 답변을 하여 올리라고 하였다. 신이 20일만 더 연기해달라고 하여 윤허를 받았다. 각 조목마다 진술하여 올렸더니, 임금님의 비답이 찬란히 빛났으며 칭찬해주심도 융숭하였고 조목조목 품평하신 것이 모두 분수에 지나쳤다. 그런데 그때 마침 화를 만나 입각하여 몸소 받는 영광을 얻지 못하였다. 오직 '널리 백가를 인용하여 그 출전이 끝이 없으니, 진실로 평소 온축된 지식이 해박하지 않다면 어찌 이와 같을 수 있으랴. 내가 돌아보고 질문한 뜻을 저버리지 않았으니, 매우 가상한 일이다'라고 하신 말씀은 학사 이명연李明淵[380]이 암송하고 있던 것인데, 이제 머리에 써서 서문에 인용한다. 아! 임금께서 승하하시자 신의 유락流落됨이 이와 같이 되었다. 책을 어루만지며 은혜를 생각하니 흐르는 눈물을 억제할 수가 없다"라 하였다.

1810년(순조 10, 경오庚午) 49세

봄에 『시경강의보詩經講義補』가 이루어졌다.

---

380 이명연(李明淵): 1758~1803(영조 34~순조 3). 자는 여양(汝良), 본관은 전주(全州). 1790년 증광문과에 병과로 급제했다.

그 편의 머리말에 이르기를 "내가 『시경강의』 12권에 대해 이미 차례대로 순서를 정하여 편집해놓았다. 다만 강의의 체가 오직 질문한 것에 대한 답변뿐이었으므로 질문이 미치지 못한 것은 비록 전에 들은 것이 있다고 하더라도 감히 서술할 수가 없었다. 이에 백가지를 논하면서 한가지를 거론하지 않는다면 조그만 명성조차 드러내기에 부족하다는 생각이 들었다. 경오년(1810) 봄 내가 다산茶山에 있을 적에 작은아들 학유學游마저 돌아간 뒤 오직 이청李晴만이 곁에 있었는데, 산은 고요하고 해는 길어 마음을 붙일 곳이 없었다. 당시 『시경』을 강의하고 있었는데, 남은 뜻을 이청으로 하여금 받아쓰게 하였다. 이때에 내가 풍증으로 매우 곤란을 겪어 정신이 맑지 못했다. 그러나 그만둘 수 없었던 것은 본래 선성先聖·선왕先王의 도에 대해서 몸을 바쳐 진력하여 죽은 뒤에야 그만두려고 하였기 때문이다. 혹 잘못된 점이 있다면 나를 용서해주길 바란다"라 하였다.

봄에 「관례작의冠禮酌儀」[381]가 이루어졌다.

그 편의 머리말에 이르기를 "제례祭禮를 쉽게 바로잡을 수 없는 것은 나라의 풍속이 변화를 어렵게 여기기 때문이요, 상례喪禮를 쉽게 바로잡을 수 없는 것은 부형父兄·종족宗族이 의론함이 많기 때문이요, 혼례婚禮를 쉽게 바꾸기 어려

381 「관례작의(冠禮酌儀)」: 『전서』 Ⅲ-23의 『가례작의(嘉禮酌儀)』 중의 편명(篇名).

운 것은 양가兩家의 좋아하고 숭상하는 것이 다르기 때문이다. 오직 관례冠禮만은 개정하기에 가장 편리하니, 이것은 주인에게 달려 있는 문제인데 누가 막으려고 하겠는가. 다만 옛날의 관례는 번거롭고 글을 갖추어야 하므로 오늘날 사람들이 쉽게 따를 수 없다. 주자가례朱子家禮를 쓸 경우 비록 고례古禮에 비해 간략하다고 할 수 있지만, 그러나 관복冠服은 제도가 다르니 사람들이 오히려 어렵게 여긴다. 우리 성호 선생께서 간략하게 만든 관의冠儀가 있는데, 또한 너무 간략한 것이 아닌가 걱정이 되어 내가 다산에 있을 적에 마침 주인의 아들이 가관례加冠禮를 치르기에 삼가 의례·가례를 취하고 아름다운 풍속을 참작하여 다음과 같이 삼가지문三加之文을 갖추는 바이다. '가난하면서도 예를 좋아한다'는 공자 말씀도 거의 이런 점에서 취한 것이 아닐는지(원문은 생략한다—원주)"라 하였다.

『가례작의嘉禮酌儀』가 이루어졌다.

그 편의 머리말에 이르기를 "혼례에서 친영親迎이란 양이 가고 음이 온다는 뜻이다. 우리 동방의 풍속에 혼례는 여자의 집에서 치르는데, 한漢·위魏의 여러 사적史籍을 뒤져보니 기롱하여 폄하하고 있어 그것을 읽을 적에 부끄러움을 금할 수 없었다. 근세의 선배들이 풍속을 따라 예를 만들어 그것을 글로 써놓았다. 내가 생각하기에는 양가의 의견이 어긋나 쉽게 한곳으로 귀결되지 못하였을 경우 구차하게 풍속을 따르면서도 부끄러운 얼굴색이 없으니, 반드시 말을 세워 후세에 남겨서 성법成法이 되게 하기에는 크게 불가한 것 같다. 오늘날 경성의 귀한 집에서는 하루 안에 신랑은 날짐승을 폐백으로 바치고 신부도 폐백을 바치는데, 그를 일러 '당일 신부新婦'라고 하니, 이 어찌 친영親迎이 아니겠는가. 단지 혼례를 여자의 집에서 치를 뿐이다. 만약 이 점에 대해서 점점 고쳐나간다면 고례古禮에 우뚝하게 될 것이다. 이제 고례 및 주자가례를 취하여 틀린 곳을 바로잡아 글을 만들어놓은 것이 아래와 같다"(원문은 생략한다—원주)라 하였다.[382]

봄에 가계家誡를 썼다.(글은 본집에 있다—원주)

여름에 가계家誡를 썼다.(글은 본집에 있다—원주)

가을에 가계家誡를 썼다.[383](글은 본집에 있다—원주)

손암공巽菴公에게 올리는 편지에 말했다.[384] "몇년 사이에, 요·순 시대의 정치하던 법이 후세에 비해 엄혹하고 빈틈이 없어 물을 담아도 새지 않을 정도였다는 것을 깨달았습니다. 오늘날 사람들은 편안히 한담이나 하면 천하가 자연히 태평해질 것이라 생각하고 있으니, 이는 이치에 닿지 않으며 아주 어리석은 사람들의 견해일 것입니다. 처음 사

---

382 이 머리말은 『가례작의(嘉禮酌儀)』 중의 「혼례(婚禮)」(『전서』 Ⅲ-23, 5b)에 대한 머리말이다.

383 이 가계(家誡)들은 『전서』 I-18, 4a, 이하 참조.

384 『전서』 I-20, 13b, 「상중씨(上仲氏)」 참조.

람이 태어났을 때에는 모두 식욕·색욕만 갖추고 있어 뿌리나 덩굴이 얽히듯 온통 악습에 젖었을 것이니, 어찌 자연히 태평해질 이치가 있었겠습니까. 공자께서 매양 '요·순 시대는 희희熙熙하고 호호皞皞하였다'고 말씀하신 것을 오늘날 사람들은 순후하고 평담한 뜻으로 생각하고 있으나 절대로 그렇지 않습니다. '희희'라는 것은 밝다는 뜻이며(글자가 화부火部에 있다—원주) '호호'는 희다는 뜻이니, '희희호호'란 모든 일이 모두 이치가 밝고 명백하여 한 티끌 한 터럭이라도 그 악을 숨기고 그 추함을 감출 수 없다는 말입니다. 오늘날 속담에 '밤과 낮이 같은 세상'이라는 말이 참으로 요·순 시대를 두고 하는 말입니다. 그렇게 된 원인을 살펴보면 오직 고적考績[385]이라는 한가지 일 때문입니다. 당시의 고적 제도는 요즘의 '팔자제목八字題目'과 같이 소루疏漏하고 조략粗略하지 않았습니다. 반드시 본인으로 하여금 친히 임금의 앞에 나아가 얼굴을 맞대고 직접 말하게 하였으니, 악한 자는 얼굴빛이 거짓을 꾸밀 수 없었으며, 착한 자도 얼굴빛이 겸양을 할 수가 없었습니다. 말을 다 하고 나면 말한 것에 대해 고찰해보는 법(考言之法)이 있으니, '말한 것에 대해 고찰한다'는 것이 바로 고적입니다. 배를 움켜쥐고 허리가 부러질 듯한 웃음을 참지 못할 한가지 일이 있으니, 우禹가

385 고적(考績): 관리들의 치적을 조사·심사하는 일.

자기의 공적을 스스로 말하던 때의 일입니다. 순임금이 말하기를 '가까이 오너라, 우禹야. 너도 또한 창언昌言하라'(창언昌言이라는 것은 드러낸 말이니 자기 공덕을 드러내 말하려고 하지 않으므로 말을 드러내놓고 하게끔 유도한 것이다—원주)라 하니, 우禹가 말하기를 '제가 무슨 말을 하겠습니까. 저는 날마다 부지런히 힘쓰기를 생각하였을 뿐입니다'(우禹가 부끄러워 차마 제 입으로 얘기를 하지 못하고 겸손히 '제가 무슨 말을 하오리까'라 하고 단지 대강大綱을 간략히 얘기하면서 '저는 오직 부지런히 힘썼을 뿐입니다'라고 한 것이다—원주)라 하였다. 고요皐陶가 말하기를 '아! 어떻게 했단 말이오?'(고요皐陶가 정색을 하고 위엄 있게 나무라기를 '고적考績의 법은 지극히 엄한 것인데, 지척밖에 안 되는 임금님 앞에서 어찌 감히 당황하고 머뭇거리기를 이같이 하는가. 그 부지런히 힘썼다고 한 절목은 무엇인가. 어찌 빨리 자세하게 진술하지 않는가'라 한 것이다—원주)라 하니, 우가 말하기를 '홍수가 범람해 하늘을 덮어 넘실넘실 산을 두르고 구릉을 덮어서 백성들이 빠져 있기에 제가 네가지 기구를 타고, 산에 올라 나무를 베며, 익益과 함께 날고기 먹는 법을 일러주었으며(익益의 이름을 삽입한 것은 공功을 나누려는 뜻이 있다—원주), 내가 구천九川을 터서 사해四海에 이르게 하며 크고 작은 도랑을 파서 냇물에 대고(두번째로 '予' 자를 쓴 것은 치수治水의 일은 진실로 자기 혼자 하였으므로 다른 사람에게 양보해줄 수 없기 때문이다—원주), 직稷과 함께 곡식의 씨를 뿌리고 여러 식생활이 어려울 경우에 먹고사는 방법과 날것을 먹는 법을 일러주었으며, 힘써 있는 곳에서 없는 곳으로 쌓여 있는 물자를 교역하니 많은 백성들이 곡식을 먹게 되어 온 나라가 잘 다스려지게 되었습니다'(가리려야 가릴 수 없고 사양하려야 사양할 수 없으며 도망하려야 도망할 수 없어서 부끄러움을 무릅쓰고 자기의 공로를 다 말한 것이다—원주)라 하였다. 고요가 말하기를 '아! 당신의 훌륭한 말을 법 받겠습니다'('아' 하고 탄식한 것은 실제로 그렇다는 것을 인정하는 뜻이고, '당신의 훌륭한 말을 법 받겠다'는 것은 그 도리가 당연히 이와 같다는 것을 인정하는 것이다—원주)라 했다. 기夔도 또한 스스로 자기의 공을 아뢰는데 매우 장황하게 거듭거듭 말을 하였으니, 그날 한자리의 광경을 상상해보면 참으로 한폭의 생생한 그림과 같아서 사람들로 하여금 순임금은 주인 자리에 앉고 고요皐陶·우禹·직稷은 줄지어 앉아 고적하던 장면을 볼 수 있게 해줍니다. 해와 상서로운 구름이 역력히 눈앞에 떠오르는 참으로 절묘한 광경인 것입니다. 만약 그렇지 않다고 한다면, 순임금은 우의 창언昌言을 구하고(오늘날 사람들은 창언昌言을 직언直言이라고 한다—원주) 고요는 재촉하여 필경 스스로 자랑하고 스스로 찬양하여 자기의 공을 꽉 채운 것이 되니, 천하에 이와 같은 창언이 있으며 천하에 이와 같은 염치가 있겠습니까? 동방삭東方朔이나 우맹優孟이라도 그러한 일을 달갑게 여기지 않았을 터인데, 우禹가 그런 짓을 하였겠습니까? 참으로 부질없는 짓일 것입니다. 이로 말미암아 거슬러올라가 이전二典과 이모二謨[386]를 본다면 이른바 '일을 묻고 말을 살핀다' '3년마다 고적考績한다' '말로써 아뢴다' '밝게 공적을 시험한다' 등 처음부터 끝까지 연결되어 있고 아래와 위가 연이어 있는 것이 모두 이 공적을 살피는 한가지 일뿐입니다. 전典이라는 것은 나라를 다스리는 법이며, 모謨라는 것은 나라를 다스리는 계책입니다. 그 법과 그 계책이 고적이라는 한가지 일보다 앞서는 게 없다는 점, 이것이 요·순 시대의 정치가 되는 까닭입니다. 오늘날 사람들은, 순임금이 바야흐로 진흙으로 빚어놓은 사람처럼 옷을 늘어뜨리고 팔짱을 끼고서 눈을 감고 점잖게 앉아 있기만 해도, 천하가 자연히 태평해졌다고 생각하니 헛된 소리가 아니겠습니까? 천하가 썩어버린 지 이미 오래되었습니다. 오늘날 포폄褒貶하는 제목에 '편안한 정치에 한 고을이 조용하다'라는 말이 있으니, 만약 이 사람으로 하여금 순임금의 당堂에 올라 스스로 자기 공을 아뢰게 한다면, 무슨 일을 가지고 아뢸 수 있겠습니까. 또 '뼈대 있는 집안의 전해오는 규범을 잘 지키며 혁혁한 명예를 구하지 않는다'는 것이 있으니, 만일 이런 사람으로 하여금 순임금의 당堂에 올라 스스로 자기 공을 아뢰게 하고 고요가 옆에 있다가 호령을 한다면 무슨 말을 아뢸 수 있겠습니까. 이렇게 본다면 요·순 시대의

386 이전(二典)·이모(二謨): 『서경(書經)』의 「요전(堯典)」「순전(舜典)」과 「대우모(大禹謨)」「고요모(皐陶謨)」.

다스리는 법과 정사의 계책은 고적을 떠나서 있을 수 있었겠습니까? 고적은, 직접 대면하여 입으로 진술하는 것이 가장 좋은 방법이고, 그다음은 스스로 자기의 공적을 서면으로 아뢰는 것입니다. 지금같이 속된 세상에서는 만약 스스로 자기의 공을 서면으로 아뢰게 하는 법이 있다 하더라도 수령 된 자들은 혹 수족手足을 흔들고 심지心志를 움직여 자기의 책임을 다한 듯 하려고, 하지도 않은 일을 꾸며 자기의 공적으로 올려바치는 자가 있을 것입니다. 생민生民의 도탄이 어쩌다 이다지도 심하게 되었습니까. 아! 누가 이 불쌍한 백성들을 위하여 임금께 아뢰겠습니까."

9월에 큰아들 학연學淵이 바라를 두드려 억울함을 하소연했기 때문에 특별히 용서해주시는 은총을 입었다.

이때에 홍명주洪命周[387]의 상소上疏와 이기경李基慶의 대계臺啓가 있었기 때문에 석방되지 못하였다.

겨울에 『소학주천小學珠串』[388]이 이루어졌다.

1811년(순조 11, 신미辛未) 50세

봄에 『아방강역고我邦疆域考』[389]가 이루어졌다.

---

387 홍명주(洪命周): 1770~?(영조 46~?). 자는 자천(自天), 시호는 정간(靖簡). 병조판서 등의 벼슬을 역임했다.

388 『소학주천(小學珠串)』: 『전서』 I-25.

389 『아방강역고(我邦疆域考)』: 『전서』 VI-1.

겨울에 「예전상기별禮箋喪期別」[390]이 이루어졌다.

공이 이미 「예전상복상禮箋喪服商」을 만들어놓았는데, 또 상기喪期에 관한 여러 의소義疏를 모아 별도로 만들었다. 기期라는 것은 내종內宗·외종外宗이 입어야 하는 상복의 융쇄隆殺와 응당 복을 입어야 하는지 입지 않아야 하는지 하는 것과 의당 강복降服해야 되는지 강복해서는 안 되는지 하는 점에 대한 것이다. 이름하여 「상기별喪期別」이라고 하였다.

1812년(순조 12, 임신壬申) 51세

봄에 가정공稼亭公의 부고訃告를 받았다.(가정공은 공의 계부季父이다—원주)

가정공 행장行狀을 지었다.

봄에 『민보의民堡議』[391]가 이루어졌다.

이때에 패서浿西지방 토적土賊 홍경래洪景來[392]·이희저李禧著[393] 등이 정주定州를 근거지로 반역하였는데, 관군이 포

---

390 「예전상기별(禮箋喪期別)」: 『전서』 Ⅲ-10~Ⅲ-16.

391 『민보의(民堡議)』: 『여유당전서』 보유(補遺), 3권, 333면.

392 홍경래(洪景來): 1780~1812(정조 4~순조 12). 농민반란 지도자. 본관은 남양(南陽), 용강(龍岡) 출신. 1811년 혹심한 가뭄으로 인심이 흉흉해지자 이희저(李禧著) 등과 농민반란을 주도했으나 1812년 패배하여 전사했다.

393 이희저(李禧著): ?~1812(?~순조 12). 무과에 급제, 가산(嘉山)의 역속(驛屬)으로 장사(壯士)였는데, 홍경래 휘하에서 농민반란을 지휘하다가 살해되었다.

위한 지 3개월이 지나도 승첩의 소식이 이르지 않았다. 공이 이에 윤경尹畊의 「보약堡約」을 취하여 현실의 실정에 맞게 보태기도 하고 빼기도 하였다. 첫째는 총론이고, 다음은 지형을 선택하는 법이고, 다음은 보원堡垣의 제도이고, 다음은 방어하는 법이고, 다음은 대오를 편성하는 법이고, 다음은 식량을 마련하는 법이고, 다음은 농사짓는 법이며, 야간 경계, 서로 구제해주는 법, 도적을 살피는 법, 상벌의 제도, 섬에 보堡를 설치하는 법, 산사山寺에 보를 설치하는 법, 객客의 힐난에 답한 것, 「천파도설天杷圖說」「호창거설虎倀車說」 등으로 모두 3권이었다. 이름하여 『민보의民堡議』라 하였다. 이는 대체로 민간에 병사兵事에 관한 일을 인식시켜 급할 때 큰 계책으로 삼자는 것이었다.

겨울에 『춘추고징春秋考徵』[394]이 완성되었다.

그 편의 첫머리에 일렀다. "『춘추』란 육예六藝의 하나이니 옛날의 이른바 좌사左史이다. 왕도가 행해지면, 한마디 말과 한가지 행동이 다 경經이 될 수 있다. 그래서 『서경』과 『춘추』가 육경에 들게 된 것이다. 왕도정치의 자취가 사라지게 되면 그 왕이 하는 말은 다 비리鄙俚하게 되고 그 왕이 하는 일은 무너져 어지럽게 된다. 그래서 우사右史가 지은 것은 문사文辭로 흘러버렸고 좌사左史가 기록한 것은 전

394 『춘추고징(春秋考徵)』: 『전서』 Ⅱ-33~Ⅱ-36.

기傳紀라고 이름하게 되었다. 이에 경서經書와 사서史書가 나뉘어 두가지가 되었고 그 높고 낮음의 정도가 현격해졌으나, 기실은 사서도 일찍이 경서 아닌 것이 없었다. 그러나 노魯 은공隱公 이전의 사서는 없어져 전하지 않고 지금 남아 있는 『춘추』도 100분의 1 정도 남아 있을 뿐이며 단지 그 의례義例만 상고詳考할 수 있을 따름이다. 이제 『춘추』의 의례를 보니 오직 사실에 의거하여 바로 써서 선과 악이 저절로 나타나 있다. 찬양하거나 깎아내리거나 덧붙이거나 박탈하는 일은 애초부터 집필자가 능히 조종하거나 신축성 있게 쓸 수 있는 것이 아니었다. 선유先儒들 가운데서 『춘추』를 이야기하는 사람들은 매양 한 글자 한 마디에 집착하여 공자의 정미한 뜻이라 여겨, 주誅니, 폄貶이니, 상賞이니, 포褒니 하게 되었고, 빠진 글자나 문장을 끝까지 파고들어 평범한 고사를 멋대로 부회傅會하였다. 『좌씨전左氏傳』 『공양전公羊傳』 『곡량전穀梁傳』도 이미 이런 병통을 갖고 있는데, 하물며 호문정胡文定[395]의 왕성한 기세에 있어서랴! 명明 이후 선비들이 그렇지 않다고 생각하여 깃발을 세우고 북을 치면서 꼭 그러하지는 않다고 밝히는 사람들이 또 까치떼나 벌떼처럼 일어났다. 돌아보건대 나는 몽매하고 고루하여 바야흐로 그런 것들을 받아들이기에도 겨를이 없는데

395 호문정(胡文定): 호안국(胡安國). 문정(文定)은 그의 시호. 중국 송나라 사람으로 20년간 『춘추(春秋)』를 연구했다.

하물며 그 파란을 조장하겠는가? 선유들의 논의를 두루 살펴보니 오직 주자의 설이 진실하고 정확하고 공평하고 올바르다. 『어류語類』에 실린 천언만어가 모두 요점에 들어맞는데 내가 또 무슨 군더더기 말을 붙이겠는가? 한선자韓宣子가 노魯나라를 방문해서 본 책은 『역상易象』과 『춘추』였는데 도리어 '주周나라의 예가 노나라에 남아 있다'라 했으니(소공昭公 2년—원주) 『춘추』는 주나라의 예를 증명할 수 있는 책이다. 주나라의 예를 알려고 하는 사람이 그것을 『춘추』에서 상고하지 않을 수 있겠는가? 그러나 사건의 종류가 복잡하고 조례가 많아 다 들 수가 없어서 먼저 길례吉禮와 흉례凶禮 두가지만 잡아 그 대강을 나누어 그 귀취歸趣를 바로잡고 세세한 것은 생략하여 미루어 통하게 했다. 빈례賓禮·군례軍禮·가례嘉禮 등 세가지 예는 한가지만 들어 보이면 나머지는 미루어 짐작할 수 있을 것이다. 만약 동호자同好者가 있다면 보충하여 완성할 것을 바라고 여기서는 논하지 않는다. 그 초본은 아들 학유가 받은 것이고(무진년戊辰年 겨울에 완성한 초고본이다—원주) 재고본再稿本은 이굉보李紘父[396]가 도운 것이다." 책은 12권이다.

「아암[397]탑문兒菴塔文[398]」을 지었는데 그 글의 대략은 다음

396 이굉보(李紘父): 다산의 제자인 이강회(李綱會)의 자(字). 206면 주 405 참조.

397 아암(兒菴): 1772~1811(영조 48~순조 11). 호는 연파(蓮坡), 법명은

과 같다. “내가 강진에 귀양 가 5년째 되던 해 봄에 아암이 백련사白蓮社에 와서 지냈는데 급히 나를 만나보고자 하였다. 하루는 시골 노인들을 따라가서 내 신분을 숨기고 그를 만나보았다. 그와 더불어 한나절 이야기했는데 내가 누군지를 알아채지 못했다. 이윽고 작별하고 돌아와 북암北菴에 이르니 해가 막 저물려고 했다. 아암이 종종걸음으로 뒤쫓아 와서 머리를 조아리고 합장하여 말하기를 ‘공은 어찌하여 이렇게까지 사람을 속이십니까? 공은 정대부丁大夫 선생이 아니십니까? 빈도貧道[399]는 밤낮으로 공을 뵙고 싶어했는데 공께서는 어찌 차마 이럴 수가 있습니까?’라 했다. 이에 손을 잡고 그의 방에 가서 함께 잤다. 밤이 고요해지자 내가 말하기를 ‘듣자 하니 자네는 본디 『주역』에 능통하다고 하는데 의심스런 것이 없는가?’라 하니 아암이 말하기를 ‘정씨程氏의 『전傳』[400]과 소씨邵氏의 『설說』[401]과 주자朱子의 『본의本義』[402] 『계몽啓蒙』[403]에는 의심스런 것이 없습니다만 오

혜장(惠藏), 아암은 호이다. 강진에서 다산과 교유했으며 다산으로부터 『주역』을 배웠다.

398 아암탑문(兒菴塔文): 『전서』 I-17, 6a, 「아암장공탑명(兒菴藏公塔銘)」 참조.

399 빈도(貧道): 중이 자신을 낮추어 부르는 말.

400 정씨(程氏)의 전(傳): 정자(程子)의 『역전(易傳)』.

401 소씨(邵氏)의 설(說): 소강절(邵康節)의 『역설(易說)』.

402 『본의(本義)』: 주자(朱子)의 『주역본의(周易本義)』.

403 『계몽(啓蒙)』: 주자의 『역학계몽(易學啓蒙)』.

직 『주역』의 경문만은 알 수 없습니다'라 했다. 내가 『계몽』 가운데서 수십장을 뽑아 그 뜻을 물어보았더니 아암은 『계몽』에 대해서는 귀신처럼 융통하고 입에 익어 단숨에 수백 자를 외우는데, 마치 구슬이 언덕을 굴러 내리는 듯, 가죽 부대에서 물을 쏟아내는 것 같아 도도하여 끝이 없었다. 내가 크게 놀라 과연 그가 숙유宿儒임을 알았다. 이어 그는 문도門徒들을 불러 재를 담은 소반을 가져오게 하여 재 위에다 낙서洛書와 구궁九宮을 그어 그 본말을 분석하는데 방약무인한 태도였다. 팔을 휘두르며 젓가락을 잡고 왼쪽 위에서 오른쪽 밑까지 그어 열다섯으로 하고, 오른쪽 위에서 왼쪽 밑까지 그어 열다섯으로 하였다. 또 가로로 셋 세로로 셋을 그었는데 어디든지 열다섯이 되지 않음이 없었다. 이날 문밖에 서서 아암이 재 위에 그리면서 낙서洛書를 이야기하는 것을 본 비구승들 중 놀라며 머리털을 곤두세우지 않은 사람이 없었다. 밤이 깊어 베개를 나란히 하고 누웠는데 서쪽 창문에 달빛이 낮과 같았다. 내가 끌어당기면서 '장공藏公은 자는가?' 하고 물었더니 '아닙니다'라 했다. 내가 말하기를 '건괘乾卦의 초효初爻가 9라는 말은 무엇을 이른 것인가?'라 했더니 아암이 '9란 양수陽數의 극입니다'라 했다. 내가 '음수는 어디에서 극이 되는가?'라 물었더니 '10에서 극이 됩니다'라 했다. 내가 말하기를 '그렇다면 어째서 곤괘坤卦의 초효를 10이라고 하지 않는가?'라 했더니 아암이 한

참 동안 곰곰이 생각하더니 벌떡 일어나 옷깃을 여미고 하소연하기를 '산승山僧이 20년 동안 『주역』을 배워왔지만 다 헛것이었습니다. 감히 묻건대 곤괘의 초효가 6이라는 말은 무엇을 이른 것입니까?'라 했다. 내가 말하기를 '모르겠네. 점대를 제除해가는 방법에서 최후에 손가락에 남는 것은 4 아니면 2다.(4개씩 제해나가면 남는 점대는 4 아니면 반드시 2이다—원주) 모두 홀수가 되는데 2와 4는 짝수가 아닌가?'라 했다. 아암이 처량하게 큰 탄식을 하고 말하기를 '우물 안 개구리와 장독 속의 초파리가 스스로 슬기롭다고 할 수 없습니다. 저에게 더 가르쳐주실 것을 청합니다'라 했다. 내가 다산茶山에 살게 되면서부터 그가 찾아오는 것이 더욱 잦아 정미한 말과 오묘한 뜻을 크게 부연할 수 있었다."

1813년(순조 13, 계유癸酉) 52세

겨울에 『논어고금주論語古今註』[404]가 이루어졌다.

살피건대, 이 책은 여러해 동안 자료를 수집하여 이해 겨울에 완성했는데 40권이었다. 이강회李綱會[405]·윤동尹峒[406]

---

404 『논어고금주(論語古今註)』: 『전서』 Ⅱ-7~Ⅱ-16.

405 이강회(李綱會): 1789~?(정조 13~?). 자(字)는 굉보(紘父), 호는 운곡(雲谷), 본관은 광주(廣州). 동고(東皐) 이준경(李浚慶)의 후손이다. 다산의 18제자 중 한 사람.

406 윤동(尹峒): 1793~1853(정조 17~철종 4). 자는 공목(公牧), 호는 감천(紺泉), 고친 이름은 종수(鍾洙). 다산초당의 주인 윤단(尹慱)의 손자로

이 함께 도왔다. 『논어』에 대해서는 이의가 워낙 많은지라 「원의총괄原義總括」 표를 만들어 「학이學而」 편에서부터 「요왈堯曰」 편까지의 원의原義를 총괄한 것이 175측이 되는데 다만 그 대강만 든 것일 따름이다. 또 춘추삼전春秋三傳 및 『국어國語』에 실린 공자의 말을 모아 한편을 만들어 책 끝에 붙였는데 「춘추성언수春秋聖言蒐」라 이름했다. 대개 공자의 말로 다른 경전에 산견되는 것도 많다. 『예기』 『맹자』에 있는 것은 학자들이 이미 익히 보고서 존신尊信하나, 제자서諸子書나 『가어家語』 등에 실린 말은 진위가 뒤섞여 다 믿을 수는 없다. 오직 이 책에 실린 것은, 이미 숨겨져서 드러나지 않았으나 증명할 수 있는 기술들이기 때문이다. 무릇 63장인데(『좌전』에서 46장, 『공양전公羊傳』에서 4장, 『곡량전穀梁傳』에서 5장, 『노어魯語』에서 8장을 수집했다—원주) 고주古注를 채택하여 사실을 덧붙였다.

1814년(순조 14, 갑술甲戌) 53세

여름 4월에 대계臺啓[407]가 처음으로 정지되었다. 장령掌令

다산의 18제자 가운데 한 사람이며 다산 저서를 많이 필사한 공이 있다. 뒤에 '다신계(茶信契)' 조직에 주동이 되었고 그의 현손이 낙천(樂泉) 윤재찬(尹在瓚)으로 초당(草堂)의 역사를 후인들에게 전해주었다.

407 대계(臺啓): 사헌부·사간원에서 죄인을 심문하여 올리는 계사(啓辭). 대계(臺啓)가 정지되었다는 말은, 이미 처벌한 죄인명부에서 그 이름을 삭제하는 것이다.

조장한趙章漢[408]이 사헌부에 나아가 특별히 정지시켰던 것이다. 그때 의금부에서 관문關文을 발송하여 석방하려 했는데 강준흠姜浚欽[409]의 상소로 막혀서 발송하지 못했다.

여름에 『맹자요의孟子要義』[410]가 이루어졌다.

공의 묘지문에서 말했다. "천자의 신하가 천승千乘을 차지한다면 삼공 육경三公六卿이 각각 천승씩 가질 것이니 남는 것은 천승뿐이다. 천자와 구신九臣이 각각 천승을 가진 것이니, 천자의 녹祿이 경卿의 열배가 되지 못하게 되고, 또 소재小宰·사도司徒 이하는 조금의 녹도 얻지 못하게 된다. 만승萬乘의 나라는 진晉나라·제齊나라 등이고, 한韓·위魏·조趙·전田 씨 등은 천승 되는 집으로 그 임금을 시해하였다. 맹자孟子는 본래 연燕나라·제齊나라를 만승의 나라로 여겼다. 사람 죽이기를 좋아하지 않는다는 말은 곧 정치로써 사람을 죽이지 않는 것이니 흉년에 구휼하는 일 등을 말하는 것이지, 한고조漢高祖나 송태조宋太祖가 도륙을 좋아하지 않는 것을 말함이 아니다. 하후씨夏后氏는 50무畝씩, 은나라 사람들은 70무씩 나누어 정전井田을 실시했다는 말은, 도랑을 묻고 등성이를 평평하게 하여 정전으로 바꿔 만든 것

---

408 조장한(趙章漢): 1743~?(영조 19~?). 자는 유문(幼文), 본관은 양주(楊洲). 병조좌랑 등의 벼슬을 역임했다.

409 강준흠(姜浚欽): 1768~1833(영조 44~순조 33). 자는 백원(百源), 호는 삼명(三溟). 사간(司諫) 등의 벼슬을 역임했다.

410 『맹자요의(孟子要義)』: 『전서』 Ⅱ-5~Ⅱ-6.

은 아니라는 것이다. 기氣는 의義·도道와 짝하는데 의와 도가 없으면 기가 시들게 된다는 것은 여자약呂子約[411]이 남긴 뜻이다. 성性이란 기호嗜好이다. 형구形軀의 기호도 있고 영지靈知의 기호도 있는데 똑같이 성性이다. 「소고召誥」[412]에 '성性을 절제한다'라 했고, 「왕제王制」[413]에 '백성들의 성性을 조절한다'라 했으며, 『맹자』에 '마음을 움직여 성을 참는다' '이목구체耳目口體가 좋아하는 것이 성이다'라 했는데 이런 것들은 모두 형구形軀의 기호이다. '하늘이 명한 성' '천도天道와 함께한다' '성은 선하다' '성을 다한다'에서의 성은 영지의 기호이다. 본연지성本然之性이라는 말은 원래 불서佛書에서 나온 것으로 우리 유가의 천명지성天命之性과는 서로 빙탄氷炭의 관계이니 함께 말할 수 없는 것이다. 만물이 모두 나에게 갖추어져 있다는 말은 용서하기에 힘쓰고 인仁을 구하라는 훈계이다. 사람의 자식 되고, 사람의 아버지 되고, 사람의 형제·부부·손과 주인 되는 도리는 경례經禮가 300가지, 곡례曲禮가 3,000가지인데 모두 나에게 갖추어져 있는 것이다. 자신을 반성하여 성실하다면 자신을 이기고 예로 돌아가 천하 사람들이 인仁으로 돌아갈 것

411 여자약(呂子約): 중국 송나라 학자. 이름은 조검(祖儉), 자약(子約)은 그의 자(字)이다.

412 「소고(召誥)」: 『서경(書經)』의 편명.

413 「왕제(王制)」: 『예기(禮記)』의 편명.

이라는 뜻이지, 만물일체萬物一體니, 만법귀일萬法歸一의 의미가 아니다. 맹자는 성을 논하면서 이목구체耳目口體에까지 언급하여 이理만 논하고 기氣는 논하지 않는 병통은 없었다. 왕망王莽과 조조曹操는 기질이 대개 맑고, 주발周勃과 석분石奮은 기질이 대개 탁했다는 것인가. 선과 악은 힘써 행하는 데 달린 것이지 기질에 달려 있는 것이 아니다."

가을에 『대학공의大學公議』[414]가 이루어졌다.

공의 묘지문에 말했다. "『대학大學』이란 주자胄子[415]와 국자國子[416] 들의 학궁이다. 주자와 국자는 아래로 백성을 다스리는 책무가 있다. 그러므로 그들에게 나라를 다스리고 천하를 평정할 방법을 가르치는 데 일반 서민의 자제들이 끼일 수 있는 것이 아니다. 명덕明德이란, 효孝·제弟·자慈이지 사람의 영명靈明은 아니다. 격물格物이란, 물物에는 본말本末이 있다 할 때의 물을 격格하는 것이다. 치지致知란, 먼저 할 바와 나중에 할 바를 아는 것이다. 성誠이란, 사물의 시작과 끝이다. 그러므로 성의誠意가 제일 윗자리에 놓인 것이다. 정심正心이란, 수신修身하는 것이니 몸에 성내는 바가 있으면 고칠 수가 없다. 노인을 노인으로 대접한다(老老)는 것

414 『대학공의(大學公議)』: 『전서』 Ⅱ-1.

415 주자(胄子): 임금으로부터 공경대부(公卿大夫)에 이르기까지 대를 잇는 장남.

416 국자(國子): 공경대부의 장남을 제외한 자제.

은 태학에서 노인을 봉양하는 것이다. 어른을 어른으로 대접한다(長長)는 것은 태학에서 세자世子도 나이에 따라 앉는다는 것이다. 고아를 불쌍히 여긴다(恤孤)는 것은 태학에서 고아들에게 음식을 먹이는 것이다. 백성들이 바라는 바는 부富와 귀貴이다. 군자는 조정에서 귀하게 되기를 바라고 소인은 야野에서 부하게 되기를 바란다. 그러므로 사람 등용하는 일이 공정하지 못하여 어진 이를 어진 이로 대접하지 않고 친한 사람을 친하게 여기지 않으면 군자가 떠나가고, 재산 모으는 일에 절제가 없게 되어 즐거워할 일을 즐기지 못하게 하고 이익을 이익으로 해주지 않으면 소인이 돌아가게 되어 따라서 나라가 망하고 만다. 그래서 편말篇末에 이 두가지 일을 거듭거듭 경계하였다." 책은 3권이다.

『중용자잠中庸自箴』[417]이 이루어졌다.

공의 묘지문에 말했다. "순임금이 전악典樂에게 명하여 주자冑子를 가르치되, 곧으면서도 온화하고 너그러우면서도 엄하고 강직하면서도 포악하지 않고 간결하면서도 오만하지 않도록 했다. 『주례』에 대사악大司樂이 국자國子를 가르치되, 중화中和하고 공경하고 떳떳하도록 했으니 곧 그 유법遺法이다. 고요皐陶가 구덕九德으로써 사람을 등용했고 주공周公이 「입정立政」[418]에서 이르기를 '구덕의 행실을 충실

417 『중용자잠(中庸自箴)』: 『전서』 Ⅱ-3.
418 「입정(立政)」: 『서경』의 편명.

히 행할 줄 알았다'라 한 것도 그 유법이다. 「홍범洪範」[419]에 이르기를 '높고 밝음에는 부드러움으로 이기고, 숨으려 함에는 강剛함으로 이긴다'라 했으니 모두 중화中和의 뜻이다. '진실로 그 중中을 잡아라'라고 한 것은 이러한 모든 말들의 대강의 설이다. 용庸이란, 항상 오래도록 지속하여 중단하지 않는 덕을 말한다. '도道는 잠시도 떠날 수 없다'라 함도 용庸이고, '백성들로 능히 오래 할 수 있는 자가 드물다'라 함도 용이다. '일년 동안을 지킬 수 없다'고 함도 용庸이고, '나라에 도道가 있어도 변치 않고 나라에 도가 없어도 변치 않는다'고 함도 용庸이다. '중도에 그만두는 자는 나도 어찌하지 못한다'고 함도 용庸이고, '떳떳한 덕을 행하고 떳떳한 말을 삼간다'고 함도 용庸이다. '지극한 정성은 쉼이 없나니 쉼이 없으면 오래간다'고 함도 용庸이고, '문왕文王의 순수함은 중단이 없다'고 함도 용庸이다. '안회顔回는 석달 동안 인仁을 어기지 않지만 나머지 사람들은 하루에 한번이나 한달에 한번쯤 인仁에 이른다'고 함도 용庸이고, '하루 종일 상제上帝의 길을 힘쓰지 못했다'고 함도 용庸이다. 고요가 구덕九德의 항목을 들면서 '뚜렷하고 변하지 말라'는 말로 끝맺고, 「입정」 편에서 구덕의 훈계를 거듭하기를 '오직 변치 않는 덕'이라 했다. 『주역』에서는 '능히 오랫동안

419 「홍범(洪範)」: 『서경』의 편명.

중中을 한다'라 했다. 이 모두가 중용의 뜻이니 중中을 지키고 용庸을 할 수 있으면 성인일 따름이다. '보지 않음〔不睹〕'은 내가 보지 않는 것이며 '듣지 않음〔不聞〕'은 내가 듣지 않는 것이다. 하늘의 일에서 '은隱'은 하늘의 체體이며 '미微'는 하늘의 적跡이다. 숨어 있어도 숨어 있는 것보다 더 잘 나타남이 없고, 미세해도 미세한 것보다 더 잘 나타남이 없다. 그러므로 두려워하고 경계하고 삼간다. 하늘이 모른다고 생각하는 까닭에 꺼리는 것이 없게 되는 것이다. 희로애락의 미발未發은 평상시에 으레 있는 마음의 상태이지 마음의 지각知覺과 사려思慮가 발發하지 않은 것은 아니다. 그물과 덫과 함정은 관리들의 형벌의 화禍가 아니다. '색은索隱'이란 이유 없이 숨는 것이니, 백이伯夷나 태백泰伯같이 인륜人倫의 변을 만나 그러하던 것이 아니다. '고친 뒤에 멈춘다〔改而止〕'란, 도끼자루로 도끼자루를 어림해서, 길면 고치고 짧아도 고치고, 커도 고치고 작아도 고쳐서 본래의 도끼자루와 같게 한 뒤에야 멈춘다는 말이다. 사람의 강서强恕도 이와 같으니 사람으로 하여금 허물을 고치도록 하는 것은 아니다. '도심인심道心人心'이라는 말은『도덕경道德經』에서 나왔고 '유정유일唯精唯一'이라는 말은『순자荀子』에서 나왔으니 서로 연결될 수가 없다. 도道와 인人의 사이란 그 가운데를 붙잡을 수 없으며, 하나가 된 뒤에 정精일 수 있는 것이지 둘을 잡아서 운용하는 것은 아니다." 3권이다.

『중용강의보中庸講義補』[420]가 이루어졌다. 그 책머리에서 말했다. "건륭乾隆 갑진년(1784)에 임금께서 중용의문中庸疑問 70조를 내려 태학생으로 하여금 대답케 했다.(그때 공은 성균관에 있었다—원주) 그때 죽은 벗 광암曠菴 이벽李檗이 수교水橋에서 독서하고 있었으므로 대답할 것을 물었더니 광암이 기꺼이 토론해주어 서로 더불어 초고를 만들었다. 돌아와서 보니 중간중간에 이치는 괜찮으나 문장이 매끄럽지 못한 곳이 있어 내 뜻대로 산략刪略하고 윤색하여 임금께 바쳐 보시게 했다. 며칠 후 도승지 김상집金尙集이 승지 홍인호洪仁浩에게 이르기를 '오늘 임금께서 경연에서 유시하시기를 성균관 유생들의 대답이 모두 황잡荒雜했는데 유독 아무개가 답한 것만은 특이하니 반드시 식견 있는 선비일 것이다라 했네'라 하였다. 대개 우리나라 선비들의 이발기발理發氣發의 설에 있어서 내가 대답한 것이 임금님의 마음에 맞았기 때문이지 다른 까닭이 있었던 것은 아니다. 3년 후 병오년(1787) 여름에 광암이 죽었고, 8년 후 계축년(1793) 가을에 내가 명례방明禮坊에서 탈고했는데, 대답한 것에 견강부회한 점이 없지 않다는 것을 깨달았다. 갑술년(1814) 가을에 『중용자잠』을 지었는데 비로소 갑진년의 구고舊稿를 가져다가 다시 산략刪略과 윤색을 하였다. 혹 본지本旨에 어

420 『중용강의보(中庸講義補)』: 『전서』 II-4.

긋나는 것이 있으면 따라서 고쳤고, 혹 임금이 질문하지 않았더라도 마땅히 분변해야 할 곳이 있으면 절에 맞추어 증보하였는데 모두 6권이었다. 이제 임금님도 승하하시어 아득히 하늘에 계시니 그 옥음을 영원히 들을 수 없으니 질문할 곳도 없다. 광암과 토론하던 때를 헤아려보니 이미 30년이 됐다. 가령 광암이 지금까지 살아 있었더라면 그 덕德에 나아가 널리 배운 것이 어찌 나 같은 사람에 비교할 수 있겠는가! 신구고新舊稿를 모아서 보니 분명히 하나는 남고 하나는 없어지게 될 것이니 탄식한들 어찌하겠는가. 책을 어루만지며 흐르는 눈물을 억제할 수 없다."

삼가 살피건대, 『중용강의보』에서 논한 바는 새로운 뜻이 또한 많다. 첫째, 음양오행陰陽五行이 만물을 화육化育할 수 없다는 점을 밝혀, 물物은 오상五常의 덕을 얻을 수 없고 오직 사람만이 얻을 수 있다는 데까지 나아갔다. 둘째, '수修'라는 글자에는 품절品節의 의미가 없다는 점을 밝혔다. 셋째, '닭은 새벽에 울고 개는 밤에 짖는다'는 말은, 일정함이 있다는 뜻이지, 과過·불급不及의 차이는 없다는 점을 밝혔다. 넷째, '나서부터 죽을 때까지'란 말은 오직 이 한길로 갈 뿐이라는 점을 밝혔다. 다섯째, '보지 않고 듣지 않는다(不睹不聞)'는 말은 다른 사람이 깨닫지 못함을 이르는 것이 아님을 밝혔다. 여섯째, '중화中和를 이룬다'는 말은 신독군자愼獨君子의 일이지 일반 사람들이 가질 수 없다는 점을 밝혔다. 일곱째, 발發하기 전의 광경은 고목枯木과 사회死灰와 같고 선가禪家의 입정入定과 같다는 점을 밝혔다. 여덟째, 기뻐할 만한 것과 성낼 만한 것은 모두 칠정七情이 발하는 것으로 하나하나 점검하여 천명에 들어맞아야만 그 중中을 얻을 수 있다는 점을 밝혔다. 아홉째, '만물일체萬物一體'란 말이 고경古經에는 절대로 없다는 점을 밝혔다. 열째, 중용의 '용庸'은 평상의 이치로 풀이할 수 없다는 점을 밝혔다.(이하는 줄이고 기록하지 않는다—원주)

겨울에 『대동수경大東水經』[421]이 이루어졌다. 이청李晴으로 하여금 집주集注케 했다.

겨울에 이여홍李汝弘[422]의 편지에 답하여 학문과 사변思辨의 공功을 논했다.[423]

1815년(순조 15, 을해乙亥) 54세

봄에 『심경밀험心經密驗』[424]과 『소학지언小學枝言』[425] 두 책이 이루어졌다. 그 책머리에 말했다. "내가 곤궁하게 살면서

421 『대동수경(大東水經)』: 『전서』 Ⅵ-5~Ⅵ-8.

422 이여홍(李汝弘): 이재의(李載毅)의 자(字). 1772~1839(영조 48~헌종 5). 호는 문산(文山), 본관은 전주(全州). 1801년 생원시에 합격 후 학문에 전심, 1814년 여름 다산을 방문, 학문을 토론했다.

423 『전서』 Ⅰ-19, 29a, 「답이여홍(答李汝弘)」 참조.

424 『심경밀험(心經密驗)』: 『전서』 Ⅱ-2, 25a.

425 『소학지언(小學枝言)』: 『전서』 Ⅰ-2, 11a.

일이 없어 육경사서六經四書를 연구한 지 여러해 되었다. 하나라도 얻은 것이 있으면 뽑아서 간직해두었다. 이에 그 독실히 행할 방도를 추구해보니 오직 『소학小學』과 『심경心經』이 모든 경전 가운데서 꽃을 피운 것이었다. 배우는 자가 이 두 책에 마음을 기울이고 힘써 실천하여 『소학』으로써 그 바깥을 다스리고 『심경』으로써 그 안을 다스린다면 거의 현자賢者 되려는 길이 열릴 것이다. 내 일생을 돌아보면 불우하여 노경의 결과가 이와 같지 못한 것 같다. 『소학지언』은 구주舊注를 보충한 것이고 『심경밀험』은 나 자신에게 시험해봐서 스스로 경계한 것이다. 지금부터 죽을 때까지 마음 다스리는 방법에 힘을 쏟아 경전 연구를 『심경』으로 끝맺으려 한다. 아! 실천되겠는가 말겠는가. 모두 2권이다."

「심성총의心性總義」[426]에서 대략 다음과 같이 말했다. "총괄컨대, 마음속에는 세가지 이理가 있다. 그중 성性에 대하여 말하면, 선을 좋아하고 악을 부끄러워하나니 이른바 맹자의 성선性善이다. 권형權衡에 대하여 말하면, 선할 수도 있고 악할 수도 있다는 것이어서 고자告子가 소용돌이치는 물〔湍水〕에 비유한 것이니, 양웅揚雄의 선과 악이 섞여 있다는 설이 여기서 유래되었다. 그 행사行事에 대하여 말하면, 선하게 되기는 어렵고 악하게 되기는 쉽다는 것이어서 순경荀

426 「심성총의(心性總義)」: 『전서』 I-2, 25a.

卿의 이른바 성악설性惡說이 여기서 유래되었다. 순경과 양웅은 본래 성性을 잘못 알았으므로 차이가 난 것이지, 마음속에 본래 이 세가지 이理가 없는 것은 아니다. 하늘이 이미 사람에게 선하게 될 수도 있고 악하게 될 수도 있는 권한을 부여했고, 또 아래로는 선하기는 어렵고 악하기는 쉬운 도구를 부여했으며, 위로는 선을 좋아하고 악을 부끄러워하는 본성을 부여했다. 이런 본성이 없었다면 우리들은 옛날부터 조그마한 선이라도 행할 수 있는 사람이 하나도 없었을 것이다. 그렇기 때문에 '본성을 따르라' '덕성을 높여라' '성인은 본성을 보배로 여기니 감히 떨어뜨려 잃지 말라'고 한 것이다."

1816년(순조 16, 병자丙子) 55세

봄에 『악서고존樂書孤存』[427]이 이루어졌다.

그 책머리에 말했다. "육예六藝의 학은 진秦나라 때 모두 없어졌다. 없어졌다가 다시 일어난 것이 다섯이고 일어나지 못한 것이 한가지이니 『악기樂記』가 그것이다. 다른 경전에 산견되는 것으로는 오직 「우서虞書」 몇군데와 『주례周禮』의 5, 6절뿐이다. 진·한 때에 추연鄒衍의 오행五行의 학문이 울연히 크게 일어나자 양적陽翟의 큰 장사꾼[428]이 엄연히 유

427 『악서고존(樂書孤存)』: 『전서』 Ⅳ-1~Ⅳ-4.

428 양적(陽翟)의 큰 장사꾼: 여불위(呂不韋)를 말함.

종儒宗이 되어, 위로는 포악한 진秦나라의 세력을 끼고 아래로는 쇠망한 주周나라의 습속을 타고 고삐를 당겨 이리저리 달리기를 멋대로 했으니 그 설은 왕도王道와 패도覇道가 섞이고 사邪와 정正이 뒤죽박죽이 된 것이었다. 그러다가 한漢나라에서 민간의 서적을 구하게 되었을 때 슬쩍 성경聖經이 되었으니 「월령月令」의 유가 바로 그런 것이다. 이 일파는 엄연히 악가樂家의 조종祖宗이 되어 이리저리 굴러다니다가 확고히 굳어졌다. 그 천 갈래 만 갈래가 오류에 오류를 답습하여 깨뜨릴 수가 없었다. 오늘날 배우는 자가 고악古樂을 배우고자 해도 「우서」나 『주례』의 적막한 몇마디뿐이어서 아득히 의지할 데가 없지만, 금악今樂을 배우고자 하면 『여람呂覽』[429], 한사漢史, 백가百家의 설들이 상세하게 두루 갖추어져 거기에 의거할 수가 있다. 그러므로 악樂을 이야기하는 사람이 저것을 버리고 이것을 가져다 문호를 세우지 않을 수 없다. 그러나 이들이 몸으로는 추연鄒衍·여불위呂不韋의 자취를 따르고 입으로만 「우서」『주례』의 계통을 잇는다고 하니, 위로는 선성先聖의 정학正學을 속이고 아래로는 미래의 영재들을 속이고 있는 것이다. 그 불선不善함이 심하도다! 여러가지 오류를 잡박하게 엮어 거짓을 꾸며 존속하느니, 차라리 외롭게 하나의 진실을 내세워 정말

---

429 『여람(呂覽)』: 『여씨춘추(呂氏春秋)』의 별칭.

로 없어지는 것을 구제하는 것이 낫다. 비록 그 절목節目이 무너지고 조리가 엉성하지만 대강이 바로잡혔으니 본원本源이 맑아졌다. 이것으로써 제수制數·입균立均·분조分調·성문成文하여 팔음八音으로 하여금 잘 조화되고 서로 자리를 빼앗음이 없게 한다면, 저 고금의 악樂을 갖다 붙이고 진짜와 가짜를 뒤섞어놓은 것과는 같은 수준에서 논할 수 없다. 다만 풍증으로 힘이 빠져 강적들과 힘든 싸움을 할 수가 없다. 그러나 고악古樂이 이미 없어지고 선성先聖의 도가 캄캄해졌으므로 내가 분변하지 않을 수 없다. 이에 경문經文 몇 조를 취하여 첫머리에 두고 다음으로 추연·여불위의 학설에 대하여 대략 정리를 했다. 이청李晴에게 받아적게 하고 김종金琮[430]에게 주어 탈고하게 했다. 이름하여 『악서고존』이라 했는데 12권이다."

여름 5월, 가서家書에 답했다.[431]

그 답서는 다음과 같다. "보낸 편지는 자세히 보았다. 천하엔 두개의 기준이 있으니, 하나는 시비是非의 기준이고 하나는 이해利害의 기준이다. 이 두가지 기준에서 네가지 큰 등급이 나온다. 옳은 것을 지키면서 이익을 얻는 것이 가장 높은 등급이고, 그다음은 옳은 것을 지키면서 해를 입는 경우이고, 그다음은 옳지 않은 것을 추종하여 이익을 얻는 경

430 김종(金琮): 다산의 제자.

431 『전서』 I-21, 6b, 「답연아(答淵兒)」 참조.

우이고, 가장 낮은 등급은 옳지 않은 것을 추종하여 해를 입는 경우이다. 이제 나에게, 필천筆泉(공의 사촌 처남인 판서判書 홍의호洪義浩—원주)에게 편지를 보내 항복할 것을 빌고, 또 강(강준흠姜浚欽이다—원주)·이(이기경李基慶이다—원주)에게 꼬리를 치며 동정을 애걸해보라고 했는데, 이는 세번째 등급을 택하려는 것이나 필경 네번째 등급으로 떨어질 것이니 내가 어찌 이런 짓을 하겠는가? 대저 조장한趙章漢의 일[432]은 나에게는 불행한 일이다. 하루 만에 내 것은 멈춰두게 하고 저들 것을 올렸다.(장령掌令 조장한이 갑술년 봄에 사헌부에 나아가, 이기경이 공公을 논하는 계啓를 멈추게 했다. 같은 날 계啓를 올려 이기경이 몰래 권유權裕[433]를 비호한 죄를 논했다—원주) 그들의 분노를 촉발시켰으니 어떻게 그냥 넘어갈 수 있겠느냐? 그러나 이미 이렇게 되었으니 모든 걸 순순히 받아들일 따름이다. 동정을 애걸한들 무슨 도움이 되겠는가? 강준흠이 작년에 올린 상소는 그에게는 이미 쏘아버린 화살, 아마 죽는 날까지 내 욕이 입에 끊이지 않을 것이다. 지금 내가 동정을 애걸해봤자 그 사람이 나를 성토하는 일을 늦추고 잘못을 뉘우치겠는가? 강씨姜氏가 이러하니 이기경도 한통속인데 강씨를 배반

432 조장한(趙章漢)의 일: 208면 참조.

433 권유(權裕): 1729~1804(영조 5~순조 4). 자는 성수(聖垂), 호는 국포(菊圃). 1790년 윤지눌(尹持訥)이 급제한 후 한달 만에 사관(史官)으로 추천된 데 반대하다가 창원(昌原)에 유배되기도 했다.

하고 나에게 너그럽게 대할 리가 없다. 동정을 빌어서 무슨 도움이 있겠는가? 강씨와 이씨가 뜻을 이루어 그럴 만한 위치에 있게 되면 반드시 나를 죽이고야 말 것이다. 나를 죽인다 해도 '순수順受'라는 두 글자밖엔 딴 방도가 없는데 하물며 나를 석방하라는 관문關文을 저지한 조그마한 일 때문에 내가 절개를 굽혀서야 되겠는가? 비록 내가 수절守節하는 사람은 아니더라도 세번째 등급이 될 수 없음을 알기 때문에 네번째 등급이 되는 것을 면하려는 것뿐이다. 내가 한번 동정을 애걸한다면 세 사람이 모여 몰래 비웃기를 '저 사내는 진짜 간사한 사람이구나. 애절한 목소리로 우리를 속이고 다시 올라와서는 마음대로 겁나는 일을 저지르고 말 것이다'라 할 것이다. 이에 밖으로는 빈말로 나를 풀어줄 뜻을 보이지만, 어두운 곳에 막대기를 박아놓거나 위급할 때 돌을 던지는 것이 독수리 같을 것이니 내가 네번째 등급으로 전락하지 않겠느냐? 필천筆泉과 나는 본래 조금도 원한이 없었는데, 갑인년(1794) 이래 까닭 없이 나에게 허물을 뒤집어씌우더니 을묘년(1795) 봄 그가 잘못 시기하고 있음을 알고 털어놓고 이야기했으므로 지난날의 입씨름 같은 것은 물 흐르듯, 구름 걷히듯 죄다 씻어버렸다. 신유년(1801) 이후 한 글자의 편지라도 서로 통해야 한다면 그가 먼저 해야겠나 내가 먼저 해야겠나? 그 사람은 나에게 문안편지 한장 보내지 않고 도리어 내가 편지하지 않는다고 허물을 돌리니, 이는 기세당당한 위세로 나를 지렁이처럼 여기기 때문이다. 너는 누가 먼저 머리를 숙이고 와야 하는가를 한마디도 밝히지 않고 있으니, 너 또한 부귀영화에 현혹되어 그런 것이냐? 그가 나를 폐족廢族이라 여겨 먼저 편지를 보내지 않기에 내가 머리를 쳐들고 대항하는 것인데, 내가 먼저 동정을 애걸하는 편지를 쓰다니, 천하에 이런 일이 있을 수 있겠느냐? 내가 돌아가느냐 못 돌아가느냐 하는 일은 진실로 큰일이다. 그러나 죽고 사는 일에 비하면 작은 일이다. 사람이란 때때로 고기를 버리고 곰을 취할 때도 있듯이 삶을 버리고 죽음을 취할 때가 있다. 하물며 돌아가느냐 못 돌아가느냐 하는 조그마한 일로 하여 남에게 꼬리를 치며 동정을 애걸한다면, 만일 나라에 외침이 있을 경우 임금을 배반하고 짐승 같은 적군에게 투항하지 않을 자가 몇이나 되겠는가? 내가 살아서 고향에 돌아가는 것도 운명이고 돌아가지 못하는 것도 운명이다. 비록 그러하지만 사람이 해야 할 일을 다하지 않고 천명만 기다리는 것은 진실로 도리가 아니다. 너는 사람이 해야 할 일을 이미 다했다. 그런데도 내가 돌아갈 수 없다면 이 또한 운명일 뿐이다. 강씨가 어찌 나를 돌아가지 못하게 할 수 있겠는가? 마음을 크게 먹고 걱정하지 말고 시일을 기다려보는 것이 도리에 십분 가까우니 다시는 여러 말 하지 말아라."

여름 6월에 손암巽菴 선생의 부음訃音을 들었다.

박재굉朴載宏을 보내어 나주羅州로 영구를 돌아오게 했다.

이굉보李紘父에게 주는 편지에 말했다. "돌아가신 형님은 덕행과 기국器局이 넓고 학문과 식견이 깊고 밝아 내가 감히 견줄 수 없지만, 부지런하고 민첩한 것은 나보다 못했다. 그래서 저술한 것은 많지 않다. 그러나 지금 세상에 이 같은 분은 다시는 없을 것이니, 나의 사사로운 말이 아니다. 신문 받은 죄인으로서 압송하던 장교들을 울며 작별케 한 사람은 돌아가신 형님 한분뿐이었고, 유배된 죄인으로서 온 섬 사람들이 길을 막고 머물기를 원한 사람도 오직 돌아가신 형님 한분뿐이었다. 돌아가신 정조대왕正祖大王의 간곡한 교서敎書 열줄에는 매양 그 동생보다 낫다고 하셨으니, 아! 형님을 알기로는 임금님만 한 분이 없었다. 온 섬의 사람들이 모두 마음을 다하여 장례를 치러주었으니, 이 마음 아프고 답답한 바를 어떻게 말할 수 있겠는가."

집으로 보낸 편지에 말했다.[434] "6월 초6일은 내 어진 중씨仲氏가 세상을 떠난 날이다. 아! 어질고도 궁하기가 이 같은 분이 있었겠는가? 돌아가심이 원통하여 울부짖으니 나무와 돌도 눈물을 흘리는데 다시 또 무슨 말을 하리요. 외로운 천지간에 다만 손암 선생만이 나의 지기知己였는데 이제 돌아가셨으니 내 비록 터득한 것이 있다 한들 어느 곳에서 입

434 『전서』 I-21, 8a, 「기이아(寄二兒)」 참조.

을 열어 말하겠는가. 사람에게 지기가 없으면 죽는 것만도 못하다. 아내도 지기가 아니고 자식도 지기가 아니고 형제·친척도 지기가 아니다. 지기인 형님이 돌아가셨으니 또한 슬프지 아니하겠느냐? 경집經集 240책을 새로 장정해서 책상 위에 놓아두었는데 내가 장차 이것을 불태워버렸으면 한다. 율정栗亭에서의 이별이 천고에 애통하여 견디지 못할 일이 되어버렸구나! 이렇게 큰 덕행과 기국器局, 깊고도 정밀한 학문과 식견을 너희들은 알지 못하고 오직 그 오활한 면만 보고서 고박古朴하다고 여겨 조금도 흠모하는 뜻이 없었다. 자질들이 이러한데 다른 사람들에게 무슨 말을 할 수 있겠는가? 이 점이 지극히 애통할 뿐이지 다른 것은 슬퍼할 바가 없다. 요사이 수령守令으로서 서울로 전임되었다가 다시 내려가면 그 고을 사람들이 길을 막고 못 오게 한다. 귀양살이하는 사람이 다른 섬으로 옮기려 할 때 본래 있던 섬의 백성들이 길을 막고 만류했다는 얘기는 들어보지 못했다. 집안에 큰 학덕을 갖춘 분이 계시는데도 그 자질들마저 알아주지 못했으니 원통한 일이 아닌가? 돌아가신 정조대왕께서 신하를 알아보는 현명함이 있어 매양 '형이 동생보다 낫다'고 하셨으니, 아! 훌륭한 임금께서는 형님을 알아주셨도다."

손암 선생의 묘지명을 지었다.[435] (본집本集에 실려 있다—원주)

---

435 『전서』 I-15, 38b, 「선중씨묘지명(先仲氏墓誌銘)」 참조.

겨울에 이굉보李紘父의 편지에 답했다.(본집本集에 실려 있다—원주)

1817년(순조 17, 정축丁丑) 56세

가을에 『상의절요喪儀節要』[436]가 이루어졌다.

무릇 6편으로 상3편上三篇은 시졸始卒로부터 빈殯까지인데 공의 장자長子가 받아적은 것이다. 하1편下一篇은 계빈啓殯으로부터 상祥·담禫까지인데 이굉보李紘父의 물음에 답한 것이다. 이것들을 모아 책을 만들어 한집안에서 사용할 수 있도록 준비한 것이다. 또 「예서차기禮書箚記」 1편과 「오복연혁표五服沿革表」 1편을 이 책 끝에 붙여 합하여 『상의절요』라 이름하였다.

『방례초본邦禮草本』[437]의 저술을 시작했는데 끝내지는 못했다.

살피건대, 이 책은 또한 『경세유표經世遺表』라고도 한다. 경세란 무엇인가? 관제官制·군현지제郡縣之制·전제田制·부역賦役·공시貢市·창저倉儲·군제軍制·과제科制·해세海稅·상세商稅·마정馬政·선법船法·영국지제營國之制 등이 지금 쓰이느냐 쓰이지 않느냐에 구애받지 않고 경기經紀를 세워 진술함으로써 낡은 우리나라를 새롭게 하려고 생각한 것이다.

---

436 『상의절요(喪儀節要)』: 『전서』 Ⅲ-21~Ⅲ-22.

437 『방례초본(邦禮草本)』: 『전서』 Ⅴ-1~Ⅴ-15.

무릇 49권인데 대강은 이미 짜였지만 소조목小條目은 혹 빠진 것이 있다. 또 아방공부지제我邦貢賦之制 같은 조목은 착수도 하지 않았는데, 고향으로 돌아가라는 은명恩命이 있었기 때문에 겨를이 없었던 것이다. 육관六官은 모두 6권이고 그다음은 「천관수제天官修制」가 5권인데, 동반관계東班官階·서반관계西班官階·종친훈척宗親勳戚·외명부外命婦·외관지품外官之品·직품표職品表·삼반관제三班官制·군현분예郡縣分隷·고적지법考績之法·경관고공표京官考功表·경관고예표京官考藝表·외관고공표外官考功表·우후변장등고공표虞侯邊將等考功表·군현분등郡縣分等으로 되어 있다. 다음 「지관수제地官修制」 35권인데, 전제田制·정전론井田論·정전제도井田諸圖·관전별고官田別考·방전의邦田議·팔도전결시기표八道田結時起表·기사추대개장己巳秋大槩狀·아방정전의我邦井田議·어린도魚鱗圖 등으로 되어 있고, 전제별고田制別考에는 결부고변結負考辨·양전고量田考·방전시말方田始末·어린도설魚鱗圖說·전제보유田制補遺의 항목이 들어 있으며, 또한 교민법敎民法·갑을부참계룡산론甲乙符讖鷄龍山論(역시 교민敎民에 속한다—원주)·구부론九賦論·직공법職貢法·부공제賦貢制·역정지례力征之例·이사지례弛舍之例·방부고邦賦考·호적법戶籍法·창름지저倉廩之儲·균역추의均役追議 등으로 되어 있다. 다음은 「춘관수제春官修制」 2권으로, 과거지규科擧之規·치선지액治選之額 등으로 되어 있다. 다음은 「하관수제夏官修制」 1권으로 무과武科의 내용이며, 다음은 「추관수제秋官修制」, 그다음은 「동관수제冬官修制」로, 아방영국도설我邦營國圖說·선의船議 등으로 되어 있는 것인데, 다 완성하지 못했다.

1818년(순조 18, 무인戊寅) 57세

봄에 『목민심서牧民心書』[438]가 이루어졌다.

목민이란 무엇인가? 지금의 법으로써 우리 백성을 다스리는 것이다. 율기律己·봉공奉公·애민愛民을 삼기三紀로 하고, 이吏·호戶·예禮·병兵·형刑·공工을 육전六典으로 하여 진황賑荒으로 끝을 맺었다. 각각 6조씩 편성하였는데, 고금의 사례를 찾아 배열하고 간악하고 거짓된 것을 들추어내어 지방관에게 보여줌으로써 한 사람의 백성이라도 그 혜택을 입게 하는 것이 공의 심정이었다. 무릇 48권이다. 첫째는 「부임6조赴任六條」인데, 제배除拜·치장治裝·사조辭朝·계행啓行·상관上官·이사莅事로 되어 있다. 다음은 「율기6조律己六條」인데, 칙궁飭躬·청심淸心·제가齊家·병객屛客·절용節用·낙시樂施로 되어 있다. 다음은 「봉공6조奉公六條」인데, 선화宣化·수법守法·예제禮際·문보文報·공납貢納·왕역往役으로 되어 있다. 다음은 「애민6조愛民六條」인데, 양로養老·자유慈幼·진궁賑窮·애상哀喪·관질寬疾·구재救災로 되어 있다. 다음은

438 『목민심서(牧民心書)』: 『전서』 V-16~V-29.

「이전6조吏典六條」인데, 속리束吏·어중馭衆·용인用人·거현擧賢·찰물察物·고공考功으로 되어 있다. 다음은 「호전6조戶典六條」인데, 전정田政·세법稅法·곡부穀簿·호적戶籍·평부平賦·권농勸農으로 되어 있다. 다음은 「예전6조禮典六條」인데, 제사祭祀·빈객賓客·교민敎民·홍학興學·변등辨等·과예課藝로 되어 있다. 다음은 「병전6조兵典六條」인데, 첨정簽丁·연졸練卒·수병修兵·권무勸武·응변應變·어구禦寇로 되어 있다. 다음은 「형전6조刑典六條」인데, 청송聽訟·단옥斷獄·신형愼刑·휼수恤囚·금포禁暴·제해除害로 되어 있다. 다음은 「공전6조工典六條」인데, 산림山林·천택川澤·선해繕廨·수성修城·도로道路·장작匠作으로 되어 있다. 다음은 「진황6조賑荒六條」인데, 비자備資·권분勸分·규모規模·설시設施·보력補力·준사竣事로 되어 있다. 다음은 「해관6조解官六條」인데, 체대遞代·귀장歸裝·원류願留·걸유乞宥·은졸隱卒·유애遺愛로 되어 있어 모두 72조이다.

여름에 『국조전례고國朝典禮考』[439]가 이루어졌다.(무릇 2권이다—원주)

가을 8월에 이태순李泰淳[440]의 상소로 관문關文을 발하여

---

439 『국조전례고(國朝典禮考)』: 『전서』 Ⅲ-20. 『상례외편(喪禮外篇)』에 편입되어 있다.

440 이태순(李泰淳): 1759~1840(영조 35~헌종 6). 자는 내경(來卿). 1801년(순조 1년) 전시(殿試)에 병과로 급제했다.

다산을 떠나 14일에 비로소 열수洌水의 본집에 돌아왔다.

효부 심씨沈氏의 묘지명[441]을 지었다.

그 글은 대략 다음과 같다. "효부 심씨는 내 친구 심오沈澳의 딸이요 내 작은아들 학유의 아내이다. 나이 열네살에 우리 집으로 시집왔으니 곧 가경嘉慶 경신년(1800) 봄이었다. 이해 여름 정조대왕이 승하하셨고 그다음 해 신유년 봄에 내가 영남으로 귀양 갔다가 겨울엔 강진으로 이배되었다. 그로부터 16년이 지난 병자년(1816) 8월 초10일에 효부가 죽었다. 죽은 지 3년 만인 무인년(1818) 가을에 향리로 돌아오니 그 무덤엔 이미 풀이 무성했다. 시어머니 홍씨가 눈물을 흘리면서 말하기를 '이 며느리는 유순하고 조심성이 있어 시어미 섬기기를 친어머니같이 하고, 시어미 사랑하기를 친어머니같이 하며, 한 이불에서 잠자고 남은 밥을 먹으며 18년 동안 서로 의지하며 살았습니다. 시어미가 병이 많아 겨울밤에 이질로 설사하기를 십여차 했는데 효부는 매번 일어나서 따라가 대변보는 일을 도와주고 신음소리를 걱정해주었습니다. 눈바람 치는 추위에도 게으른 일이 없었습니다'라 했다. 시어머니의 마음이 좁아서 마음에 드는 일이 드문데도 시어머니의 말이 이러하니 마땅히 효부라 할 만하다. 오랜 병으로 배태를 하지 못하여 소생이 없다.

441 『전서』 I-16, 37b.

명銘은 이러하다.

시아버지 섬기기 일년뿐이라
나는 그 어짊을 알지 못하나
시어머니 섬기기 17년이라
시어머닌 너를 두고 예쁘다 하네."

1819년(순조 19, 기묘己卯) 58세

여름에 『흠흠신서欽欽新書』[442]가 이루어졌다.

이 책의 이름은 『명청록明淸錄』이었는데 후에 「우서虞書」의 "흠재흠재欽哉欽哉" 즉 형벌을 신중히 하라는 뜻을 써서 이 이름으로 고쳤다.

겨울에 『아언각비雅言覺非』[443]가 이루어졌다. 그 서序에 말했다. "학學이란 무엇인가? 학이란 깨닫는 것(覺)이다. 깨닫는다는 것은 무엇인가? 깨닫는다는 것은 잘못을 깨닫는 것이다. 잘못을 깨닫는 것은 어떻게 하는가? 바른 말(雅言)에서 깨달아야 한다. 쥐를 옥 덩어리라고 말했다가 조금 후에 이를 깨달아 '이것은 쥐일 따름이다. 내가 잘못했다'라 하고, 사슴을 말이라고 했다가 조금 후에 이를 깨달아 '이것은 사슴일 따름이다. 내가 잘못했다'라 하며, 이미 잘못을

442 『흠흠신서(欽欽新書)』: 『전서』 V-30~V-39.
443 『아언각비(雅言覺非)』: 『전서』 I-24.

깨닫고 부끄러워하고 뉘우치고 고치는 것, 이를 학學이라 이르는 것이다. 자신을 수양하는 것을 배우는 사람은 '악한 일은 작아도 하지 말아야 한다'라 하고, 문장 다듬기를 배우는 사람도 '악한 일은 작아도 하지 말아야 한다'라 하는데, 이는 학문이 이미 먼 데까지 진전된 사람이다. 학문이란 다 전해 듣는 것일 따름이다. 잘못되고 어긋난 것이 많기 때문에 이런 말이 있게 되었다. 그러나 하나를 들어 보이면 셋의 반응을 나타내고, 하나를 들으면 열을 아는 것이 배우는 사람의 책무이다. 모두 조사해서 말하는 것은 끝이 없으므로 대강을 말하는 것이요, 그 그릇된 것을 그르다고 하여 이에서 그친다." 모두 3권이다.

1820년(순조 20, 경진庚辰) 59세

겨울에 옹산翁山 윤정언尹正言[444]의 묘지명을 지었다. 그 대략은 다음과 같다. "공의 이름은 서유書有, 자字는 개보皆甫다. 건륭乾隆 경술년(1790)간에 공이 북으로 와 서울에서 노닐 때 우리 형제들과 교분을 맺었다. 내가 강진으로 귀양 간 이듬해인 임술년(1802)에 공이 아버지의 명을 받아 그의 사촌동생 시유詩有를 보내어 몰래 읍으로 들어와 만나보도록 했는데 술과 고기를 주면서 위로하기를 '큰아버지께서

444 『전서』 I-16, 30b, 「사간원정언옹산윤공묘지명(司諫院正言翁山尹公墓誌銘)」.

옛일을 생각하시어, 친구의 아들이 곤궁하게 되어 우리 고을에 의탁하고 있는데 비록 숙식을 시켜줄 수는 없을망정 단속이 두려워 위문과 음식 대접을 안 할 수 있겠느냐고 했습니다'라 했다. 이로부터 밤이면 찾아와서 정의情誼를 계속해갔다. 다산으로 옮기게 되자 공의 집과는 가까웠다. 공은 그 아들 창모昌謨를 나에게 보내어 경사經史를 배우게 했으며, 드디어 혼인할 것을 의논했고 공의 집을 옮길 것을 의논했다. 가경嘉慶 임신년(1812)에 창모가 우리 집에 장가들었고 그 이듬해에 공의 온 가족이 북으로 이사했다. 이것이 두 집안이 서로 사귀게 된 본말이다. 목리牧里의 서쪽 옹중산翁仲山에 조그마한 별장을 가지고 있기 때문에 호를 옹산翁山이라 했다.(옹중산은 탐진耽津의 남쪽, 석문石門 아래에 있다—원주) 그 동쪽에 용혈龍穴이 있는데 제법 경치가 아름다운 곳이다. 또 그 서쪽에 농산農山 별장이 있는데, 덕룡산德龍山의 여러 봉우리가 나열해 있었고, 집과 마주보는 곳에 조석루朝夕樓가 있어 푸른 산기운을 움켜쥘 수 있었다.[445] 옛날 내가 공과 함께 노닐 때 봄·가을 좋은 날마다 민어를 회 치고 낙지를 삶아 술 마시고 시 읊으며 유쾌히 포식하였다. 공이 이사온 지 6년 만인 무인년(1818)에 내가 비로소 북으로 돌아와 초라담鈔鑼潭에 배를 띄우고 물길을 따라 오르내리며 발을

445 『전서』 I-13, 26b, 「조석루기(朝夕樓記)」 참조.

씻기도 하고 석양녘에 소요하면서 함께 더불어 아픔을 걱정하고 함께 더불어 즐거움을 나누며 사돈 간의 정의情誼를 누렸다."

1821년(순조 21, 신사辛巳) 60세

봄에 『사대고례산보事大考例刪補』가 이루어졌다. 그 제서題序에 말했다. "옛날 가경嘉慶 4년 기미년(1799) 봄에 정종대왕께서, 청나라 사신이 늦게 오게 되었으므로 지패紙牌·목패木牌의 예를 상고하도록 명했다. 이보다 앞서 사역원정司譯院正 김윤서金倫瑞[446]·현계환玄啓桓[447] 등이 『동문휘고同文彙攷』를 편찬했는데 번잡할 뿐 요점이 적어 참고하기가 어려웠다. 이에 『동문휘고』 및 『통문관지通文館志』 『대전회통大典會通』을 가져다가 깎고 보충하여 별도로 책 한권을 만들어 참고하기에 편하도록 하라고 명령한 것이다. 이듬해 여름에 임금님이 갑자기 승하하여 일이 실행되지 않았다. 도광道光 원년(1821) 봄에 사역원정 이시승李時升[448]이, 이미 유명遺命이 있었으니 감히 명을 받들지 않을 수 없다고 생각하여 나에게 말하기를 '『통문관지』는 연차순으로 편찬되었기 때문에 길흉吉凶·상변常變이 뒤섞여 참고하기 어렵고,

446 김윤서(金倫瑞): 정조 때의 사역원(司譯院) 관리.

447 현계환(玄啓桓): 정조 때의 사역원 관리.

448 이시승(李時升): 순조 때의 사역원 관리.

『동문휘고』는 상세하게 만드는 데에 힘썼기 때문에 복잡·산만하고 범위가 넓어 참고하기 어렵습니다. 하나는 간단하고 하나는 번잡하여 그 평균을 기하지 못했습니다'라 했다. 이제 두 책을 가져다가 일의 종류대로 모아서 중복된 것은 삭제했다. 무릇 나라 안의 문헌 및 중국의 서적을 널리 찾아 사대事大에 관계 있는 것은 모두 모으고 분류하여 편차를 만들었는데 26편이었다. 이름하여 『사대고례』라 하였다. 이 일을 함에 있어서 주로 이청李晴이 편찬을 맡아 했는데, 삭제하거나 보충할 것은 모두 나에게 재가를 받았다. 범례·제서題敍 및 비표比表·안설按說 등은 내가 쓴 것이다. 이제 그 초고에 적어서 후일 이 사실이 인멸되지 않도록 하노라."

가을 9월에 백씨 진사공進士公의 상을 당했다.

진사공의 묘지명을 지었다.[449] (본집本集에 실려 있다—원주)

겨울에 남고南皐 윤참의 지범尹參議持範 묘지명[450]을 지었다. 그 대략은 다음과 같다. "옛날 돌아가신 임금 시대 갑인년(1794) 가을 9월 중순에 남고 윤공尹公이 친구 5, 6명을 이끌고 백운대白雲臺 꼭대기에 올라 호기롭게 휘파람 불며 시 읊고 노래하기를 곁에 아무도 없는 듯이 했는데 사실은 나도 함께 있었다. 돌아와서, 촛불에 국화그림자 구경하는 잔치[451]

449 『전서』 I-16, 33b, 「선백씨진사공묘지명(先伯氏進士公墓誌銘)」.
450 『전서』 I-16, 21b, 「남고윤참의묘지명(南皐尹參議墓誌銘)」.
451 『전서』 I-13, 4a, 「국영시서(菊影詩序)」 참조.

를 죽란서옥竹欄書屋[452]에서 벌였는데, 모인 사람은 8, 9명이었고 남고가 모임을 주재했다. 술기운이 오르자 각자 시를 수십수 지었는데, 오직 성조聲調가 격렬했을 뿐 그 이외의 것은 추구하지 않았다. 돌아가신 중씨 손암 선생 및 한혜보韓徯父(치응致應)[453]·채이숙蔡邇叔(홍원弘遠)·윤무구尹无咎(지눌持訥) 등 여러 사람이 공을 추대하여 사백詞伯으로 삼았다. 매양 한편을 지을 때마다 공은 기다란 소리로 읊조렸는데 가락이 맑고 깨끗하여 적막한 사방에서 오직 공의 목소리만 들렸다. 이때는 번옹樊翁이 정승으로 있었고 대릉大陵과 소릉少陵[454]이 재신宰臣으로 보필하며 쭉 늘어서 있을 때였으며 나이 젊은 사람들은 또 뒤따르며 모임을 가지고 있어 너그럽고 온전하여 칭찬받기에 충분하였으니 참으로 번성하던 한때의 찬란함이었다. 그뒤 6년이 지난 기미년(1799) 봄에 번옹이 별세했고 그 이듬해 선대왕先大王이 승하하셨고 또 그다음 해 봄에 화란이 일어나 나는 장기長鬐로 귀양 갔다.

---

452 죽란서옥(竹欄書屋): 명례방(明禮坊)에 있었던 다산의 집. 『전서』 I-13, 3a의 「죽란시사첩서(竹欄詩社帖序)」 참조.

453 한혜보(韓徯父): 한치응(韓致應)의 자(字). 1760~1824(영조 36~순조 24). 호는 병산(甹山), 본관은 청주(淸州). 형조판서, 함경도 관찰사 등의 벼슬을 역임했으며 시문에 뛰어났다.

454 대릉(大陵)·소릉(少陵): 대릉은 윤필병(尹弼秉)·채홍리(蔡弘履)와 이정운(李鼎運)·이익운(李益運) 형제이며, 소릉은 이가환(李家煥)이다. 이들이 정릉(貞陵)에 살았기 때문에 붙여진 이름이다.

무릇 나와 교분이 있는 사람들로 뜻밖의 횡액에 걸리지 않은 사람이 없을 정도로 풀을 베듯, 새를 잡듯 잡아 가두어 조사하고 처단하자고 의논해버리자 아무리 미물이라도 생명 있는 것은 모두 법망에 걸려들까봐 두려워 떨었다. 이러한 때에 공은 장기에 귀양 살고 있는 나에게 시를 보내왔는데,

산에 올라 긴 노래 읊조려보지만
동해는 아득히 만리나 깊네
하만자何滿子에 맑은 눈물 흘리지 말게
바라는 소식 광릉금廣陵琴에 남아 있다네.
벗들은 있지만 편지 한장 아니 오고
다만 고향 산천 꿈속에 찾네
천고의 백운대야 무너지지 않으리니
우리들 옛 흔적 길이 남아 있으리라.

라고 했다. 내가 이 시를 받아보고 놀라 혀를 내둘렀다. 공과 같이 가난하고 약한 사람이 이처럼 침착하고 의젓할 줄은 생각지 못했다. 10여년이 지난 뒤에 공이 원주原州로부터 배를 타고 두릉斗陵을 지나다가 나의 처자를 위로해주었고, 서루書樓에까지 들어와 내가 다산에서 지은 시들을 또 기다란 소리로 낭독했는데 그 소리가 비분·격절하여 듣는 자가 눈물을 흘렸다. 내가 은혜를 입어 향리로 돌아온 수년 후

에 또 공이 원주로부터 나에게 들러 사흘을 자며 20년 동안 맺혔던 울분을 다소나마 풀었다. 신사년(1821) 가을에 공이 죽었는데, 공의 아들 종걸鍾杰이 공의 시문 유고를 나에게 맡기면서 말하기를 '저의 선친을 알아주실 분은 어르신네이고, 선친의 마음을 알아주실 분도 어른신네이며, 선친의 시문을 알아주실 분도 어르신네이니, 골라 뽑아 편집하고 서序를 써서 책머리에 붙이는 일은 어르신네가 하실 일입니다'라 했다. 나는 말하기를 '나는 저승의 사람이라 감히 문자文字로써 공에게 누를 끼칠 수가 없네. 오직 묘지명만은 깊이 묻어버리지만 오래갈 수 있으니 그것만은 내가 쓰겠네'라 했다. 가장家狀을 살펴보니 공의 이름은 지범持範이요 (…)"

1822년(순조 22, 임오壬午) 61세

이해는 공의 회갑년이다. 육경六經·사자四子의 학學도 두루 연구하여 마쳤고 경제·실용에 대한 책도 마쳤으니 천하의 능사能事가 끝난 것이다. 천인성명天人性命의 근원에 통달하고 생사生死·추탈推脫의 근본을 체험하여 다시는 마음에 걸리는 것이 없었다.

「자찬묘지명」[455]을 지었는데 그 대략은 다음과 같다. "경

455 다산의 「자찬묘지명(自撰墓誌銘)」은 광중본(壙中本)·집중본(集中本)의 두가지가 있는데 여기에 발췌한 것은 집중본이다. 『全書』 I-16, 2b

오년(1810) 가을에 아들 학연이 징을 울려 억울함을 하소연하자 형조판서 김계락金啓洛[456]이 임금의 재가를 청하여 고향으로 방축하라는 명령이 내렸다. 갑술년(1814) 여름에 대계臺啓가 정지되었다. 무인년(1818) 여름에 응교應敎 이태순李泰淳이 상소하여 말하기를 '대계가 정지되었는데도 의금부에서 관문關文을 발송하지 않는 것은 국조國朝 이래 아직까지 없었던 일입니다. 여기서 파생될 폐단이 장차 끝이 없을 것입니다'라 하니, 정승 남공철南公轍이 의금부의 여러 신하들을 꾸짖었다. 이에 판의금判義禁 김희순金羲淳[457]이 관문을 보내어 내가 고향으로 돌아왔으니 가경嘉慶 무인년(1818) 9월 보름날이었다. 기묘년(1819) 봄에 배를 타고 남한강〔습수濕水〕을 거슬러올라가 충주의 선산에서 성묘했다. 가을에 용문산龍門山을 유람했고, 경진년(1820) 봄에는 배를 타고 산수汕水를 거슬러올라가 춘천 청평산淸平山을 유람했다. 가을엔 다시 용문산 을 유람하는 등 산과 시냇가를 소요하면서 일생을 마칠까 했다. 내가 바닷가로 귀양 가자 '어린 시절에 학문에 뜻을 두었지만 20년 동안 속세에 빠져 다시는 선왕先王의 대도大道를 알지 못했는데 이제야 틈을 얻었

참조.

456 김계락(金啓洛): 1753~1815(영조 29~순조 15). 자는 경순(景淳), 시호는 문정(文靖). 예조판서, 대사헌 등의 벼슬을 역임했다.

457 김희순(金羲淳): 1757~1821(영조 33~순조 21). 자는 태초(太初), 호는 산목(山木), 시호는 문간(文簡). 형조판서 등의 벼슬을 역임했다.

구나'라 생각했다. 이에 흔연히 스스로 기뻐하여 육경·사서를 가져다가 골똘히 연구하였다. 무릇 한漢·위魏 이래 명明·청淸에 이르기까지 유학자들의 학설 중에서 경전에 도움이 될 만한 것을 널리 수집하고 고증하여 잘못된 것을 바로잡고 취사선택하여 나 나름의 학설을 갖추어놓았다. 선대왕先大王의 비평을 받았던 『모시강의毛詩講義』 12권을 필두로 하여 따로 『강의보講義補』 3권을 저술했으며, 『매씨상서평梅氏尙書平』 9권(도광道光 갑오년에 개수改修하여 1권을 더했다—원주), 『상서고훈尙書古訓』 6권, 『상서지원록尙書知遠錄』 7권(도광道光 갑오년에 『고훈』과 『지원록』을 합하여 또 8권을 더하니 21권이 되었다—원주), 『상례사전喪禮四箋』 50권, 『상례외편喪禮外編』 12권, 『사례가식四禮家式』 9권, 『악서고존樂書孤存』 12권, 『주역심전周易心箋』 24권, 『역학서언易學緖言』 12권, 『춘추고징春秋考徵』 12권, 『논어고금주論語古今注』 40권, 『맹자요의孟子要義』 9권, 『중용자잠中庸自箴』 3권, 『중용강의보中庸講義補』 6권, 『대학공의大學公議』 3권, 『희정당대학강록熙政堂大學講錄』 1권, 『소학보전小學補箋』 1권, 『심경밀험心經密驗』 1권을 저술했으니 경집이 모두 232권이다.

선왕先王의 도道에 대한 연구는 다음과 같다. 마음의 허령虛靈함은 하늘에서 받은 것이지만 본연本然이니, 무시無始니, 순선純善이라고 해서는 안 된다. 마음의 기능을 생각함에 있어서 '도리어 미발未發 이전의 기상을 살핀다'라고 해서는 치심治心하는 방법이 되지 못한다. 선할 수도 있고 악할 수도 있는 것은 재才이며, 선하기는 어렵고 악하기는 쉬운 것은 세勢이며, 선을 즐겨하고 악을 부끄러워하는 것은 성性이니, 이 성을 따라 어김이 없으면 도道에 나아갈 수 있다. 때문에 성은 선하다는 것이다. 두 사람이 인仁이 된다. 아버지를 효孝로 섬기면 인이고, 형을 공손히 섬기면 인이고, 임금을 충성으로 섬기면 인이고, 벗을 신信으로 사귀면 인이고, 백성을 자애롭게 다스리면 인이다. '동방의 물物을 낳는 이치'니 '천지의 지극히 공평한 마음'이라고 해서는 인仁의 뜻을 풀이할 수 없다. 강서强恕로 행함이 인을 구하는 가장 가까운 길이다. 그러므로 증자曾子가 도를 배움에 공자는 '일관一貫'으로 말해주었고, 자공子貢이 도를 물었을 때에도 '일언一言'으로 일러주었다. 그래서 '경례經禮 3백, 곡례曲禮 3천을 꿰뚫는 것은 서恕다' '인仁을 행함은 자기에게서 비롯된다' '자기를 극복하여 예禮로 돌아간다'는 말들이 공문孔門의 올바른 취지이다. 성誠이라는 것은 서恕에 성실한 것이고, 경敬이라는 것은 예禮로 돌아감이다. 이것으로써 인仁을 하는 것이 성誠과 경敬이다. 그러나 두려워하고 경계하며 삼가하여 밝게 상제上帝를 섬긴다면 인仁이 될 수 있지만, 헛되이 태극을 높이고 이理를 천天으로 여긴다면 인仁이 될 수 없고, 천天을 섬기는 데 돌아가고 말뿐이다. 처음 내가 역易을 음미하고 예禮를 연구하여, 다른 여러 경서에 손을 대면서 매양 한번 깨달아 풀릴 때마다 마치 신명神明이 가만히 깨우쳐주는 것 같아서 누구에게 이야기할 수 없는 점이 많았다. 나의 형님이 흑산도 바다 가운데 계시면서 한편의 책이 완성될 때마다 보시고는 말하기를 '네가 이와 같은 경지에 이르른 것은 너 스스로도 알지 못할 거다. 아! 도道가 잃어진 지 천년에, 백가지로 가리어지고 덮여 있었는데 그것을 헤쳐내고 분변하여 그 가린 것을 확 열어젖혔으니 어찌 너의 힘만으로 할 수 있는 일이겠는가?'라 했다. 『시경』에 '하늘이 백성을 깨우치는 것이 운塤을 부는 듯, 지篪를 부는 듯하다'라 했거니와, 성性이 기호嗜好임을 알아냈고 인仁이 효제孝弟임을 알아냈고 서恕가 인술仁術임도 알아냈으며 하늘에서 상제가 내려다본다는 것도 알아서, 정성스럽고 공경하여 부지런히 힘쓰며 장차 늙음이 닥쳐올 것도 잊은 것은 하늘이 나에게 복을 내려준 것이 아니겠는가? 또 시詩를 지은 것이 18권인데 깎아서 6권으로 하면 되겠고, 잡문이 전편 36권, 후편 24권이 있다. 또 잡찬雜纂은 종류가 각각 다르다. 『경세유표』 49권은 미완성이고, 『목민심서』 48권, 『흠흠신서』 30권과 『아방비어고我邦備禦考』 30권은 미완성이고, 『아방강역고我邦疆域考』 10권, 『전례고典禮考』 2권, 『대동수경大東水經』 2권, 『소학주천小學珠串』 3권, 『아언각비雅言覺非』 3권, 『마과회통麻科會通』 12권, 『의령醫零』 1권을 합하여 문집文集으로 하면 모두 260여권이 된다. 육경사서로써 자신을 닦고 일표一表(『경세유표經世遺表』—원주) 이서二書(『흠흠신서欽欽新書』『목민심서牧民心書』—원주)로써 천하 국가를 다스리고자 했으니 본말이 구비되었다고 하겠다. 그러나 알아주는 사람은 적고 꾸짖는 사람은 많으니, 천명이 허락해주지 않는다면 불속에 넣어 태워도 괜찮겠다. 나는 건륭乾隆 임오년(1762)에 태어나 지금 도광道光 임오년(1822)을 만났으니 갑자甲子가 한바퀴 돈 60년의 돌이다. 죄 많고 후회스런 세월이니 지금까지의 인생을 총결하여 한평생을 다시 돌이키고자 한다. 금년부터 정밀하게 몸을 닦고 실천하여 하늘이 준 밝은 명命을 살펴서 여생을 마치려고 한다. 집 뒤 자좌子坐를 등진 언덕에 관 들어갈 구덩이 모양을 그려놓고 나의 평생의 언행을 대략 기록하여 하관下棺할 때의 묘지墓誌로 삼겠다.

명銘에 일렀다.

네가 너의 착함을 기록하여
여러 장이 되었는데
숨겨진 너의 나쁨 기록한다면
한없이 많으리라
사서육경四書六經 안다고
네 스스로 말하지만
행한 바를 살펴보면

부끄럽지 아니하랴.
넓게 명예 드날리되
찬양일랑 하지 말라.
몸소 행해 증명해야
드러나고 빛난다네.
너의 분운紛紜 거두고
너의 창광猖狂 거두어서
힘써 밝게 섬긴다면
끝내는 경사慶事 있네."

윤지평 지눌尹持平持訥의 묘지명[458]을 지었다.

그 대략은 다음과 같다. "신유년(1801) 봄에 열상洌上에 있었는데 한성부漢城府에서 책롱冊籠 사건[459]이 터져 화란의 기틀이 맹렬했다. 예부터 알고 지내던 사람들로 한 사람도 알려주는 이가 없었는데 유독 군君이 이주신李周臣(유수儒修)과 의논하여 빨리 서울로 들어오도록 편지로 알려주었다. 내가 진흙길을 헤치고 상경한 밤으로 주신과 함께 군의 집에 모였는데, 군은 화로에 인삼 세 뿌리를 달여 마시게 하면서 말하기를 '혹시 그대가 정신을 똑바로 차리지 못할까 해서라네'라 하였다. 내가 옥獄에서 나오자 나의 두 아들이 하남河

458 『전서』 I-16, 26b.
459 책롱(冊籠) 사건: 150면 참조.

南에서 나를 송별하고 서울로 돌아갔는데, 군과 주신이 고기를 작은 솥에다 끓여주며 먹도록 하였고 울면서 이불 속으로 끌어들여 서로 껴안은 채 잠을 자고 나서 보내주었다. 아! 말세에 몇 사람이나 이런 일을 할 수 있겠는가? 군의 사람됨은 선善을 즐기고 의義를 좋아하며 과단성이 있어 행동에 머뭇거림이 없어 뜻에 맞는 일이면 펄펄 끓는 물도 밟을 수 있었다. 계축년(1793) 이후에는 유독 천전天全(손암巽菴 선생의 자字—원주)과 어울렸으며, 날마다 이주신(유수儒修—원주)·한혜보韓徯父(치응致應—원주)·윤외심尹畏心(영희永僖—원주)·강인백姜仁伯(이원履元[460]—원주) 등과 남산 아래에 모여 마음껏 마시며 멋대로 놀았는데, 더러는 소릉少陵으로, 더러는 직금방織錦坊으로 자주 모이는 장소를 바꿨다. 나와 채이숙蔡邇叔(홍원弘遠—원주)은 자주 그들의 단정치 못함을 나무랐기 때문에 이 모임에 참여하지 못했다. 그들은 모두 비분강개하여 속된 사람들이 겉으로 꾸미고 비위 맞추는 태도를 흘겨본 것이다. 오직 혜보徯父만은 술을 조금만 마셔도 곧장 취했으며 멋대로 지껄이는 일이 없었다. 천전天全이 일찍이 말하기를 '너는 아무개 상서尙書, 아무개 시랑侍郎과 좋아

460 강이원(姜履元): 다산 및 그의 중형(仲兄) 약전(若銓)의 친구로서 자는 인백(仁伯). 진사로서 천주교에 입교, 1787년 김석대(金石大)의 집에서 교리를 강습받다가 발각되었으나 양반이라 하여 처벌을 면했다고 한다.

지내지만 나는 술꾼 몇 사람과 얽매임 없이 이렇게 살아간다. 그러나 바람이 일고 물결이 치솟으면 어느 쪽이 서로를 배신할지는 알 수 없다'고 했다. 신유년(1801)에 화란이 일어나자 이 몇 사람만이 평소처럼 따뜻하게 감싸주었다. 외심畏心은 대관臺官에게 거리낌 없이 말했고, 우리 형제가 죽느냐 사느냐 할 때 인백仁伯은 화원花園에서 통곡하며 취중에도 우리 형제가 좌우에 있기라도 한 듯 찾았다. 그러나 지위 높은 사대부들은 곧장 연명聯名으로 상소하여 나를 공격했으니 아! 이것이 내가 형님을 따라가지 못하는 부분이다. 군君의 이름은 지눌持訥, 자字는 무구无咎, 호는 소고小皐인데 해남윤씨海南尹氏 충헌공忠憲公 윤선도尹善道의 후손이다."

이장령 유수李掌令儒修의 묘지명[461]을 지었다.

그 대략은 다음과 같다. "공은 날마다 나의 중씨 천전天全·한혜보韓徯父·윤외심尹畏心·윤무구尹无咎·이한여李翰如(시우是釪[462]—원주)·강인백姜仁伯 등과 어울려다니며 마음껏 마시고 거리낌 없이 말했다. 옛날의 동료 중에 존귀한 신하와 권세 있는 재상이 많았지만 한번도 그들을 찾아가지 않았다. 번옹樊翁에 대해서도 그 덕을 기갈飢渴 든 것처럼 사모하였지만 그분 댁에 찾아가는 일이 거의 없었다. 한창 악당들

461 『전서』 I-16, 28b.

462 이시우(李是釪): 다산 및 그의 중형(仲兄)의 친구로 자는 한여(翰如).

이 선동하고 있을 때 공은 편지로 나에게 알려주어 내가 급히 서울로 올라와 변란을 살필 수 있도록 했으며, 내가 귀양지로 가버리자 나의 두 아들을 어루만지며 항상 눈물을 줄줄 흘렸었다. 악당들이 유언비어로, 공이 술을 차고 와서 나의 형제를 강 위에서 전별했다고 하면서 눈을 흘기고 이를 갈며 공을 처벌하려고 별렀다. 겨울에 공이 이가환李家煥·정모丁某 등과 사귀었던 일을 논하여 공을 무산부茂山府에 유배 보냈다. 공은 평소 몸이 약했는데 변방의 기후가 사나워 거의 죽을 지경에서 살아났으니 계해년(1803) 겨울에 방환되었던 것이다. 무인년(1818) 가을에 내가 남쪽으로부터 돌아오자 공이 말하기를 '벗이 돌아오니 내가 세상 살 맛이 난다'라 했다. 기묘년(1819) 가을에 열상洌上으로 나를 찾아와 20년 동안의 답답한 회포를 풀었다. 경진년(1820) 겨울에 김이교金履喬가 이조판서가 되자 영해부사寧海府使로 제수되었다. 공이 이조판서에게 하직 인사를 하러 가니 이조판서가 말하기를 '공에게는 친하게 알고 지내는 사람이 많지요?'라 물었다. 공이 말하기를 '20년 동안 바닷가에 몰락되어 있어 서로 알고 지내는 사람이 없습니다'라 하니 그가 '오직 정모丁某 한 사람뿐인가요?'라 해서 공이 웃으며 그렇다고 대답했다. 그것은, 옛날 김공후金公厚(이재履載—원주)가 고이도皐夷島의 가시울타리 속으로부터 사면되어 향리로 돌아갈 때 나에게 들러 묻기를 '풍파가 몹시 심했던 동안에 능히 저버리지 않은 사람이 있었는가?'라 하기에 내가 '이주신李周臣 한 사람뿐이오' 하고, 신유년에 있었던 일을 자세히 말해준 적이 있었는데, 저들 형제[463]가 공과 나와의 친교를 말했기 때문에 나온 말이었다."

「사암지문보유俟菴誌文補遺」[464]에 말했다. "내가 『주례』를 연구하여 새로운 뜻을 세운 것이 많다. 육향六鄕의 제도에 관해서 말하면, 육향은 왕성王城의 안에 있다. 장인匠人이 나라의 규모를 계획할 때 아홉 구역으로 나누어 왕궁은 가운데 있고 전면은 조정이고 후면은 저자(市)이다. 좌우에는 육향인데, '둘씩 서로 마주보게 한다(兩兩相鄕)'라 할 때의 '향鄕'은 '嚮'(향한다)의 뜻이다. 하관夏官[465]·양인量人[466]이 도都·비鄙를 만들 때 모두 구주九州로 했다. 기자箕子가 평양성平壤城을 만들 때에도 성안을 정井 자 모양으로 구획했던 것은 다 이 법이었다. 정현鄭玄은 육향이 교외郊外에 있다고 했는데, 그렇다면 '향삼물鄕三物'[467]과 '교만물敎萬物'을 베풀 곳이 없

---

463 저들 형제: 김이교(金履喬)·김이재(金履載) 형제.

464 「사암지문보유(俟菴誌文補遺)」: 「자찬묘지명(自撰墓誌銘)」(집중본)의 보유(補遺)를 말한다.

465 하관(夏官): 중국 주(周)나라의 육관(六官)의 하나. 대사마(大司馬)가 그 장이며 군정(軍政)과 병마(兵馬)를 관장했다.

466 양인(量人): 중국 주나라의 관명(官名). 측량(測量)·영조(營造) 등을 관장했다.

467 향삼물(鄕三物): 육덕(六德)·육행(六行)·육예(六藝)의 세가지.

다. 승지 신작申綽[468]이 아직도 정현의 뜻을 고수하고 있으므로 나는 왕복 서너번의 편지로 그렇지 않음을 밝혔다."

6월에 신작의 편지에 답하면서 육향의 제도를 논했다. (편지는 본집本集에 실려 있다[469] —원주)

정산鼎山 김기서金基敍[470]에게 편지를 보냈다. (편지는 본집本集에 실려 있다[471] —원주)

1823년 (순조 23, 계미癸未) 62세

9월 28일에 승지 후보로 낙점落點되었으나 얼마 후 취소되었다.

1824년 (순조 24, 갑신甲申) 63세

1825년 (순조 25, 을유乙酉) 64세

1826년 (순조 26, 병술丙戌) 65세

---

468 신작(申綽): 1760~1828(영조 36~순조 28). 자는 재중(在中), 호는 석천(石泉), 본관은 평산(平山). 벼슬을 사양하고 경전 연구에 몰두했다. 저서에 『석천유고(石泉遺稿)』 등이 있다.

469 『전서』 I-20, 7a, 「답신재중(答申在中)」 참조.

470 김기서(金基敍): 미상.

471 『전서』 I-19, 26a 이하 참조.

1827년(순조 27, 정해丁亥) 66세

10월에 윤극배尹克培[472]가 '동뢰구언冬雷求言'으로 상소하여 공을 참혹하게 무고하는 것이 끝이 없었다. 그때는 익종翼宗[473]이 대리청정하던 첫해였는데, 익종의 마음은 어진 인재를 목마르게 구하여 바야흐로 공을 거두어 쓰려고 했다. 악당들이 그 사정을 알고 윤尹을 사주하여 소를 올리게 한 것이다. 소가 들어가자 승정원에서 올리지 않으므로 승정원에 직접 나아가 아뢰었다. 이에 극배克培를 엄하게 국문하자 마침내 무고라는 사실이 밝혀졌다.

경인년(1830)간에 윤극배가 또 사서邪書 한권을 만들어 소매 속에 넣고 다니면서 영안부원군永安府院君 김조순金祖淳을 통하여 알현하려고 했다. 그때는 익종이 승하하여 순조가 다시 정사를 맡았는데 영안永安이 심복의 신하로 요직에 있었다. 윤尹은 사서邪書를 영안에게 바쳐 공을 무고하려는 계획이었다. 명함을 드리고 들어가 앞에 이르러 윤이 책을 바치니, 영안은 슬쩍 두어 줄도 채 안 보고 그것이 사람을 무고하는 괴상한 무리들의 글임을 알고 도로 주면서 말하기를 "이런 화禍를 좋아하는 일은 내가 원하는 것이 아니

472 윤극배(尹克培): 1777~?(정조 1~?). 본관은 파평(坡平). 1825년 식년문과에 병과로 급제, 다산을 모함한 사람 중의 하나였다.

473 익종(翼宗): 1809~1830(순조 9~순조 30). 순조의 세자로 1827년 대리청정하여 선정을 베풀었으나 청정 4년 만에 죽었다. 죽은 후 익종(翼宗)으로 추존되었다.

니 이후는 이런 글로 나에게 요청하지 말라"고 했다. 그후 또 윤이 책을 소매에 넣고 다니면서 바치려 하니 영안이 말하기를 "지난번 책을 또 가지고 와서 나에게 요청하다니 참으로 고약한 사람이다. 고약한 사람이 나에게 왔으니 내가 어찌 마음 놓고 받을 수 있겠는가"라 하고 청지기에게 명하여 붙들고 나가게 하니 윤의 계획이 끝내 실행될 수 없었다.

1828년(순조 28, 무자戊子) 67세

1829년(순조 29, 기축己丑) 68세

1830년(순조 30, 경인庚寅) 69세

5월 초5일에 약원藥院에서 탕제湯劑의 일로 아뢰어 부호군副護軍에 단부單付되었다.

그때 익종의 환후가 오랫동안 회복되지 못하여 약원藥院에서 아뢰어 약藥을 논의할 것을 청했다. 공이 명을 받들어 들어가 진찰하니 환후가 거의 위험한 지경에 이르렀다. 약을 달여 올리기로 했는데, 미처 올리기도 전에 오악五嶽의 기도 소리가 났으니 이는 초6일이었다. 공은 애통해 하며 그날로 집에 돌아왔다.

1831년(순조 31, 신묘辛卯) 70세

1832년(순조 32, 임진壬辰) 71세

1833년(순조 33, 계사癸巳) 72세

1834년(순조 34, 갑오甲午) 73세

봄에 『상서고훈尙書古訓』과 『지원록知遠錄』을 개수改修하여 합편했는데 모두 21권이었다.

그 합편 서설序說에 말했다.[474] "옛날 내가 다산에 있을 때 『상서尙書』를 읽으면서 매색梅賾의 잘못된 이론을 잡아서 논술한 것이 있는데 『매씨서평梅氏書平』[475]이라 이름했다. 무릇 9권이었다. 이어서 벽중진본壁中眞本 28편에서 구하고 구양씨歐陽氏·하후씨夏侯氏·마씨馬氏·정씨鄭氏의 설을 모아 『고훈수략古訓蒐略』이라 이름했다. 이어서 매씨梅氏·채씨蔡氏의 설을 고훈古訓과 비교하고 간간이 내 의견을 붙인 것을 『지원록知遠錄』이라 이름했다. 이 3부의 책은 모두 귀양살이하면서 편찬한 것이라, 참고할 책이 적어서 빠진 것이 매우 많다. 또 새로 고기 한점의 맛을 볼 때마다 스스로 기뻐하여 변론한 사기辭氣가 사납고 오만하여 공손치 못한 것이 많았다. 24년이 지난 지금 펼쳐볼 때마다 두렵고 걱정스러워 스

474 『전서』 Ⅱ-21, 2a.

475 『매씨서평(梅氏書平)』: 『전서』 Ⅱ-29~Ⅱ-32.

스로 마음 아파하면서 언행에 소박함이 없는 것이 부끄럽게 여겨진다. 내가 지은 육경사서의 설도 그렇지 않은 것이 없지마는 더욱 심한 것이 『서경』에 대한 설이다. 이제 『매씨서평』을 가져다 그 경박한 말을 깎아버리고 『지원록』을 가져다가 조목조목 나누어 『고훈』의 편에 붙여 한부로 만들었다. 허황한 소리와 어그러진 말은 이미 제거했지만, 그 가운데서 심하지 않은 것은 간간이 남겨두어 뒷사람으로 하여금 내가 이러한 사람임을 알게 하고자 했다. 책은 비록 두권을 합쳤지만 이름은 그대로 『상서고훈』이라고 했으니, 새로운 설을 붙이긴 했지만 고훈을 위주로 했기 때문이다. 금년 나이가 73세인지라 정력이 쇠진하여 스스로 분발할 수도 없고 죽을 날도 얼마 남지 않았으니 능히 일을 잘 마칠 수 있을지 자신하지 못하겠다."

가을에 『매씨서평』을 개정했다.

이 책은 경오년(1810)에 완성, 이때에 개수改修하고 또 1권을 보태어 모두 10권이다.

그 책머리에 말했다. "내가 옛날 서울에 유학할 때, 사우師友 간에 왕왕 『매씨상서梅氏尙書』 25편의 문체가 비순卑順하다는 말을 듣고 그 말이 사실이라고 생각했다. 내각의 과제에 응하여 「우공禹貢」 편에 이르렀을 때 큰일이 일어났다. 건륭乾隆 임자년(1792) 봄에 희정당熙政堂에 입시하여 「우공」 외우기를 마치자 임금님의 칭찬이 흡족했고 옥음이 거듭 간절했던 일이 아직도 기억난다. 그때 임금님은 경전에 마음을 쏟아 당시의 인재들에게 널리 물어보는 '상서조문尙書條文' 수백여조가 있었는데, 금문今文과 고문古文의 구별에 세세히 마음을 쏟았다. 나는 상중喪中이라 집에 있었으므로 조문條問에 답하지 못하여 지금까지 한스러워하고 있다. 왜냐하면 임금님이 이미 승하했으니 조금 들은 것마저도 물어볼 곳이 없기 때문이다. 생각건대, 매씨梅氏의 책은 여러가지 말을 긁어모아 일가를 이룬 것인데 그중에는 지극한 말과 올바른 가르침 또한 적지 않다. 그러나 수집할 때 「열명兌命」「태서太誓」처럼 본래 편명을 표방한 것은 그것을 가지고 「열명」「태서」로 삼았으니 누가 안 된다고 하겠는가? 「하서夏書」「주서周書」처럼 단지 시대만 표방한 것과 '서왈書曰' '서운書云'과 같이 원래 구분해놓지 않은 것은 각 편에 나누어 넣고 위언僞言을 섞어 성경聖經의 이름을 훔친 것이다. 그러니 신중하게 생각하고 밝게 분별하는 사람은 연구해서 밝혀내야 할 일이다. 그러므로 주자는 말하기를 '나는 일찍이 공안국孔安國의 『상서尙書』를 의심했다' '이것은 가짜 책이다' '공안국의 『상서』가 동진東晉 때에야 나왔는데, 그전 시대의 선비들이 이를 보지 못했다는 것은 매우 의심스러운 일이다' '『서경』 중에서 읽기 쉬운 것은 모두 고문古文이고 읽기 어려운 것은 모두 금문今文이다' '복생伏生이 입으로 외어 전수했는데 어찌하여 어려운 것만 기억하고 쉬운 것은 전혀 기억할 수 없었는가?' '어찌하여 몇백년 동안 벽 속에 있었던 물건이 한 글자도 잘못되고 손상됨이 없었단 말인가?'라 했다. 한漢·당唐 이래로 고경古經을 독실히 좋아하기를 주자만 한 사람이 없는데, 어찌하여 의심할 것도 없는 책을 의심하고 흠 없는 지극한 보배를 헐뜯었겠는가? 매씨梅氏의 책이 진실로 의심할 만하기 때문에 주자가 의심하지 않을 수 없었던 것이다. 하물며 덕德은 외롭지 않고 반드시 이웃이 있음에랴! 주자에 앞서 오역吳棫이 있었고 주자 이후에 오징吳澄이 있어, 두 사람 모두 따로 책을 지어서 그 허위를 통렬하게 분별하고 매씨를 공격했으니 어찌 주자만 그러했겠는가? 소산모씨蕭山毛氏(모기령毛奇齡)의 책이 나와서는 주자를 업신여기고 헐뜯음이 끝이 없었다. 그는 말하기를 '고문古文의 원통함은 주씨朱氏에게서 비롯되었다'라 했다. 그가 지은 『고문상서원사古文尙書寃詞』 8권에서는 수천만의 글로 횡설수설하며 '나는 성경聖經을 지킨다'라 했다. 그 말이 이와 같을진대 꼭 입 아프게 싸워 경전을 헐뜯는 욕을 들을 필요가 있겠는가? 단지 그 본의가 성경을 지키는 것이 아니라, 주자가 한 말을 힘써 배척하여 스스로의 기치를 세우고자 하는 것이니 이름은 들날릴지 몰라도 그 뜻은 올바르지 못하다. 무릇 마음가짐을 공평하게 하는 사람은 반드시 분변해야 한다. 그러나 그의 고거考據가 기묘하고 능청스러우며 변론이 호쾌하기 때문에 자세히 연구·조사한 사람이 아니면 그 뿔을 꺾기가 어렵다. 또 잘못을 따지는 법은 공평하고 진실한 것을 귀하게 여기는데, 한漢나라 사람들이 '정위평廷尉平'[476]이라 말하는 것이 바로 이것이다. 그는 무슨 원통함이 있어서 시끄럽게 굴고 기세를 뽐내는가? 나는 본래 일이 없는지라 공평함으로써 이에 대응하나니, 또한 '편안함으로써 수고로움을 맞는다以逸待勞'는 뜻이다. 이에 주자가 의심을 품은 단서를 취하여 공평한 마음으로 바로잡고 논의하였다. 이름하여 『매씨서평』이라 한다."

그 서문에서 말했다. (손암巽菴 선생이 지었다—원주) "밝은 임금이 나오지 않고 도학道學이 찢기고 무너져, 바른 것은 숨어버리고 비뚤어진 것은 날뛰며, 진실한 것은 굽혀져 거짓된 것이 신장되었다. 모든 일이 다 그러하지만 육경이 더욱 심하다. 그러나 전주箋註만 멋대로 지어 후학들을 현혹시킬 뿐이지 경전은 경전 그대로이다. 옛글을 교묘히 바꾸고 가짜로 새 경전을 만들어 천하 사람들을 미혹한 것으로는 매색梅賾의 『고문상서古文尙書』만 한 것이 없다. 아! 백편의 『상서』는 제왕의 떳떳한 법도인지라 그것을 완전히 갖추어지게 하는 것은 만세의 복이다. 불행하게도 이미 산일되어버린 이상, 남은 것을 모아 지켜 귀한 보배로 여길 것

476 정위평(廷尉平): 한(漢)나라의 관명(官名). 정위(廷尉)에 좌우 4인을 두었음. 주로 옥송(獄訟)을 공평하게 판결하는 일을 맡았다.

이어늘 어찌하여 위서僞書를 만들어 사람들을 속이는가? 아! 고적古籍을 모아서 엮고 문장을 만들어 『고문상서』라 했으니, 애초에는 제해齊諧[477]·우초虞初[478]의 종류였을 뿐이었다. 어찌 감히 정학正學을 쓸어내고 후세에 전해지기를 바랐겠는가? 세월이 흐른 지 오래되매, 정현鄭玄의 학문이 쇠미해지고 진晉나라 정사가 혼란해진 것을 보고서 매색이 영록榮祿을 얻을까 하여 임금에게 올리게 되었다. 한번 바뀌어 당唐의 공영달孔穎達이 이것에 소疏를 붙여 오경의 반열에 서게 했고 두번 바뀌어 송의 채침蔡沈이 전傳을 달아 삼경에 끼이게 했다. 천하가 드디어 이에 휩쓸려 정현鄭玄의 진고문眞古文은 없어지게 되었다. 다행히 주부자朱夫子의 공평한 마음과 높은 안목이 그 간사하고 그릇됨을 밝혔다. 그 자세한 말과 바른 논의는 유집遺集에 산견된다. 원·명 때에도 논란이 분분하였으나 다만 그 조사와 증명이 분명하지 못했기 때문에 죄인들이 승복하지 않았다. 돌피와 가라지가 좋은 곡식에 끼여 있었으니 어째 매색이 그랬겠는가? 대개 또한 의거한 데가 있었기 때문이다. 우리 정종대왕正宗大王은 성학聖學이 삼대를 꿰뚫었고 사도師道가 육예六藝에 두루 미쳤다. 하문하신 상서조문尙書條問에서 금문·고문의 논쟁을

477 제해(齊諧): 괴담을 적은 책.

478 우초(虞初): 한(漢)나라 때의 방사(方士). 소설을 처음 지었으므로 소설을 뜻하기도 한다.

반복해서 따졌으니 매씨梅氏의 『상서尙書』가 진실로 위서란 점은 이미 통찰하여 분명히 분변하셨다. 약용若鏞 같은 신하가 있어 『상서평尙書平』 9권을 지었으니 이른바 맹자孟子·순경荀卿이 부자夫子의 사업을 윤색한 것과 같다. 그 지식에 깊은 조예가 있는 것은 모두 선왕의 훈도에 의한 것이다. 유락流落한 이래로 이왕 흘러가버린 냇물을 아깝게 여겨 사문斯文의 물결을 돌려놓는 일을 자신의 임무로 삼았다. 경전에 침잠하고 의리에 입각하여 『역경』 『예기』의 주註를 차례로 완성하였다.

『상서평尙書平』 1부는 2천년래 상서의 진면목이다. 공안국孔安國 이후로 『고문상서古文尙書』를 얘기하는 사람이 많았지만 매씨梅氏 이후로는 진晉나라 이전의 전적이 비로 쓸어버린 듯 없어졌으니 지금 세상에 나도는 것은 매씨의 우익羽翼이 아닌 것이 없다. 모기령毛奇齡의 『원사冤詞』 같은 것은 웅혼한 변론과 해박한 고증으로 하여 모든 사람이 입을 다물게 되었다. 신 약용若鏞이 이에 그 본원을 거슬러올라가 고찰하여 틀림없는 사실들을 밝혀내었다. 고적古籍을 모은 것은, 그 본래 뜻을 지적하여 간사하고 거짓됨이 저절로 드러나게 한 것이고, 전사前史에 의거한 것은, 그 실증을 밝히어 간사하고 핑계 대는 일을 못하게 한 것이다. 매씨설梅氏說의 감추어진 실상을 적발해낸 것은 마치 장탕張湯이 죄수를 심문한 것과 같고, 모씨毛氏의 허황한 문사를 판결한 것은 마치 자로子路가 옥사를 판결한 것과 같았다. 종합한 이치가 공평하여 모두 극치에 이르렀으며, 거짓되고 간사한 것이 쫓겨나고 참되고 바른 것이 드러나게 되었다. 비록 매씨·모씨가 몸소 폐석肺石[479] 위에 앉더라도 반드시 머리를 조아리며 죄를 자복할 것이지, 감히 대답을 못할 것이다. 어찌 통쾌한 일이 아니겠는가? 후에 이 책을 읽는 자가 만일 변석辨析의 정확함과 고거考據의 해박함과 문장의 유창함만을 이 책에서 추구한다면 지엽적인 것이다. 아! 요·순·우·탕이 전수한 것이 무엇인가? 이 사람은 끊어진 나루에서 바른 길을 찾았고 떨어진 계통에서 대명大命을 이었다. 어긋난 것을 배척하고 정미精微한 것을 드러내어 우뚝이 도학道學의 종지宗旨가 된 것이 거의 동량棟梁에 충당될 만하다. 이는 다만 솥 안의 고기 한점에 불과한 것이지만 그 학문이 고금에 뛰어났다고 말해도 잘못이 아닐 것이다. 아! 백세百世가 앞에 있고 천세千世가 뒤에 있지만 내가 어찌 이를 사사로이 여겨 말하지 않아야 하겠는가? 전傳[480]에 말하기를 '국가가 흥하려 할 때에는 반드시 상서로움이 있고 국가가 망하려 할 때에는 반드시 재앙이 있다'라 했는데, 매색의 위상서僞尙書는 도道에 있어서 재앙이고, 신 약용의 『상서평尙

479 폐석(肺石): 주(周)나라 때 억울한 사연이 있는 사람이 이 돌 위에 3일간 앉아 있으면 임금이 그 일을 처리해주었다고 한다.

480 전(傳): 『중용(中庸)』을 말함.

書平』은 도에 있어서 상서로움이다. 『시경』에 이르기를 '하늘이 백성을 깨우침이 훈壎과 같고 지篪와 같고 장璋과 같고 규圭와 같다'라 했으니 나는 이에 느낀 바가 깊도다."

11월에 임금님의 환후로 다시 소명召命이 있기에 명을 받들어 급히 대궐에 나아갔다. 12일에 출발하여 이튿날 새벽에 동점문東漸門을 들어갔다. 임금님의 환후는 매우 위독하여 백관들이 곡반哭班으로 달려나갔다. 공은 홍화문弘化門에서 초상이 났다는 말을 듣고 그 이튿날 고향으로 돌아왔다.

1835년 (헌종 1, 을미乙未) 74세

1836년 (헌종 2, 병신丙申) 75세

2월 22일 진시辰時에 공이 열상洌上의 정침正寢에서 생을 마쳤다.

이날은 공의 회혼일回婚日이어서 족친이 모두 왔고 문생들이 다 모였다. 이보다 앞서 4일에 약한 증세가 있었는데 21일에는 뚜렷이 회복될 희망이 있었지만 공은 이미 죽을 때가 된 줄을 알고 여러가지 지시하는 것이 평소와 같았다. 22일에 편안히 세상을 떠나셨으니 진시辰時 초각初刻이었다. 장례 절차는 모두 유명遺命 및 「상의절요喪儀節要」를 따랐다. 이날 진시辰時에 큰바람이 땅을 쓸며 불었고 햇빛이 엷어져 어둑어둑했으며 토우의 기운이 누렇게 끼었다. 문인 이강회李綱會가 서울에 있었는데 큰 집이 무너져내려 누르는 꿈을 꾸었다. 아! 이상한 일이다.

이에 앞서 임오년(1822) 회갑 때 공이 조그마한 첩帖을 잘라 유명遺命을 적어두었으니 장례 절차였다. 그 첫머리에 말했다. "이 유령遺令은 꼭 예禮에 따를 것도 없고 꼭 풍속을 따를 것도 없고 오직 그 뜻대로 할 것이다. 살았을 때 그 뜻을 받들지 않고 죽었을 때 그 뜻을 좇지 않으면 모두 효孝가 아니다. 하물며 내가 『예경禮經』을 수십년 동안 정밀하게 연구했으므로 그 뜻은 다 예禮에 근거를 둔 것이지 감히 내 멋대로 한 것이 아니니 어찌 따르지 않겠는가? 산 사람이 해야 할 일은 「상의절요」에 있으니 마땅히 잘 살펴서 행하고 어기지 말아라.

그 유령遺令은 다음과 같다. 병이 나면 바깥채에 거처하게 하고 부녀자들을 물리치고 외인을 사절한다.

숨이 끊어지면 속옷을 벗기고 새 옷을 입힌다.

수시收屍는 풍속대로 하되 이〔齒〕를 괴지 말고(반함飯含을 하지 않기 때문이다—원주) 발을 묶지 말고 한두限斗[481]를 설치한다.

그날로 목욕시키고 염습하되 준비가 안 되었으면 이튿날 아침에 해도 좋다.

멱목幎目[482]은 검은 비단에 붉은 안감을 쓴다.

---

481 한두(限斗): 황토를 다리 사이에 넣어 시체를 고정시키는 것.

482 멱목(幎目): 시체의 눈을 가리는 베.

악수握手는 검은 비단에 붉은 안감을 쓴다.

귀마개는 흰 솜을 쓴다.

명의明衣는 무명을 쓴다.(지금은 홑적삼 홑바지를 쓰는데 적삼은 잇댄 것이 있으니 곧 한삼汗衫이다—원주)

속옷은 겹옷으로 하는데(솜을 넣지 않는다—원주) 위는 소매 긴 옷을 쓰고 아래는 바지를 쓰되 모두 무명으로 한다.

중간 옷은 홑옷(단單이다—원주)을 쓰되 명주도 좋고 무명도 좋다. 입던 옷도 좋다.

겉옷은 조포朝袍를 쓰는데 명주도 좋고 무명도 좋다.

검은 띠는 흰 선을 두른다.(선을 두르지 않아도 좋다—원주) 옛날에는 포布를 썼다.(넓이는 두치이고 길이는 세자이며 양쪽 끝을 늘어뜨리지 않는다—원주)

흰 신은 푸른 선을 두른다.

얼굴 가리개는 비단을 쓰되 복건幅巾을 사용하지 않는다.

버선에는 끈이 있고 바지에는 띠가 있게 한다.

녹색 주머니가 네개인데 명주나 베를 쓴다.

작은 이불은 겹이불을 쓴다. (솜을 넣지 않는다—원주) 무명이거나 삼베이거나 더럽지 않으면 빨지 말아라.

숨이 끊어지고 하루 반이 지나야 소렴小斂할 수 있다.

시신을 묶는 끈은 삼베를 쓰되 없으면 무명을 쓴다.

산의散衣와 도의倒衣[483]는 해진 것을 씀이 마땅하다.

그 다음날 대렴大斂을 하는데 관棺은 몸에 맞게 하고 칠성판七星板[484]과 출회秫灰[485]는 쓰지 않는다.

이불과 요는 쓰지 말고 소렴한 시신을 곧 관에 넣는다.

빈 곳을 채우는 데에는 옷과 솜을 쓰지 않고 짚(예전禮箋과 악서樂書 등에 있는 고본稿本이다—원주)과 황토(크게 빈 곳에는 깨끗한 흙을 가져다가 구워 말려 체로 쳐서 가늘게 만들어 두터운 종이주머니에 담아서 쓴다—원주)를 쓴다.

천금天衾은 무명을 쓰되 붉은 안감을 댄 검은 색으로 한다.

명정銘旌을 만들어 혼백과 마주 두고 장례할 때에는 붉은 깃발을 설치한다.

집의 동산에 매장하고 지사地師에게 물어보지 말라.

광壙을 만들 때에는 회灰로 쌓지 말고 하관할 때 회를 채워 넣는다. 회를 모래에 섞을 때에는 재료를 잘 선택해야 하고 아주 고르게 이겨야 한다.(세번 흙을 섞는다—원주) 사람의 자식으로서 마음을 쓸 것은 이 한가지 일뿐이다. 다른 것은 다 쓸데없는 글이다.

석물石物을 지나치게 세우지 말아라.

그 나머지는 「상의절요」를 어겨서는 안 된다.

너의 어머니 상도 이와 같이 하되, 다른 점이 몇가지 있다."

---

483 산의(散衣)·도의(倒衣): 관 속 빈 곳에 채워 넣는 옷.

484 칠성판(七星板): 관 밑바닥에 까는 판자. 북두칠성 모양으로 일곱개의 구멍을 뚫거나 먹으로 표시하였다.

485 출회(秫灰): 차조의 재. 관 바닥에 깔았다.

이어서 발跋을 붙여 말했다. "천하에 가장 업신여겨도 되는 것은 시체이다. 시궁창에 버려도 원망하지 못하고 비단옷을 입혀도 사양할 줄 모른다. 지극한 소원을 어겨도 슬퍼할 줄 모르고 지극히 싫어하는 짓을 가해도 화낼 줄 모른다. 그러므로 야박한 사람은 이를 업신여기고 효자는 이를 슬퍼한다. 그러니 유령遺令은 반드시 준수하고 어기지 말아야 한다. 옆에 와서 떠들고 비웃는 자는 반드시 어리석은 자인데도 살아 있기 때문에 두려워하고, 시체는 말이 없지만 박학한 사람인데도 죽었기 때문에 업신여기니 어찌 슬픈 일이 아니겠는가? 앞의 첩帖에서 말한 바를 털끝만큼이라도 어긴다면 불효요 시신을 업신여기는 것이다. 너희 학연·학유야! 정녕 내 말대로 하여라."

4월 1일에 집 동산에 장사지냈는데 유명대로 좇았다. 곧 여유당與猶堂 뒤편 광주廣州 초부방草阜坊 마현리馬峴里 자좌子坐의 언덕이다. (곧 지금의 양주군楊洲郡 와부면瓦阜面 능내리陵內里이다—원주)

1910년 (융희 4, 경술庚戌)

7월 18일 특별히 정헌대부正憲大夫 규장각 제학奎章閣提學을 추증追贈하고 문도공文度公의 시호를 내렸다. (널리 배우고 많이 들은 것을 문文이라 하고, 일을 처리함에 의義에 맞는 것을 도度라 한다—원주)

조서詔書에 이르기를 "옛 승지 정약용은 문장과 경제經濟가 일세에 탁월하여 마땅히 조가朝家의 표창하는 일이 있어야 하기에 특별히 정3품正三品 규장각 제학을 추증하여 절혜節惠의 은전을 베푸노라"라 했다.

| 편찬자 후기 |

공께서 돌아가신 지 85년이 되었는데 아직도 연보年譜가 편성되지 못한 것이 한스럽다. 경신년(1920) 여름에 연보를 편성하기 시작하여 1년이 걸려서 완성하였다.

삼가 연보의 체재를 살펴 공의 자취를 기술했거니와 공의 뜻을 따르지 않는 것은 서체書體가 아니다. 공은 일찍이 임금의 지우知遇를 받아 20년 동안 가까이 모시어 총애와 포장褒奬이 분수에 넘었으니 이것은 상세히 기술해야 한다. 공이 20년 동안 유폐되어 다산에 있으면서 열심히 연구와 편찬에 전념하여 여름 더위에도 멈추지 않았고 겨울밤에는 닭 우는 소리를 들었다. 그 제자들 가운데서, 경서經書와 사서史書를 부지런히 열람하는 사람이 두어명이요, 입으로 부르는 것을 받아 적어 붓 달리기를 나는 것같이 하는 사람이 서너명이요, 항상 번갈아가며 원고를 바꾸어 정서正書하는 사람이 서너명이요, 옆에서 도와 먹으로 줄친 종이에, 잘못 불러준 것을 고치고 종이를 눌러 편편하게 하며 책을 장정하는 사람이 서너명이었다. 무릇 책 한권을 저술할 때에는 먼저 저술할 책의 자료를 수집하여 둘씩둘씩 비교하고 서로 참고하고 정리하여 정밀하게 따졌다. 『시경』『서경』에 관한 책을 저술할 때에는 먼저 『시경』『서경』에 관한 자료를 모으고, 『춘추』를 고징考徵할 때에는 먼저 『춘추』에 관한 자료들을 모았다. 그러므로 저술한 책의 경지經旨는 구름을 헤치고 햇빛을 보는 것 같지 않은 것이 없어서 조금이라도 희미하고 흐린 기운을 띤 것이 없다. 그 학문의 문로門路는 진秦·한漢 이하는 끊어버리고 뛰어올라 바로 공자의 학學에 접했기 때문에 이를 터득한 자는 빠른 길로 갈 수 있어서 아이 때부터 머리가 허옇게 될 때까지 익힐 걱정이 없었다. 무릇 육경사서六經四書의 학에 있어서, 『주역』은 다섯번 원고를 바꾸었고 그 나머지 구경九經도 두세번씩 원고를 바꾸었다. 공의 탁월한 식견에 부지런하고 민첩함을 겸하여 이 큰 일을 완성했던 것이다. 저술이 풍부하기로는 신라·고려 이전이나 이후에 없었던 바이다. 그 편질篇帙이 방대하여 흩어지고 없어진다면 후손 중에서 누가 기억할 수 있을지 두렵다. 그래서 상세히 기록했다. 이기경李基慶·홍희운洪羲運·윤극배尹克培의 일을 간략하게 기록하여 분노를 드러내지 않은 것은, '두고 보자'는 식이 아닌 공의 뜻을 받든 것이다. 윤남고尹南皐·이장령李掌令·윤소고尹小皐의 묘지명을 뽑아 실은 것은 은혜를 아는 공의 지극한 뜻을 받들어 후세 자손들로 하여금 돈독한 정의를 지니게 하려 함이다. 병자년(1816)의 가서家書는 네가지 큰 등급의 정밀한 뜻을 밝혀 몸을 세울 바른 곳을 나타내고 우뚝하게 꺾이지 않았으니, 후학들이 종신토록 가슴에 새기게 하려 함이다. 가계家誡와 가서家書는 모두 성현들이 남긴 의논이어서 범속한 데에 떨어지지 않았으니, 한집안의 자손들을 바로잡을 수 있을 뿐만 아니라 천하의 자제들이 다 이것으로 수신·제가할 수 있는 것이기에 수록했다. 공이 임오년(1822) 이후로 마음을 정밀하게 하고 정신을 가다듬고 도道를 즐기고 천명에 순종하여 15년간 기술한 것을 받은 사람이 없다. 아! 공은 처음에 거룩한 임금을 만나 정조대왕을 가까이 모시면서 경전을 토의하고 학문을 강론하여 먼저 그 바탕을 세우고, 중년에 상고의 성인들을 경적經籍에서 사숙하여 아무리 심오한 것도 연찬하지 않은 것이 없고 아무리 높은 것도 우러르지 않은 것이 없다. 만년에는 대월對越[1]의 공부와 병중흑백두甁中黑白豆[2]에 엄하였다. 정신이 혼미할 때에는 다시금 각성하여 우

1 대월(對越): 상제(上帝)를 가까이 대하듯 마음가짐을 공경히 하는 것.

2 병중흑백두(甁中黑白豆): 마음을 맑게 하는 경(敬) 공부. 앉는 자리에 두개의 병을 두고, 착한 마음이 일면 한 병에 흰콩을 넣고 악한 마음이

러러 주자朱子의 남긴 법을 본받았다. 이미 경지에 도달하였다고 하여 대단한 체하지도 않았고, 이미 늙었다고 하여 조금도 해이해지지 않았으니, 아! 지극한 덕행과 훌륭한 학문이 아닌가!

77 갑자甲子 신유辛酉(1921) 12월 하순
현손玄孫 규영奎英 삼가 적음.

일면 다른 병에 검은콩을 넣었는데, 처음에는 흰콩이 적고 검은콩이 많았으나 후에는 흰콩이 많아지고 나중엔 검은콩이 하나도 없었다는 이야기가 있다.

| 찾아보기 |

ㄱ

ㅁ

ㅂ

ㅅ

ㅇ

ㅊ

지은이 정규영 丁奎英, 1872~1927
다산(茶山) 정약용(丁若鏞)의 현손(玄孫)으로 경기도 양주에서 태어났다. 1900년 탁지부(度支部) 주사(主事)로 첫 관직생활을 시작한 이래 지계아문(地契衙門) 양무과장(量務課長) 사무대판(事務代辦), 탁지부 사세국(司稅局) 양지과장(量地課長) 사무대판(事務代辦), 탁지부 북청(北青) 재무서장(財務署長) 등을 역임했고, 북청지방 금융조합 설립위원, 북청 국유지 소작인조합 설립위원으로 활동하다가 1910년 관직에서 물러났다. 이후 양주군 사립 광동학교(廣東學校) 교장을 역임했다.

옮긴이 송재소 宋載邵
1943년 경북 성주에서 태어났다. 서울대학교 문리대 영문학과와 같은 학교 대학원 국문학과를 졸업하고 「다산문학연구」로 문학박사학위를 받았다. 한국한문학회 회장을 지냈고, 성균관대학교 한문학과 교수로 정년을 맞았다. 현재 성균관대학교 명예교수, 퇴계학연구원 원장이자 다산연구소 이사로 활동하고 있다. 다산 정약용의 학문과 문학 세계를 알리는 데 오랫동안 힘써왔고, 우리 한문학을 유려하게 번역하는 것으로 정평이 나 있다. 저서로 『다산시 연구』 『한시 미학과 역사적 진실』 『한국 한문학의 사상적 지평』 『한국한시작가열전』, 역서로 『다산시선』 『역주 목민심서』(공역) 등이 있다.

다산의 한평생: 사암선생연보

초판 1쇄 발행/2014년 11월 25일
초판 2쇄 발행/2015년 7월 30일

지은이/정규영
옮긴이/송재소
펴낸이/강일우
책임편집/정편집실
펴낸곳/(주)창비
등록/1986년 8월 5일 제85호
주소/413-120 경기도 파주시 회동길 184
전화/031-955-3333
팩시밀리/영업 031-955-3399 편집 031-955-3400
홈페이지/www.changbi.com
전자우편/nonfic@changbi.com

ISBN 978-89-364-7253-5 93810